相亲前规则

爱情是什么?
答:那天阳光很好,微风拂面,你出现了。

曹麻子 著

山西出版传媒集团
北岳文艺出版社
· 太原 ·

图书在版编目(CIP)数据

相亲前规则/曹麻子著.—太原:北岳文艺出版社,2020.5
　　ISBN 978-7-5378-6193-9

　　Ⅰ.①相… Ⅱ.①曹… Ⅲ.①长篇小说-中国-当代 Ⅳ.①I247.5

中国版本图书馆 CIP 数据核字(2020)第 061121 号

书　　名	相亲前规则	
著　　者	曹麻子	
责任编辑	吴国蓉	
书籍设计	米　乐	

出版发行	山西出版传媒集团·北岳文艺出版社	
地　　址	山西省太原市并州南路 57 号	
邮　　编	030012	
电　　话	0351-5628696(发行部)	
	0351-5628688(总编室)	
传　　真	0351-5628680	
网　　址	http://www.bywy.com	
E-mail	bywycbs@163.com	
印刷装订	山西立方印业有限公司	

开　　本	880mm×1230mm　1/32
字　　数	250 千字
印　　张	9.75
版　　次	2020 年 5 月第 1 版
印　　次	2020 年 5 月山西第 1 次印刷
书　　号	ISBN 978-7-5378-6193-9
定　　价	68.00 元

目录

第一章　心病只能心药医　　　　　　　/ 001
第二章　男"媒婆"养成记　　　　　　/ 018
第三章　有钱人的聚会　　　　　　　　/ 036
第四章　大战"扶弟魔"　　　　　　　/ 052
第五章　天上掉下个女朋友　　　　　　/ 072
第六章　患难见真情　　　　　　　　　/ 087
第七章　自负是极致的自卑　　　　　　/ 103
第八章　陷害升级　　　　　　　　　　/ 119
第九章　奇怪的KTV　　　　　　　　　/ 135
第十章　不是冤家不聚头　　　　　　　/ 147
第十一章　陷阱　　　　　　　　　　　/ 162
第十二章　真相大白　　　　　　　　　/ 177
第十三章　爱情骗局　　　　　　　　　/ 191
第十四章　真爱来访　　　　　　　　　/ 207
第十五章　山穷水复，柳暗花明　　　　/ 225
第十六章　螳螂捕蝉，黄雀在后　　　　/ 241
第十七章　谁还没个选择困难症　　　　/ 260
第十八章　余生，有我在　　　　　　　/ 279
后　记　　　　　　　　　　　　　　　/ 302

第一章　心病只能心药医

▼

　　罗向阳跟女孩靠窗而坐，外面烈日炎炎，咖啡厅内却很清凉。
　　女孩用银色勺子搅拌着咖啡，偶尔碰到杯子，发出"叮当"的声响。她对罗向阳的第一印象还算可以，虽然看起来有些憨憨的，但总比油嘴滑舌的要好。
　　不过，罗向阳似乎有点憨过了头，在见面打过招呼后，就一口接一口地喝咖啡。二人一直没有说话，气氛有些尴尬。
　　女孩没有办法，自己找了个话题："今天是八月三日，有人说是男人节，因为它跟三月八日是反过来的。嘻嘻，祝你男人节快乐。"
　　这个节，那个节，真要扯起来，怎么都能聊上半个小时吧？
　　谁知，罗向阳只是憨厚地回应："同乐，同乐。"
　　女孩顿时哭笑不得，男人节，我一个女的，跟你同什么乐？
　　郁闷之下，女孩只好转移话题："这几天吹空调都吹感冒了，你猜我烧到了多少度？居然烧到了三十九度！"
　　说完这话，女孩心想：就算你让我多喝热水，也能就这个话题展开讨论吧?

没想到,罗向阳竖起大拇指,说:"厉害了!"

女孩翻了个白眼,忍住心中的不快:"你喜欢看电影不?听说《复仇者联盟4》还不错,好想去看。"

这都不是暗示了,是明示好不好,一起去看电影啊!

听到这话,罗向阳连忙拿出手机。

女孩还以为罗向阳听明白了,微微一笑,端起咖啡杯抿了一口,心想总算没有笨到家。

这时,罗向阳指着手机屏幕说:"我给你介绍一个网站,这个网站可以下载高清的,不用去电影院浪费钱!"

女孩立马变了脸色,杯子往桌上一放,没好气地说:"你怎么不在网上下载一个女朋友啊?"

说完,女孩拿起包,起身扬长而去。

罗向阳看着女孩的背影,嘴巴张得大大的,不知道对方为何生气。好一会儿后,他回过神来,望向隔壁桌。

隔壁桌坐着一名年轻男子。该男子眼睛黑亮,鼻梁高挺,脸上笑容如阳光般灿烂。

"方老师,你都听到了?"罗向阳有些气急败坏地说,"每次相亲都是这样,说不了几句就走人,你得帮我找到原因。再不成功的话,家里就要送我去念护士学校了。没开玩笑,他们是认真的,说那里女孩多。"

方渐飞走过来,坐在罗向阳的对面,将女孩的咖啡杯往旁边移了移,笑着说:"按网上的说法,你这叫'直男癌晚期患者',按我们心理学的说法,应该是你的家庭存在心理共生的问题。"

"什么意思？"罗向阳一头雾水地看着方渐飞。

"从小到大，只要你做错了事情，你的父母是不是当场指责你，从来不去考虑你的感受？"

罗向阳想了想，点点头："可他们都是为了我好啊。"

"你看，这就是问题所在了。"方渐飞坦诚地看着罗向阳，"你已经形成了固定的思维模式，脑袋里想到什么就说出来，而不去考虑别人的感受。反正，你认为也是为了别人好，对不对？"

"难道不是吗？"

"当然不是！"方渐飞身体微微前倾，这样会让罗向阳产生心理暗示。他接下来要说的话非常重要，"就好像刚才，女孩约你去看电影，你却给她介绍免费看电影的网站，你错了吗？你自己并不觉得有错。但站在女孩的角度来说，她要看的不是电影，而是想跟你在一起，你这种行为就是大错特错！"

方渐飞停顿了两秒，好让罗向阳消化一下，然后接着说："每个人都有自己的价值观，你不能把你的观点强加到别人头上。口是心非它并不是一个贬义词，有时候，你得学会隐藏自己的想法，去迁就别人，这样才能更好地融入生活。"

罗向阳听得目瞪口呆，痴痴地说："那我要怎么做才能改掉这个毛病？"

"等你真正明白心直口快对别人造成的伤害后，你自然会改正。"方渐飞嘴角微翘，浮现出一抹意味深长的笑容。

方渐飞是一名心理咨询师，跟其他的心理咨询师不同，他处理问题经常不按常理出牌，甚至可以说得上是离经叛道。

就比如罗向阳这个问题，他的解决办法竟然是将罗向阳关在一间房里，然后找来三个人，广场舞大妈、菜市场大婶以及驾校教练，轮番数落罗向阳的各种缺点。从"单身狗"说到孤独终老，从小时缺钙说到长大缺爱，每说完一段都要加上一句，我这是为了你好。

最后，罗向阳几乎是哭着求放过。

临走时，罗向阳心有余悸地表示，心直口快的毛病他肯定能改过来，他再也不想接受这种治疗了。

"下个星期你还得来复诊。"方渐飞微笑着说。

罗向阳打了个冷战，头也不回地跑了。

每个患者都有适合他的一套治疗方案，方渐飞始终这么认为。

将罗向阳的相关情况录入电脑，方渐飞按下对讲，讯问助理今天还有没有预约。

助理回复说："有位王翠兰女士，约的是下午四点，现在已经在门外了。"

方渐飞想了想，王翠兰的情况好像是婚姻危机，结婚二十年了，丈夫对她越来越冷淡。因此，她的心情很是压抑。

"让她进来吧。"

方渐飞刚松开对讲，放在桌上的手机震动了一下，屏幕上显示一条微信消息：明天回东海，到时候一起吃个饭。

看到这条信息，方渐飞顿时愣住，脑中浮现出一幅画面。

三年前，陆薇将方家祖传的金手镯还给了方渐飞，说她要嫁去蓝港，承蒙厚爱，从此萧郎是路人。那一刻，方渐飞如遭雷击，呆呆地看着陆薇长裙飘飘，越走越远……

三年了，这段情感虽已放下，但骤然看到这条信息，方渐飞还是忍不住思绪万千。

敲门声打断了方渐飞的思绪，抬头望去，走进来一名中年妇女。

中年妇女短卷发，圆脸，妆容略夸张，脖子上戴珍珠项链，身材略胖，走动时，腰间的赘肉隐约颤抖。

方渐飞并没有起身，只是微笑着招呼对方坐下。

王翠兰坐下后就开始大倒苦水，说她跟丈夫当年是如何辛苦，把一分钱掰成两半花。现在生意越做越大，丈夫却夜不归宿等，反正就是一大堆鸡毛蒜皮的事情。很显然，她这是把方渐飞当"树洞"了。这也是部分咨询者的误区，以为心理咨询就是找人诉苦。

换作往常，方渐飞会引导王翠兰说出重点，然后找出她的问题所在，再通过相应的方法来缓解对方的情绪，最终解决其心理障碍。但今天他明显不在状态，脑袋里翻来覆去都是陆薇的那条微信。

她不是嫁去蓝港，说这辈子都不会回东海吗？三年都没联系，突然叫我出来吃饭是什么意思？

突然之间，方渐飞发现自己并没有将陆薇完全放下。

"方老师，你有什么建议？"不知不觉，王翠兰已将她的琐事说完。

方渐飞这才回过神来，心里有些惭愧。刚才他居然分心了，虽然在听，但并没有分析出问题所在，这可是心理从业人员的大忌。

方渐飞表面上不露声色，套用了之前的案例，建议王翠兰回去把这段时间吵得比较厉害的事或者她最在乎的问题，找张纸写下来逐一分析，哪些问题是可以暂时放在一旁的，哪些问题是急需解决的，找出其中最重要的问题，然后想办法解决它。找出最首要解决的问题以后，再按照纸上轻重缓急的顺序，将其他问题逐一清除。

就算无法解决，起码知道自己该怎么去做。

王姐听得似懂非懂，临走前狐疑地问："这样做真的有用吗？"

方渐飞微笑着表示，这是一种自我催眠，肯定有用。并提了个建议，如果有信得过的朋友，可以和朋友一起分析，更容易找到问题所在。

送走王翠兰，方渐飞问了下助理，得知下午没有其他预约，这才给陆薇回信息。他刚打出"明天老地方见"，想了想，将这几个字删除，重新写道：行，明天东海饭店见，我请你。

迟疑了一下，方渐飞按下发送键。

很快，陆薇就回了条语音信息过来："哈哈，骗你的啦！我昨天认识了一个东海女孩。她是婚介公司的，送客户来蓝港相亲，相亲对象正好是我朋友。一起吃饭的时候，我发现那个女孩真的不错。听说你还没有女朋友，我想把她介绍给你。"

然后，陆薇推送了一张微信名片过来，名字叫"百依百顺"。

"神经病！"方渐飞回了一句。随后，他突然觉得一阵轻松，仿佛这三年来若有若无的不舍，此刻全都放下。他微笑着将陆薇拉进了黑名单。

原以为这只是生活中的一个小插曲，但方渐飞不知道，这竟然是他人生的一个转折点。

第二天晚上，方渐飞正在跟朋友看球，手机丢在桌上没去管。中场广告时间他拿起手机看了一眼，发现助理打了十多个电话。知道肯定有事发生，方渐飞连忙找了个安静的场所回电。

"王翠兰自杀啦。"助理的声音有些着急。

看球自然要喝酒，半场球下来，方渐飞的脑子有点儿晕乎。

王翠兰是谁？不认识啊？是明星吗？她自杀怎么了？不对，好像在哪儿见过这个名字。

助理见方渐飞没有回应，猜到他没有记起来是谁，连忙提醒道："就是昨天下午四点的那个客户，王姐。"

方渐飞顿时想了起来，心中涌现出不好的预感，连忙问："怎么回事？"

"你不是要她将问题都列出来，然后跟她的朋友分析吗？没想到她朋友居然将她的烦恼全部发到朋友圈。王姐觉得没脸见人，就吞安眠药自杀了。"助理飞快地解释一遍。

方渐飞脑子轰然一响。下一刻，愧疚感如潮水般将他包围。

若不是他当时随口敷衍，也不会出这档子事，尤其他还建议王翠兰找一个信得过的朋友来分析问题……可以这么说，王翠兰的自杀跟他有很大的关系。

如果，当时能将王翠兰的问题好好分析一下，这一切或许就不会发生。

方渐飞浑浑噩噩地挂了电话，开车回到工作室。他坐在沙发上一根接一根地抽烟，也不知道什么时候迷迷糊糊地趴在桌上睡着了。

第二天，方渐飞被助理推醒。

见方渐飞眼中满是血丝，眼神更是呆滞，助理连忙告诉他，王翠兰没死，被抢救回来了。

呆滞的眼神逐渐恢复神采，方渐飞重重地呼了一口气，苦笑着拍了拍助理的肩膀，说今天放假一天。

方渐飞问助理要了王翠兰的医院房间号，买上鲜花跟果篮，想了想，又包了个六百块钱的红包，赶往人民医院。找到病房，他正要推门进去,听到里面有人在说话。

"那个方医生也太不靠谱了!"

方渐飞停住脚步,竖起耳朵听里面的对话。

病房内的人毫无察觉,大着嗓门继续说:"出了这么个傻主意,要你把什么事都写在纸上,明摆着是害人嘛!"

"唉,当时我也不知道该听谁的。"这是王翠兰的声音。

"有什么不开心的事跟我们姐妹说啊!阿霞也真是……最主要还是心理医生的不对。他在哪儿上班,我找他去!"

"算了,惹人笑话……"

方渐飞从门窗望去,王翠兰脸色苍白地躺在床上,神情无助又惶然。

方渐飞缓缓地缩回了手,默默地退后,站在走廊上待了好一会儿。有护士路过,他将手中的东西一股脑儿塞给护士,要她转交给王翠兰。随后,他头也不回地离开了医院。

接下来的时间,方渐飞在接待客户时,总是心神不宁。

包工头胡子拉碴双目通红,说开发商不付款,手下二十多个工人又催着要钱,感觉压力好大……方渐飞正要给出建议,眼前浮现出王翠兰苍白的脸色,脑中顿时一片空白,所有的建议不翼而飞,最后只能安慰包工头多喝热水。

三线小明星哭得梨花带雨,抱怨签约公司给她的行程安排得太满……方渐飞正要做出分析,耳边回响起王翠兰闺密的话,脑中顿时一团乱麻,最终只能安慰她多喝热水。

最终,一名失眠的高中生表示方渐飞的心理辅导毫无作用,只会说多喝热水,其家长来工作室大闹了一番。方渐飞知道自己不再适合做心理咨询，黯然关闭了工作室。

工作室关闭之后，方渐飞的心情跌到了谷底。他每天白天睡觉，晚上喝酒，这种颓废的日子过了一天又一天。直到前助理打来了电话，说王翠兰在找他。

一棵松茶馆在东海市颇为有名，茶馆是一间四合院，院子中间假山叠翠，流水淙淙，还种了棵大松树，人坐在其中，颇有几许诗意。

方渐飞坐在一棵松茶馆最好的包厢黄山厅里。从他的角度往外看，窗外松树的形状像极了黄山的迎客松。

方渐飞心中有些感叹，黄山厅可不是随便就能预定到的，必须是茶馆的高级VIP。而要成为茶馆的高级VIP，每年最少得在这儿消费二十万。就算是收入不菲的心理咨询师，也不足以支撑这种档次的消费。

订包厢的是王翠兰，她坐在茶桌对面，若有所思地看着方渐飞。

从事心理咨询师以来，方渐飞一直都是以微笑面对所有人，微笑的底气源自于他的沉着、自信与冷静。王翠兰的事发生以后，他的自信与冷静不翼而飞，虽然脸上还是带着微笑，但眼神却下意识地躲避对方。

"方老师，听说你把工作室关了？"

"是的。"

"不会是因为我吧？"

"那倒不是，主要是太累了，想放松一下。"方渐飞突然觉得空调有点儿冷。

王翠兰沉默了一会儿,说:"我这次出事,虽然跟你没有直接关系,但不可否认,是你出的主意,这点你得承认吧?"

方渐飞暗中叹息了一声,看来是要赔偿了:"王姐,你有什么要求?"

"赔我精神损失费一百万元。"王翠兰缓缓地说。

"我没有这么多钱。"方渐飞苦笑道,"还有其他选择吗?"

"或者,你帮我做件事。"

"什么事?"

王翠兰没有马上说,而是端起了茶杯。洁白的瓷杯中,茶汤如同琥珀般透亮。她将杯中的茶一饮而尽,随后嘴唇微抿,似在感受茶汤的醇和。好一会儿后,她放下茶杯。经过了茶汤的滋润,她的声音却变得干涩起来:"你也知道,我的婚姻出现了问题,之前他还只是夜不归宿,但就在我住院的这几天,他竟然在婚介公司注册了个钻石会员,偷偷征婚。甚至,他还在转移公司的财产。"

"我能做什么?"

"去婚介公司,找到他跟别人相亲的证据,拍照录音都行。如果将来打官司,我可以留作证据。"

方渐飞迟疑了一下,问:"这种事情,为什么不去找私家侦探?"

"我先生应酬太多,几乎每天都要陪客户吃饭,我怎么知道哪一个是客户,哪一个是他的相亲对象?唯一的办法就是去婚介公司找到他跟人相亲的具体时间与地点,再拍照录音。至于私家侦探,我不是没找过他们,但他们说了,要混进良缘婚介公司并不难,但婚介公司的钻石会员资料只有经理级别的人才有权限查询。他们需要熬过三个月的试用期才能转正。而要成为经理的话,没有半年做不到。我等不了那么久。"

方渐飞没有说话，静待下文。

"但他们也说了，良缘婚介公司最近在扩大规模，目前急缺一个心理辅导师，这种高级人才是不需要试用期的。就算有，也顶多是一个星期。"王翠兰盯着方渐飞的眼睛，"所以，我需要你帮我。"

方渐飞沉默了十来秒，笑了笑："行。"

方渐飞之所以答应王翠兰，是因为他很清楚，自己跟王翠兰此时都已被心魔绑架。只有帮助王翠兰解决心理问题，他才会走出从前的阴影。

但方渐飞并不打算以心理咨询师的身份加入良缘婚介公司，而是去应聘普通婚恋师，争取在最短的时间转正并成为公司经理。这是因为现在的他根本没有信心做任何形式的心理辅导。

回到家后，方渐飞先在网上查询婚介公司的基本情况，对婚恋师的岗位职责以及工作流程有了一个大概的了解，然后针对婚恋师的工作内容，编写了一份简历。

第二天正好是周六，方渐飞早早地来到东海市人才市场，看到现场人头涌动，不禁有些发愣。

现在不都是在网上投简历吗？怎么人才市场还有这么多人？

人才市场内的所有展位已被围得水泄不通，就连中间的过道都挤满了求职者，想要找到良缘婚介公司的展位，还真有点儿难度。方渐飞决定去买张平面图。

卖平面图的小店位于角落，主营打字复印。方渐飞进去的时候，有三个男孩正在复印简历。他们彼此开着玩笑，脸上阳光灿烂，对自己的未来充满了信心。

复印机的右侧竖了张纸板，上面用黑色记号笔写着：展位平面图两元一张。

一名身穿白色T恤搭配沙滩裤的胖子站在纸板旁东张西望，其身高跟方渐飞差不多，但腰围相当于方渐飞的两倍。他的白色T恤上印了一排字：感觉人生已到达巅峰！

方渐飞正要扫码付款，旁边的胖子突然伸出手来，拦住了方渐飞的手机摄像头。同时，另一只手递过来两个五毛的硬币："咱俩众筹，我给你一块钱。"

小卖部老板跟方渐飞都愣住了。反应过来后，老板翻了个白眼，方渐飞却差点儿笑出声，说："不用众筹了，我看完给你看就是了。"

胖子道貌岸然地说："我像是贪小便宜的人吗？"他一边说着，一边将拿着硬币的手缩了回去。

买了平面图，方渐飞找到良缘婚介公司的位置后，将平面图递给胖子，便朝良缘婚介公司的展位走去。

正如王翠兰所说，良缘婚介公司正在扩张，这次招聘的岗位非常多，其中有人事、司机、财务等岗位，而婚恋师更是注明要招三十个。

方渐飞正在思考，身后有人"咦"了一声："你也来应聘媒婆？"

方渐飞转过头一看，赫然是刚才那个胖子。他拿平面图当扇子上下扇动，一脸惊喜地看着方渐飞："哥们，好巧啊。"

方渐飞也是觉得好笑，就跟胖子聊了起来。

胖子名叫何四万，他再三强调自己是个富二代，为了证明没有说谎，他还把简历给方渐飞看。简历上贴了张银行卡余额的截图，账面上显示有三百多万元。

"这都是我的零花钱。"何四万故作云淡风轻地说。

"你都这么有钱了,还来打工?"方渐飞笑着说。

何四万左右张望了一番,凑到方渐飞耳边,轻声地说:"我现在是单身,听说婚介公司的女会员多,你懂的。"

方渐飞顿时明白了过来,这家伙是打着"近水楼台先得月"的主意!但随后想:富二代混得这么差?居然还要用这种方式来找女朋友?我信你个鬼!

方渐飞正要敷衍一句,听到前面有人在喊:"下一位。"

方渐飞连忙上前递上简历,规规矩矩地坐在招聘官面前。

招聘官一男一女,挂着工牌,男的叫罗耀康,职位是人力资源主管,女的叫张琳琳,职位是市场部经理。

看过方渐飞的简历,罗主管似乎有些兴趣。他将简历递给张琳琳,笑着问方渐飞:"你在上家公司只待了两个月,能说说原因吗?"

方渐飞叹息了一声:"大学毕业去了女朋友所在的城市,想着一起打拼。这几年我们的爱情一直挺稳定的,但就在上个月,她家里给她介绍了一个本地公务员。再然后,我就回东海市了。"

这种剧情几乎是烂大街了,但不可否认,它随时都在发生。

罗主管有些同情地看了方渐飞一眼:"我看你的简历上写着,你之前在心理咨询工作室做过助理。请问,你有这方面的从业资格证吗?"

"这个证太难考了。"方渐飞摇摇头,"我要是有资格证,就来应聘贵公司的心理辅导师了。"

罗主管笑了笑,望向张经理。两人低声说了几句。然后,罗主管拿出一张面试单,在上面写上了方渐飞的名字,要他明天下午两点去良缘婚介公司复试。

方渐飞接过面试单扫了一眼,上面打印着地址、电话以及简略地图等,当即笑着道谢。

方渐飞起身正要走,何四万在后面喊了一句:"等我一起走。"

虽然二人才认识,但何四万属于自来熟。方渐飞不好拒绝,只好站在一旁等候。

也不知道何四万说了什么,两三分钟后,居然也拿着一张面试单走了过来。

何四万打了个响指,手很自然地搭在方渐飞的肩膀上。

方渐飞不习惯跟人勾肩搭背,尤其是不认识的人。这在心理学上叫作安全距离,一旦超过这个距离,就会让人觉得不自在。

方渐飞将何四万的手臂推开,笑着转移其注意力:"你穿着拖鞋短裤来面试,居然也通过了,真是让人想不通。"

何四万的注意力果然被转移,笑着说道:"你见过有哪个富二代是穿西装打领带的?不扯这个了,我有预感,咱哥俩肯定会成为同事。所以,现在有必要去喝一杯,提前庆祝一下。"

"又是众筹吗?"

"我都叫你哥们了,AA有意思吗?这顿你请,明天面试通过我再请。"

良缘婚介公司位于百盛大厦十七层,一整层都是它的办公区域。

良缘婚介公司看起来很大气,光是前台就有五十多平方米,宽约六米的实木接待台上镶嵌着钢化玻璃,显得厚重又不失现代感,背景墙上是"良缘婚介"四个水晶大字，背后的紫色闪光灯，散发着浪漫且神秘的色彩。

得知方渐飞是来复试的，前台美女让他在会客区等候。

会客区已经坐了十来个人，每个人手中都拿着简历，神情略微拘谨，应该都是来复试的。

方渐飞并没有看到何四万，瞄了一眼时间，现在已经是一点五十分了。方渐飞心想：这家伙还真是有底气啊！

经过昨天和何四万的接触，方渐飞心里对他已经有了基本的判断。想必是哪个暴发户的孩子，有钱了恨不得让天下人都知道。但之前因经济拮据所形成的小气习惯，却不是一时半会儿能改变的。

在此过程中，不断有求职者出来，然后又不断有求职者被前台带进去。出来的人，有的垂头丧气，有的神采飞扬，比例差不多是一半对一半。

面试的速度很快，方渐飞猜测里面有好几个面试小组。终于等到叫他的名字，他连忙起身，跟着前台美女从自动门走了进去。

方渐飞走进去发现，良缘婚介公司以前台为中心，分成了左右两个区域，都是"回"字形布局，中间是普通员工的办公区域，用浅蓝色的玻璃隔成数十个办公间，外面一圈则是经理或总监的办公室。

前台美女带着方渐飞走进一间小会议室，然后微笑着将门掩上离去。

会议室里坐了两名面试官，其中一个他认识，是人力资源部的主管罗耀康，另一个却是头发被烫成栗色大波浪的年轻女子。

年轻女子五官以及皮肤白皙精致，年纪应该在二十五岁左右，但身上却有一种淡然的气质，给人一种富家大小姐的感觉。

方渐飞坐下后瞟了一眼对方的工牌：市场部主管——林依。

林依嘴角带着笑容，美丽的大眼睛打量着方渐飞。突然，方渐飞眼前浮现出王翠兰苍白的面容，目光下意识地躲避。

见状，林依眼中闪过一丝失望，但脸上如百花盛开的笑容足以让人忽略其他："方渐飞，给我一个留下你的理由。"

寻思了一下，方渐飞说："我进来的时候，办公区入座率不到一半，空着的办公桌上摆有绿萝等植物，隐约能闻到装修残留的气味。加上贵公司在人才市场大量招聘婚恋师，所以，我猜贵公司应该是业务在快速发展，需要招聘人手。甚至，原来的办公环境不足以容纳这么多员工，这才换了办公场所。"

罗耀康跟林依对视了一眼，目光中流露出赞赏。

方渐飞知道自己分析得没错，笑着说："不过，想要在短时间内招到这么多有经验的婚恋师，难度肯定不小。最好的办法是招一些接受能力强的新人来进行培训。"停顿了一下，他接着说，"我虽然经验不足，但熟悉婚介公司的相关流程，比起那些新人，我更容易上手。"

林依饶有兴趣地看着方渐飞："观察倒是挺仔细。嗯，你看我结婚没有？"

方渐飞目光瞥向林依左手。林依立马将右手覆盖在左手上，挡住了方渐飞的视线。但方渐飞依然看到了，林依的手上戴了一个戒指。

方渐飞想了想，肯定地说："你还没结婚。"

林依笑了笑："为什么？"

"你在问了我这个问题后，才将戒指挡住，而且，你挡的动作太夸张，明显是在吸引我的注意，好让我看到你所戴的戒指。你这么做的原因就是想要误导我，让我以为你已经结婚了，其实你并没有结婚。"方渐飞冷静地说。

林依将右手拿开，方渐飞发现林依的戒指是戴在中指上的，这更加证实了自己猜测。

林依冲方渐飞点了点头，转而对罗主管说："我这边没问题了。"

"明天过来上班，记得把这些东西准备好。"

罗主管从文件夹中拿出一张纸，递给方渐飞，上面写了新员工报到时需要准备的相关资料。

知道自己被录用了，方渐飞站起来道谢："请问，新员工最快多久能转正？"

罗主管哈哈一笑："一般来说是三个月的试用期。如果表现好的话，一个月也是有可能的。"

方渐飞想了想，问道："有没有可能更快？"

罗主管耸耸肩，望向林依。

林依微微一笑："如果你能给公司带来让老板都心动的收益，或者能解决一些公司存在的难题，转正还不是一句话的事！"

就这样，方渐飞成了良缘婚介公司的一员，跟他一起入职的还有何四万等二十多人。

第二章 男"媒婆"养成记

正如方渐飞所猜测的，良缘婚介公司不可能在短时间内招到大量有经验的婚恋师，唯一的办法就是培训。将新手培训成老手，最起码也要了解公司的基本流程与操作。为此，市场部总监何晴为新入职的员工制订了为期三天的强化培训。

真要说起来，任何一个职业，入门都不难，无非就是了解一些行业知识，熟悉一下公司流程。所谓"师傅带进门，修行靠个人"，今后想要成功，还得看自己的努力。

比如说林依，她入职良缘婚介公司不到一年，但这一点儿都不影响她成为公司最厉害的婚恋师，她的业绩每个月都遥遥领先。

负责培训的张琳琳眉飞色舞地说着林依的业绩，甚至还说去年年底老板奖励了林依一辆车。

听到这话，何四万顿时双眼放光，跟方渐飞嘀咕："看来选择良缘是正确的。不但有机会找到女朋友，还有可能赚一辆车。"

接下来，张琳琳又解释了一下良缘婚介公司的会员等级。

在网站上注册账号后就能成为公司的普通会员，可以浏览其他会员的照片以及基本资料，但没有权限查看对方的联系方式。

如果在网站看到了心仪的对象该怎么办？很简单，充值二百九十九元成为白银会员，就能跟其他会员进行互动、留言、聊天，甚至约出来见面。但这种方式很有可能遇到骗子。

如果想要避免遇到骗子的可能，可以充值三千九百九十九元成为黄金会员，就会有专门婚恋师跟进，根据会员的需求，筛选出最合适的对象，然后约到公司来见面。

再往后就是钻石会员，一年的会费是五万九千九百九十九元，婚恋师全程一对一贴身服务。根据会员的要求筛选出合适的对象后，还得仔细确认其各项资料，从身高到体重，从家庭背景到过往工作经历，甚至以前谈过几个朋友，都能调查出来。

钻石会员见面一般去正经的餐厅，环境、餐饮等全部经过婚恋师的计算和研究，确保钻石会员拥有良好的约会体验。但钻石会员每年只能有八次这样的机会。

张琳琳介绍完会员等级后，何四万立马举手："如果钻石会员一年八次相亲的次数没有用完怎么办？他第二年可以……继续吗？"

张琳琳微微一笑："没有用完的次数肯定要清零。"

何四万小声嘀咕了一句："吸血鬼。"

有了何四万开头，其他新员工也纷纷提出了自己不懂的地方，张琳琳都耐心地一一解答。

方渐飞最想知道的莫过于如何快速转正？但这个问题昨天林依已经给出了答案，要么给公司带来大笔的收益，要么给公司解决难题。

大笔收益，无非就是凭着自己的人脉，拉来众多的会员，尤其是钻石会员。

想到这儿,方渐飞忍不住瞟了何四万一眼,这家伙如果真的是富二代,在朋友圈里找来十个八个钻石会员,倒是能迅速转正。至于自己,虽然做心理咨询时也认识一些有钱人,但关系还没有好到能拉人充值的地步。看来,只能走解决难题这条路了。可是公司存在哪些问题呢?

似乎猜到方渐飞心中所想,张琳琳轻咳一声,说:"除了这三档会员,咱们公司还有一种特殊的会员,这些人让公司很是头痛。"

方渐飞顿时竖起了耳朵,而其他新人也都身体下意识地微微前倾。

"他们对另一半的要求非常的……奇葩。作为我们的衣食父母,我这么说是有些不地道,但我仍然坚持这么说!"顿了顿,张琳琳笑着说,"有一位女会员,离异带着孩子,她对男方的第一个要求是必须给她买房买车。注意了,是买房买车,而不是有房有车,房、车都得在她的名下。第二个要求是每个月必须给她娘家三千元生活费,理由是她爸妈养她不容易,家里还有一个弟弟在念书也需要钱。"

张琳琳说话的时候,目光从各位新员工身上扫过,见众人脸上都露出了惊讶之色,不由得心中得意,暗道:这就惊讶了?还有更劲爆的呢!

稍微停顿了一下,张琳琳接着说:"她的第三个要求,就是要求男方结扎,说这样男方才会把她的孩子视同己出,而她根本就不考虑二胎。"

听完后,大家都惊得一句话都说不出。过了一会儿,何四万问:"她有多漂亮,才有勇气提这么惊天动地的要求啊?"

张琳琳耸耸肩:"长相请参考凤姐。"

众人再次呆住。

张琳琳笑了笑:"她是我们的黄金会员,按照规定,我们必须提供四个符合她要求的男会员跟她见面。很不幸的是,我们找不到符合她要求的男会员。对于这种钉子户,我们很头疼。"

这时,一个新员工忍不住举手询问:"就不能请演员来应付她吗?完成四次见面以后,我们就算完成了任务。"

张琳琳微微一笑:"你是说找托儿吗?"

新员工赧然挠头,呵呵直笑。

"首先,这种奇葩会员是极少数的,就算是退钱给她,也不影响公司的整体营收。其次,咱们公司会员众多,根本不需要去找托儿。"说到这儿,张琳琳停顿了一下,脸色突然严肃起来,"最重要的是,现在网络信息传播速度非常快,一旦找托儿的事被外界知晓,产生的破坏力无法估计。所以,遇到这种人,我们宁可退钱给她,也绝对不可以找托儿!"

说到最后,张琳琳几乎是声色俱厉。众人连忙点头。

"还有什么不明白的?"张琳琳神色稍微缓和。

方渐飞举起手:"我有问题。"

"什么问题?"

"如果我能解决一个或者几个钉子户,是不是马上就能转正?"

张琳琳皱着眉头看着方渐飞,好一会儿才说:"解决几个?你的意思是我们这些婚恋师都是吃干饭的?还不如你一个新来的?"

方渐飞心中暗笑,心想:张琳琳应该是内心缺乏安全感,在遇到问题的时候,总是先考虑是不是别人在针对自己,属于敏感型性格。

当然，这话可不能说出来，方渐飞解释道："是我正好认识一个男的，有点儿小钱，但身体有点儿问题。我觉得跟你说的这个人……蛮般配的。"

张琳琳愣了一下，旋即笑着说："这还真……真是天作之合。你要真能解决钉子户的话，我替总监做主了，立马给你转正。"

方渐飞根本就不认识什么身体有问题的男士，但在当时那种情况下，要不这么说，张琳琳对他的印象肯定不好。惹恼了顶头上司，接下来还能有好果子吃？

培训完以后，张琳琳将三份钉子户的资料发给了方渐飞。

张琳琳交代，三个钉子户的要求差不多，随便搞定一个就行。

张琳琳口中的女会员叫周慧，三十一岁，离异带孩子。看到她的照片，方渐飞才明白张琳琳说得一点儿都不夸张。如果按百分制，周慧的长相最多能到四十分。周慧的要求跟张琳琳说的也毫无差别。

方渐飞苦笑着摇头，转而去看另外两份资料。

黄亚琴，三十五岁，离异，没有小孩，化妆品柜台促销员。她对男方的要求是有房有车，必须是机关单位干部，能把她调到事业单位。有一个弟弟正在创业，她的工资必须支持弟弟创业。家里的开支都得男方开销。

覃丽，三十二岁，离异，有一男孩，经营一家小卖部。对男方的要求是有房有车，每年必须带她娘家人出去旅游一次。过年必须先回娘家，买的礼物必须超过三千块，必须供她弟弟念完大学。她弟弟将来结婚所需要的房子车子必须准备好。

另外，张琳琳还在资料中补充了一些她所了解到的信息。

这三人离婚都是因为丈夫无法忍受她们对娘家无休止的补贴。尤其是覃丽，她丈夫在外面打工，每个月的工资除了给自己留点儿零花,其他的全都给了覃丽。过年的时候婆婆得了急性肠胃炎,送去医院要交押金,覃丽却支支吾吾说没有钱。丈夫急得直跳脚,问钱去哪儿了,覃丽说钱给娘家修房子了。

黄亚琴的情况也差不多,她当年念书交不起学费,弟弟辍学减轻了家里的负担,她才得以大学毕业,觉得自己应该对弟弟做出补偿。

看完资料,方渐飞皱着眉头思考解决方案。

按照现在流行的说法,这三人都是典型的"扶弟魔",为了娘家,为了自己的弟弟,恨不得把夫家的底子全部掏空。一般她们的口头禅有:"他是我弟弟啊,我能怎么办?""我只有这么一个弟弟,我不帮他谁帮?""自己的弟弟,对他好点怎么了?"

从心理学的角度来说,"扶弟魔"有三种类型。

第一种是道德绑架型。可能在早期因为家庭原因,姐姐的行为导致家里或者弟弟的利益受损。比方说姐姐要去读书,家里砸锅卖铁凑学费,甚至弟弟辍学省下学费给姐姐念书。等到姐姐毕业参加工作了,他们就开始索要回报。乍一看,合情合理,当初家里为你付出那么多,现在你补贴一下家里天经地义啊!但往往,这种补贴很容易演变成索取无度。

今天家里要修房子,你得出钱。没钱?当初家里砸锅卖铁供你读书,就算你现在砸锅卖铁,也是应该的。

明天弟弟要结婚,你得出钱。没钱?当初弟弟为了你念书都辍学了,不出钱你对得起良心吗?

再加上亲戚朋友在旁边指手画脚,除了出钱,没有其他路可走。黄亚琴就属于道德绑架型。

第二种是奉献心理型。道德绑架型属于被动的付出,而奉献心理型则属于主动的付出，这种家庭多半是重男轻女，从小就被灌输了弟弟才是家里最重要的人的理念。这种从小养成的观念让她们在任何时候，都会把父母、弟弟的要求放在首位，这已经形成了一种本能。覃丽应该属于这种类型。

第三种是过度控制型。这种类型的姐姐都比较强势，想要掌控家里的一切，尽自己最大的能力来安排弟弟的生活。换一个说法，这种姐姐就是弟弟的第二个妈妈。周慧很有可能是这种类型。

一番分析后，方渐飞决定以黄亚琴为突破口。她这种类型的"扶弟魔"相对而言比较好解决一点，只要让她明白她并不欠父母和弟弟就行。另外，这三个钉子户中，黄亚琴的颜值是最高的，漂亮的女人运气都不会很差。

这时，何四万从旁边座位探过头来，问方渐飞中午去哪儿吃饭。

"随便。"方渐飞随口说了一句。下一刻，他抬头看到坐在对面的老员工谭晟，心中一动，问谭晟要不要一起去吃饭。

何四万跟方渐飞分在了一组，组长是林侬，另外一个成员就是谭晟。四张办公桌两两相望，拼成一个"田"字，方渐飞的右侧是何四万，对面是谭晟，林侬则在他的斜对角。

除了面试的时候见过林侬一次，方渐飞这两天再也没见过她，但经常能听到她的英雄事迹。例如，昨天又成功了一个钻石会员，今天又成功了几个黄金会员。林侬给方渐飞的感觉，就是一座隐藏在云雾中的山峰，虽然看不清全貌，但让人望而生畏。

至于谭晟，也不知道怎么回事，对新来的员工不是很友好。起初何四万跟方渐飞都想跟他搞好关系，但他总是板着一张脸，问十句顶多回三句。最后何四万也来了脾气，再也不和他说话了。

此刻，谭晟左手撑着下巴，右手操控着鼠标，正浏览着网页新闻。听到方渐飞说话,他懒得往这边看上一眼,面无表情地说:"不去。"

方渐飞笑了笑,不再多说一个字,起身去吃饭。

下楼后,何四万忍不住抱怨:"这家伙是不是神经病?我们又没得罪他,搞得好像有不共戴天之仇似的。"

"那你得小心了,神经病发起病来可能会打人啊。"方渐飞笑着说。

百盛大厦的楼下是一条商业街,街边店铺林立,其中有很多知名小吃。

何四万说自己要减肥,转身和方渐飞来到一家拉面馆。方渐飞点了一份盖浇饭,何四万点了一份拉面。

何四万左右望了望,见没有公司的同事,这才问:"你说,咱俩什么时候能转正?"

这个问题我更想知道答案!方渐飞心里暗笑,口上却是漫不经心地说:"这谁知道呢?"

何四万摸着下巴一副若有所思的模样:"我要是给自己注册个钻石会员,算不算业绩?"

方渐飞有些哭笑不得:"你不是富二代吗?找几个朋友帮忙,应该不是问题吧?"

何四万脸上难得露出尴尬之色:"实话跟你说吧,我这个富二代有点儿名不副实。我现在确实有点儿钱,不过,那是拆迁款。拆迁以前我家穷得很,别看我这么胖,这是营养不良造成的。至于朋友,我以前认识的那些朋友,怎么可能来这儿找对象。"

何四万的说法,跟之前方渐飞的判断基本一致。这时,服务员端了饭过来。

"说真的,我现在不知道自己应该做什么。"何四万用筷子搅拌着拉面,眼睛瞪着方渐飞,"你不是会心理咨询吗?给我出出主意呗。"

方渐飞吃了一惊,皱眉问:"你听谁说的我会心理咨询?"

何四万鄙夷地说:"那天面试的时候,我瞟了一眼你的简历,工作经历上面写着,你在树洞心理咨询工作室做过一年助理。"

方渐飞这才释然,笑道:"你都知道我是助理了,说白了就是打杂的。"

"哦"了一声,何四万开始吃面,一点儿都不像要减肥的样子。吃了几口后,他抬起头来,嘴里咀嚼着面条,含糊不清地说:"这么跟你说吧,自从我有钱以后,之前认识的那些女孩,原本都不正眼看我,现在一个个都说跟我是真爱。呵呵,我才不信呢。之所以来这儿上班,就想着在这里找到我的真爱。"

费力地咽下面条,何四万喝了口水,说:"还有另一个原因,是想结识一些有钱人。那些钻石会员肯定都是有钱人,我得混进他们的圈子。"迟疑了一下,他接着说,"哎呀,不改变不行啊!我以前的那些朋友,每天就只知道抓着我请客。时间久了,觉得人特颓废。"

方渐飞倒也了解何四万的心理,突然有了一笔钱,觉得自己是有钱人了,想要摆脱过去的生活,但又找不到中间人。能想到婚介公司这个平台,想必这家伙也算是花了一番心思。

方渐飞笑着说道:"你现在最应该做的就是把钱看紧了,别到时候真认识了有钱人,兜里却只剩下几个硬币。"

何四万竖起大拇指,夸赞道:"英雄所见略同,你跟我想到一块去了。所以,我现在比以前更加节约。嗯,今天中午这顿你请啊。"

方渐飞懒得理何四万,大口吃饭。

吃到一半,一阵香风袭来,有人在方渐飞对面坐了下来。他抬头看去,是张琳琳。

两人连忙打招呼。何四万因为吸面条太急,甩了几滴汤汁在脸上,手忙脚乱地找纸巾。

张琳琳笑着说:"这拉面可没什么油水,到了下午三四点就会肚子饿,你们能受得了?"

何四万笑着解释自己在减肥。

张琳琳点了点头,转而问方渐飞:"那三份资料看了没?准备以谁为突破口。"

"黄亚琴。"

"我也觉得黄亚琴还值得挽救一下,至于另外两个……唉,我身为女的都觉得她们太过分。"张琳琳叹息摇头,"这两个人,用我的话说,其实就是三观不正,介绍男会员给她们,是毒害人家呀。"

"公司有没有其他的'扶弟魔'?"方渐飞笑着问,"最好给我开放权限,我直接访问会员资料库。"

到时候在电脑上输入王翠兰老公曾皓的名字,呵呵,卧底任务结束。

张琳琳哑然失笑:"公司对会员资料的保密等级非常严格,尤其是钻石会员。就算你转正了,也只会分给你两个或者三个钻石会员,想要看到全部的钻石会员资料是不可能的,除非你能成为部门经理。"

方渐飞顿时觉得口中的饭菜索然无味,这可不是他想要的答案。

光凭资料不足以判断黄亚琴的心理情况,得跟当事人见面才行,从其语气、表情、肢体动作等来分析她内心真实的想法。

一个进公司不到三天的新人,就要跟客户见面,按说是不会被批准的，但张琳琳也不知道出于什么考虑，居然通过了方渐飞的申请。

方渐飞约黄亚琴来公司，没想到黄亚琴断然拒绝。她说自己每次来公司，婚恋师们看她的目光都是怪怪的，让她觉得自己就是柜台上的化妆品，正在被人挑选。而且，她也不喜欢去咖啡厅，说喝咖啡的人都是在装模作样，明明一口就能喝掉，偏偏搞得跟喝白酒一样，啜个半天，稍微喝多一口都跟要了老命似的。最后，方渐飞约她在肯德基见面。

黄亚琴今年三十五岁，因为从事化妆品行业，脸上的妆容让她看起来要年轻许多。她来见方渐飞的时候还穿着上班的制服，甚至胸前的工牌都没取下。

"我就在对面的商场上班。"黄亚琴解释道。她拿起手机看了看时间，"只请了一个小时的假。"

黄亚琴手机是苹果，型号很老，屏幕上有好几道裂纹。

见方渐飞注意自己的手机，黄亚琴下意识地将手机翻转，背面朝上，一个可爱的卡通米老鼠的手机套映入眼帘。

经济条件不是很好，在乎别人的看法，有点儿爱慕虚荣，但又有自己的底线……瞬间，方渐飞的脑中就蹦出了有关黄亚琴的关键词。

"就随便聊聊，用不了一个小时。"方渐飞将身体稍微后仰，虽然这样有些不礼貌，但肯德基都是小桌子，太靠前会让黄亚琴产生危机感，产生抗拒心理。

"要求都跟你们说了，还喊我出来做什么？直接按要求找不就行了。"黄亚琴有些不耐烦。

"我中午没吃饭，肚子有些饿了，先吃点儿东西吧。对了，就在跟你打完电话后，我弟弟的前女友还了我一千五百块钱。呵呵，三年了，就跟捡到钱一样。这是你带给我的好运气。所以，你吃什么，我请。"

方渐飞的这句话里面有三处重点，首先说自己肚子饿，让黄亚琴不好拒绝。然后说一笔钱失而复得，值得请客。最重要的是，他以弟弟为切入点，来引起黄亚琴的共鸣。

果然，黄亚琴听方渐飞这么一说，顿时有了兴趣，点了一份汉堡套餐，笑着问："你弟弟的女朋友还找你借钱？"

方渐飞叹息了一声，说小时候家里穷，考上了大学却没钱交学费，然后弟弟辍学打工给自己挣学费，现在能赚工资了，肯定不能亏了自己的弟弟。爱屋及乌，他对弟弟的女朋友也挺好，以至于这一千五百元钱他都不记得是怎么借出去的。

黄亚琴一点儿都没怀疑，而是深表同情："巧了，我的遭遇跟你差不多。我弟弟也是为了供我念书而辍学，我对他也一直都很愧疚。"

两人边吃边聊。起初都在说弟弟是如何仗义，但在方渐飞有意的引导下，两人所聊的重心不知不觉地发生了偏移。

"我弟弟对我好是没错，但平常不怎么来往的亲戚一个个蹦了出来，开口闭口就要我对弟弟好一点，说弟弟为我做出了很大的牺牲。我就奇怪了，我对弟弟好，用得着他们来提醒吗？"方渐飞抱怨道。

"对对对。我家里那些亲戚也这样，有事没事就找我说一通，真是服了他们。"黄亚琴苦恼地说。

方渐飞继续胡诌道："我之前不是在珠宝公司上班嘛。那些亲戚最开始来找我买黄金首饰，赶上活动了，我就能帮他们便宜点儿，但要是没有活动的话,我也只能原价出售。每次只要没帮上他们的忙,他们就拿我弟弟说事。我真怀疑,他们是用这个来提醒我,亲戚之间要互相帮助。"

"哎呀,你不说我还没想到,还真是这么回事。"此时的黄亚琴几乎将方渐飞视为知己,"我的那些亲戚也来找我买化妆品,要是没有足够的优惠额度,她们就开始教育我,做人不能忘本。"

方渐飞觉得时机到了,于是开始说出自己的心里话:"说实在的,当初我弟弟的成绩非常差,就算没有我上大学这回事,他自己也不想念书了。我上大学差不多用了五万块,这些钱确实是我爸妈跟弟弟凑的。但我这几年省吃俭用,一有钱就给弟弟给家里,已经给了四十多万。我现在的计划是,给够五十万就歇一歇,为自己活一次。说出来你都不信,我还没女朋友呢。"

黄亚琴这一次没有附和方渐飞的话,而是低着头,默默地吃着薯条,一根接一根地往嘴里塞。甚至,她都没有蘸番茄酱。

方渐飞暗道不妙。人的情绪是有惯性的,刚才黄亚琴一直在附和,突然就刹车了,这表示自己所说的得不到对方的认可。

是说错什么了吗?方渐飞脑中飞转,正寻思如何补救,黄亚琴的眼眶却突然变红,拿起餐盘里面的纸巾,假装擦嘴,顺势在眼角点了点,勉强笑着说:"对了,方老师,你叫我来什么事?"

方渐飞这才放下心来,黄亚琴不是没有感触,而是感触太深。如果她内心是一个堡垒的话,刚才自己的话,多半已经将堡垒的大门炸开了一道口子。

当然,现在并不是乘胜追击的时候,再让这个话题继续下去,反而会让对方恼羞成怒。于是,方渐飞笑着说:"有个刚注册的新会员,他的基本情况跟你的要求还算符合,有房有车,公务员,能不能把你调到事业单位不确定。但他说了，帮弟弟没错，但不能无止境地帮。我探了一下他的口气，他说，他也有一个弟弟，自己的弟弟什么待遇，小舅子就什么待遇，你看怎么样？"

黄亚琴有些茫然，片刻后回过神来，尴尬地笑了笑："我得回去问问家里的意见，晚些我在微信上回复你。"

加了微信后，黄亚琴匆匆离去。

方渐飞吃着薯条，经过刚才短暂的接触，他已经对黄亚琴有了进一步的了解。黄亚琴确实属于道德绑架型"扶弟魔"，而且，常年在这种环境下，她所有反抗的勇气已经消磨殆尽。另外，她的性格也是毫无主见，一个有可能跟她过下半辈子的人，她居然都说不出自己的看法，还要回去询问家里的意见。

方渐飞接下来要做的，主要有两件事：第一，打破弟弟在黄亚琴心中至高无上的地位；第二，树立起黄亚琴的自信与勇气。

如何执行却是个问题，毕竟不是黄亚琴主动来找方渐飞做心理咨询，方渐飞总不能逼着黄亚琴去跟陌生人聊天吧？

正寻思着解决方案，方渐飞的脑海中突然蹦出王翠兰躺在病床上脸色苍白的画面。他顿时思绪大乱，转而苦笑，心想黄亚琴是缺乏自信没错，自己又何尝不是失去信心？

郁闷之下，方渐飞准备起身走人，却看到门口走进来一男一女。

女的身材窈窕，大波浪卷发，巧笑嫣然，竟然是方渐飞的上司林依。而那男的肥头大耳，头发油光可鉴地往后梳着，戴着眼镜，年纪应该在五十岁左右。

林依挽着男人的胳膊，头也靠在其肩膀上，极为亲密的样子，任凭谁都能看出两人的关系不一般。

方渐飞的第一反应，这个男人应该是林依的爸爸。但很快，他就推翻了自己的想法，因为他看到林侬从包里拿手机的时候，男人趁机搂住了林侬的腰。

难道这是林侬的丈夫？又或者是男朋友？

方渐飞正处于惊讶之中，林侬的目光朝他这边瞟了过来。

方渐飞连忙弯腰低头，手撑住额头将脸挡住一大半。觉得不保险，又拿起黄亚琴没有吃完的汉堡，放在嘴边。

旁边有一个正在玩手机的马尾女孩，面容清秀，皮肤白皙，应该是个学生，见到方渐飞居然吃别人剩下的东西，不由得嘴角一撇。

方渐飞并没有察觉到女孩的目光，他从手指缝里瞟过去，只见林侬跟男人坐下后，拿出手机点餐。男人将手搭在林侬的肩膀上。

方渐飞有些郁闷，不知道林侬刚才看到自己没有，此刻站起来的话，肯定会被认出。于是，他下意识地将汉堡往嘴边凑，咬了一口后突然反应过来，这是黄亚琴吃过的，连忙放回桌上。

旁边的女孩摇了摇头，站起身，并将自己没有吃完的薯条放在了方渐飞面前，说："饿了吧？我这个还没吃呢。"然后，不等方渐飞回答，转身离开。

方渐飞哭笑不得，走又不能走，索性拿起一根薯条吃了起来，一边吃一边偷瞄林侬。三四分钟后，林侬拿着打包的套餐，挽着男人出门而去。又等了两三分钟，估计林侬已经走远，方渐飞这才起身出门。

方渐飞刚到门外，就看到林侬斜靠着自动取款机，双手环抱胸前看着他。林侬的脸上虽然笑意盈盈，但笑容中却透着几分冰冷。

方渐飞做梦都没想到，自己会被林侬堵在门口。

此时，掉头走是不可能了，方渐飞只能是硬着头皮打招呼：

相亲前规则

"咦，大姐头，你怎么会在这儿？"

林依愣了一下，旋即笑眯眯地调侃："这话应该我问你才对。上班时间，你跑到肯德基来做什么？给你的会员举办生日会？"

方渐飞连忙将黄亚琴的事情说了。

"倒是打得好算盘。"林依不置可否，"你以为搞定黄亚琴就能转正？"

"她不是钉子户吗？"方渐飞吃了一惊。如果不能转正，那他完全没有必要浪费时间。

"黄亚琴是钉子户没错，但她的等级不高。"林依笑了笑，"我猜，应该是张琳琳拿了几个难缠的会员给你练手。这才培训了三天，就敢放你出来跟客户见面，张琳琳还真是敢于用人啊。嗯，可能跟你心理咨询的从业经历有关吧。"

顿了顿，林依给出建议："如果你真想在良缘做出一番成绩的话，我建议你还是从最基本的开始，第一个星期分析之前的成功案例，第二个星期打电话拜访客户，第三个星期找新同事互相假扮客户……"

方渐飞边听边点头，心中却不以为然。我又不做婚恋师，只要找到曾皓跟人相亲的证据，我就可以走了。

林依说了好几点建议后，突然话锋一转："你刚才看到什么了？"

玩突然袭击？我早就防备着呢。方渐飞心里暗笑，口中斩钉截铁地说："我什么都没看见。"

林依皱着眉头看着方渐飞。方渐飞坦然与其对视。

终于，林依眉头舒展，脸上笑容再次浮现。就在方渐飞以为混过去的时候，林依笑盈盈地说："你都不问我应该看到什么？直接就是一句什么都没看见。呵呵，我看起来很弱智吗？"

第二章　男"媒婆"养成记　｜　033

方渐飞索性咬牙道:"不管我看到什么,反正就是没看见。"

林依翻了个白眼:"你倒是会说话。"旋即,她凑到方渐飞耳边,"如果公司有乱七八糟的传言,我保证会有人离开公司。你猜离开的是你,还是我?"

"我什么都不知道,自然不会乱说。"

林依笑着拍了拍方渐飞的肩膀:"那就好,加油。黄亚琴这边需要什么样的帮助,尽管开口。"

林依走了两步转过头来,拿出手机:"对了,还没加你微信呢。"

方渐飞打开微信,扫了一下林依手机上的二维码。微信提示道:是否添加百依百顺为微信好友。

百依百顺?这个名字好熟悉。

突然,方渐飞想到了前段时间陆薇推送过来的名片,不就是百依百顺吗?当时陆薇还说百依百顺从事婚介工作。难道林依就是陆薇要介绍给自己的人?想到这儿,方渐飞忍不住问:"大姐头,你前段时间是不是去了蓝港?"

林依"咦"了一声:"你怎么知道?"

方渐飞顿时有些头大,含糊着应付林依。

林依皱了皱眉头,旋即莞尔一笑,转身离去。

方渐飞看着林依的背影,暗自叹息一声,转身离开。

回去的路上,方渐飞突然想到了一种解决眼前困境的方法。如果他和公司领导说黄亚琴被自己说服了,有正儿八经找人结婚的想法,然后按照曾皓的条件把黄亚琴的要求报上去。到时候在资料库里一搜索,就能顺势将曾皓引出来,然后曾皓跟黄亚琴一见面,他的任务就算结束了。

方渐飞越想越觉得可行,回到公司后,他顾不上回座位,径直去找张琳琳。

张琳琳听说黄亚琴愿意改条件，顿时大感兴趣："你是怎么说服她的？"

"也没有完全说服她。"方渐飞含糊地解释，将自己和黄亚琴的对话告诉张琳琳。最后强调，黄亚琴只是答应试试。

张琳琳觉得好气又好笑："你还真不按套路出牌。"沉吟片刻，她接着说："怎么跟客户交流，那是你的事。但我提醒你，绝对不能做坑蒙拐骗的事。丑话说前头，你一旦出错，我是不会帮你的。"

见方渐飞神情有些悻悻然。张琳琳安慰道："当然了，只要不犯法，玩点儿花样倒也无可厚非。好了，我这就按照黄亚琴的要求，给你几份男会员的资料。"

方渐飞顿时大喜，这要求根本就是给曾皓量身定做的。一想到马上就能拿到曾皓的会员资料，方渐飞的心情顿时高兴起来。但张琳琳的下一句话，却让他的心情沉入谷底。

"事先声明，钻石会员是不可能拿给你练手的。"

回到座位，方渐飞打开电脑，等着张琳琳发来会员资料。

第三章　有钱人的聚会

▼

何四万坐在椅子上滑了过来,椅子发出"吱呀"的声音,似乎不堪重负,随时都会散架。他神神秘秘地问:"晚上有没有空?"

"什么事?"

"跟我去参加一个聚会。"何四万看了对面的谭晟一眼,将声音压低,"据说聚会高端大气上档次,我不想错过这个机会。"

方渐飞皱眉看着何四万:"什么聚会?"

"你玩过网游没?"

方渐飞愣了一下。他不怎么玩网游,但他知道所有的网游都是花钱过关的。说白了,网游里的大神多半是有钱人。

何四万拿出手机,指着屏幕中间的APP:"你看,现在出手游了。"

方渐飞笑了笑:"你到底想说什么?"

"我在玩网游。"何四万解释道,"前段时间也是无聊,我就去游戏的论坛逛逛,看到一个帖子,回帖的人蛮多,好奇之下就点了进去。这不,今晚在 KTV 聚会。"

方渐飞明白了过来,笑道:"我又不玩这个游戏,跟你去算怎么回事?"

"下载一个游戏就是,就说自己是新人。"何四万拍着胸口,"这次聚会 AA 制,你的钱我帮你出了。"

"当然是你出钱。"方渐飞笑着刷新了一遍邮箱,显示有新邮件。点开草草浏览了一遍,是三份男会员的资料,里面果然没有曾皓。看来,还要在黄亚琴那边下功夫,方渐飞一阵头疼。

下班后,两人坐公交车在 KTV 对面下了车,何四万看了看时间,说聚会是晚上九点开始。

"咱们现在什么都别吃,聚会时多吃点,两百块钱一个人,怎么也得把本给吃回来。"

"待会儿我那份归你,我现在可要吃点儿东西。"方渐飞哭笑不得,四下张望,看到远处有几家店面,写着川菜湘菜,当即拔腿就走。

何四万连忙跟了上来,笑着说:"你看你,一点儿都不知道节约。勤俭是一种美德。"

"拉倒吧!"方渐飞没好气地说,脚下却不停步。

刚走到店面前,一个扎着马尾的年轻女孩拿着一沓传单走了过来,递给方渐飞:"老板,川菜要不要试试?凭传单可以打八折哦。"

方渐飞接过传单,是川菜馆的宣传册,上面是水煮鱼片的图片,红红的辣椒配上白白的鱼肉,让人食欲大增。

"在哪儿?"方渐飞抬头问。在看到女孩的瞬间,他眉头一皱,感觉这个女孩好像在哪儿见过。他想了起来,这不是上午在肯德基的女孩嘛。他当即笑道,"是你?"

发传单的女孩起初也没注意,听到方渐飞讶然地喊叫,抬头仔细一看,也笑出声:"怎么是你?"

何四万"咦"了一声:"你们认识?"

方渐飞哈哈一笑:"今天上午见过一面。美女,这家店在哪儿?我去尝尝。"

女孩指了指面前的一家店面,笑着说:"祝你用餐愉快。"

何四万走了两步,转过头问:"美女,我要是拿两张传单,是不是可以八折再八折?"

马尾女孩"扑哧"一笑:"应该不行!"

方渐飞有些汗颜,拉着何四万就走:"你再丢人现眼,我把你打骨折!"

走进店内,方渐飞发现这家川菜馆很小,只有一间门面,前堂后厨,外面摆了四张桌子,略显拥挤。此时正是饭点,店内坐了两桌客人。

右首那桌只有一名食客,三十来岁的男子,白白净净戴个眼镜,穿得很休闲,浅蓝色的T恤衫,胸前印了几排英文字母。他面前放了两盘炒菜,还有一盘花生米和麻辣魔芋,右手边有瓶啤酒,看起来一副怡然自得的样子。

左首那桌坐着两名男子:一个干瘦干瘦的,身上的西服显得空荡荡的。另一个皮肤黝黑,浓眉大眼,就是吃相不太雅观,一只脚踏在凳子上,脚上又不穿袜子,皮鞋当作拖鞋穿,露出一截脏兮兮的脚后跟。

西服男子正说着什么,筷子在空中挥舞,而黝黑男子只顾着埋头吃,浑然不顾西装男子的唾沫星子飞进了菜里。

何四万坐下后，拿起菜单点了两个比较便宜的菜，又叫了两瓶啤酒，指着干净男子的桌面："老板，那个麻辣魔芋给我来一碟。"

老板似乎有些心不在焉："魔芋？什么魔芋？哦，那个魔芋是客人自己带来的，只不过用了本店的碟子。"

何四万瞪大双眼："还能自己带东西进来？那啤酒我不要了。老方，你等我一下，我去门口小卖部买两瓶啤酒。"

方渐飞顿时哭笑不得，正要说啤酒钱他出了，只听老板冷笑道："这位客人给了我五十块的服务费。你要自己带酒水进来的话，也得给我五十块的开瓶费。"

何四万立马坐下，郁闷地挥手："你这不是抢钱吗？算了算了，我这个人大方，不跟你计较，先拿两瓶啤酒上来。"

老板送来啤酒，另外还拿了一盘花生米，刚放下，西装男子就大声说道："老板，买单！"

老板走过去看了一眼，突然翻脸道："三千六百元，谁给钱？"

什么？三千六百元？

不仅是西装男子和黝黑男子目瞪口呆，方渐飞跟何四万也被吓得不轻。

西装男子怒了，拿起桌上的菜单，用手指着："你这里明码标价的，回锅肉三十块，宫保鸡丁三十八块，三鲜汤三十五块，加起来也就一百块出头，哪来的三千六百块？"

老板冷笑道："菜钱确实只要一百块，但米饭一千块一碗，你们吃了两碗；碗筷是两百五十块一套，你们拿了两套；再加一千块的茶位费，前后加起来正好三千六百零三块。收你三千六百块还给你便宜了三块钱呢！"

西装男子大怒："你这是开黑店吗？"

老板"呸"了一声:"少废话,赶紧给钱。"

黝黑男子拿出手机就要拨号:"老三,别说了,我先报警。"

西装男子连忙拦住黝黑男子,说:"先别报警,就吃一顿饭,没必要整得这么麻烦。"

老板冷笑着,双手环抱在胸前:"叫警察来也没用,吃饭给钱,天经地义。"

何四万实在看不下去了,站起来打抱不平:"老板,你这有些说不过去吧?"说着,他晃了晃手中的传单,又说道,"你这上面还写着星级享受、排挡价格,敢情你这是写反了,星级价格、排挡享受。我读书少,你不要骗我!"

老板打量了何四万两眼:"你个穷鬼叫什么叫,你们的茶位费也是一千块,桌上的花生米两千块一盘,没钱休想出这个门!"

何四万愣住,旋即脸气得通红,拿出电话拨了报警电话。

眼看着何四万报警,老板却一点儿都不害怕,甚至还拿了把菜刀坐在门口,不准任何人出入。

此时,店中每个人的神情各异。老板冷着一张脸,黝黑男子愤愤不平,西装男子面露惶恐,何四万咬牙切齿,方渐飞皱眉沉思。只有右首桌上的眼镜男子不急不慢地喝酒吃菜,似乎这一切都跟他无关。但他的目光却不时地瞥过方渐飞跟何四万。

五六分钟后,一辆警车停在了餐馆门口,车上下来两名警察。

饭店老板连忙迎了上去,指着饭店内的西装男子快速地解释着什么。

何四万低声说:"你看,他还恶人先告状。"

片刻后,两名警察走进店内,年轻一点的警察目光扫过众人:"是谁报警的?"

"我！"何四万站起来，将刚才的事情重复了一遍，并强调，他从头到尾目睹了饭店老板欺骗消费者的行为。

此时，饭店老板脸上表情怪异，但并没有出声反驳。方渐飞觉得事情有些不对劲儿。

何四万说完这话以后，黝黑男子连忙道谢。但西装男子却在警察进来以后，目光躲躲闪闪，不敢跟警察接触。

该不会是逃犯吧？方渐飞脑海中突然冒出这么一个念头。

果然，年纪稍微大点儿的中年警察冷冷地看着西装男子："是你？"

西装男子干笑了一声："刘警官，你好。"

刘警官冲年轻警察扬了扬下巴："铐起来！"

年轻警察上前，拎小鸡一样把西装男子拎了出去。方渐飞等人看到这种情况，目瞪口呆。

刘警官刚毅的脸上浮现出笑容："刚才那家伙是诈骗惯犯，最近这段时间在我市犯案多起，骗了不少人。我们特地跟附近的饭店老板打过招呼，一旦发现，立马报警。"

何四万愣了好一会儿，挠着头皮跟饭店老板道歉。

饭店老板苦笑道："若不是被这诈骗犯所害，我也不会背井离乡在这儿讨生活。"

待警察带着西装男子走后，老板拿了两瓶啤酒给何四万，说是送的，就凭何四万敢于路见不平的勇气。

何四万觉得受之有愧，匆匆吃完饭，在盘子下面压了两百块，拉着方渐飞溜了出来。

这段插曲让方渐飞对何四万有了新的认识。这家伙虽然小气，但身上还保留着出身市井的侠义之气。

二人出来的时候天色已黑，发传单的女孩也不见了，估计已经下班。

聚会是晚上九点开始，眼下八点都不到，两人无所事事，蹲在KTV门口抽烟。

"老方，你有女朋友没？"何四万随口问道。

"没有。"方渐飞想到前女友陆薇，进而就想到了王翠兰。心里有些憋屈，若不是王翠兰出事，他应该还是一名心理咨询师。哪像现在，居然蹲在马路边抽烟，跟个小混混似的。

不想再被问下去，方渐飞连忙转移话题："对了，你家里为什么要给你取这么个名字？是希望你年薪四万？还是你爸爸当时正在打麻将？"

何四万顿时有些郁闷："原本我爸妈给我取名叫四方，就是四方来财的意思，也不知道登记的人怎么就少写了一点，写成了四万。"

方渐飞大笑："还好，没人给我写成万渐飞！"

二人正说笑，何四万收到一条微信消息，看了一眼，站起来说，可以进场了。

这次聚会的举办者定了一个豪华包厢，包厢面积几乎有半个篮球场那么大。何四万推开门的瞬间，嘀咕了一句："果然是有钱人，两百块钱怕是不够场地费。"

门口不远处有十来个人正在说笑，有男有女，年纪从二十岁到三十岁不等。

见到方渐飞两人，其中一个短发女孩走了过来，大大咧咧地问账号名字。

何四万说自己是巅峰土肥圆，临时给方渐飞取了个名字，叫巅峰霸王枪。"

"原来你就是土肥圆啊。"其他的几个人围了上来,笑嘻嘻地说着游戏里面的事。

方渐飞插不上话,出于礼貌,只能假装饶有兴趣地听着。这时,他感觉自己的衣袖被人拉了一下。回头望去,刚才在饭店外面发传单的马尾女孩正笑嘻嘻地看着他。

"你也来参加聚会?"

一天见三次,方渐飞觉得二人实在太有缘分了,不由得笑着问:"你也玩这款游戏?"

"对啊,不然我来这儿做什么?"马尾女孩笑眯眯地说,"跟你还真是有缘!我叫刘悦,游戏名是蓬莱阁胭脂虎。"

"我叫方渐飞。游戏名是……"说到游戏名时,方渐飞突然忘记了刚才何四万随便给他起的名,是霸王刀还是霸王枪来着?想了半天,他才说,"巅峰霸王刀。"

方渐飞正纠结刘悦要是说起游戏的事该如何回答,门口传来一阵喧哗声,循声望去,四名男子昂然走了进来。

最前面的男子高大英俊,一张脸阴沉如水,似乎发生了什么不愉快的事。身后三名男子看起来像是跟班,其中一人大声说:"我们老大风雨阁战神向各位问好。"

英俊青年的目光扫过四周,面无表情地说:"你们可以叫我战神,也可以叫我的名字,高云风。"

高云风一来,将所有人的注意力都吸引了过去。几个女孩开始窃窃私语。

"哇,他就是咱们区两大土豪之一,好酷哦!"

"我充了三千块进去,战力有一百四十万,在新区已经算是很厉害的了。他的战力是三百二十万，不知道到底充了多少钱。"

"听说小雨的账号也是他花钱砸出来的，据说花了好几万呢。"

听到这里，方渐飞低声问何四万："这就是你要结识的有钱人吗？"

何四万口中喃喃自语："那么有钱就算了，还那么帅。"直到方渐飞推了他一下，他才反应过来，"对，我们区有两个土豪，都是东海的。一个是他，另一个是雪茄老男人，都是充钱不眨眼的主儿。嘿嘿，也不知道雪茄老男人今晚会不会来？"

顿了顿，何四万眼中充满斗志："你等我一会儿，我上去跟他打个招呼。"

高云风明显有心事，就这么冒冒失失上去打招呼，搞不好会碰钉子。方渐飞思绪刚落，还没来得及说，何四万已经走上前。

果然不出所料，何四万上去说了两句就灰头土脸地回来了，恨恨地抱怨："太不给面子了，居然说不知道我这个人，还说战力一百万以下的他都懒得记名字。"

方渐飞差点儿笑出声，拍着何四万的肩膀安慰道："说不定他是在开玩笑。"

"我不觉得他在开玩笑。"何四万悻悻地说。

一开始就被人嘲笑，何四万的兴趣烟消云散。好在又有十多名玩家赶来，其中有一个叫小雨的女玩家，长得极为漂亮，身材也极好，她一来就让聚会热闹了起来。

"她叫小雨，跟高云风组建了风雨阁。你看人家，有钱有颜也就算了，找个游戏搭档都这么漂亮。"何四万酸溜溜地说。

果然，小雨坐在了高云风旁边。出人意料的是，她坐下还不到一分钟，居然满脸气愤地站了起来。因为隔得太远，又有震耳欲聋的音乐，方渐飞根本听不清她说的什么。

这时，高云风脸色却越发难看起来。他指着座位大声地吼了两句，小雨倔强地站在原地，局势看上去有些尴尬。

今晚怕是有热闹看了，方渐飞正在寻思。旁边的何四万突然"噌"地站起来，朝高云风走了过去。方渐飞赶紧跟了上去。

何四万站在高云风面前，吞了口口水，两只手紧紧地攥着拳头。

小雨见状，狠狠地瞪了高云风一眼，大声说："你不要太过分！"

高云风冷笑道："小雨，你别忘了你的账号之所以有现在的战力是谁帮你的。"

小雨皱着眉，大声说："我又没逼你给我充钱！"

何四万终于忍不住开口："你这人怎么这样啊！"

高云风看了一眼何四万，不屑地说："这位兄弟是叫土肥圆是吧？战力都没有上一百万，也好意思跟我说话！穷鬼一个！"

方渐飞暗道不好。何四万每天想着如何混进有钱人的圈子，生怕别人不知道他有钱。高云风这句话，简直就是在揭何四万的逆鳞。

果然，何四万气愤地说："不就是一个游戏账号嘛，你给她充了多少钱，我替她还给你就是了！"

高云风嘴角一撇："看来你这个土肥圆今天是要英雄救美了，好啊，十万块，把钱给我，立马我就不再为难她。"

十万！一个游戏而已，至于这么多钱吗？方渐飞心里十分不解，但看着小雨没有反驳的样子，估计是真的。

何四万虽然手上有点儿钱，但也不会拿出十万块充游戏币。一时间，气氛有些僵住了。

"我买！"这时，一道清脆的声音从角落传来。

众人均是讶然。循声望去，隐约看到角落里有个人，一男一女，但看不清什么样子。

说话的女子站了起来，走到小雨身边。居然是刘悦。她扶着小雨的肩膀，看着高云风："玩个游戏，看把你给厉害的，真以为东海就只有你有钱了？"

高云风脸上一阵红一阵青，森然道："你是谁？"

刘悦冷笑道："我哥是雪茄老男人，随便你怎么，走着瞧。"

高云风脸色更是难看起来，看了角落里的男人一眼，一挥手，带着三名死党狼狈而去。

聚会到这个地步，再继续下去也没意思了，众人先后离开。就在方渐飞跟何四万准备离开的时候，小雨叫住了他们："要不要一起吃夜宵？"

何四万看了小雨一眼，挠着头皮："这怎么好意思呢，算了吧！"

角落里传来男子略带磁性的声音："几个小时前还在一家饭店吃饭，这就忘记了？"

说话间，男子从角落走了出来，三十来岁，白白净净戴个眼镜，T恤上印着几排字母，赫然是先前在川菜馆吃饭的那名眼镜男子。

眼镜男子是刘悦的堂哥，叫刘振宇。用何四万的话来说，刘振宇就是土豪中的战斗机，别的不说，光是游戏，就充了不下五十万块钱。

游戏跟现实一样，第一名跟第二名很少有成为朋友的，刘振宇跟高云风在游戏里经常打架，可以说势不两立。

闲聊中，众人找了家烧烤店。进去后，刘振宇冲刘悦使了个眼色。刘悦顿时会意，点了一大堆东西。

烤串流水般送了上来。几口酒喝下去，众人的话多了起来。尤其是何四万，就连自己进入婚介公司是为了找女朋友的事，他都毫无遮拦地说出口,惹来刘振宇大笑。当即表示,明天他就去注册个会员,就当给何四万完成任务。

其实,刘振宇之所以这么欣赏何四万,是因为何四万今天做了两件让他很解气的事。第一件是何四万在小饭店路见不平;第二件是何四万在聚会的时候,跟高云风对着干。

"你还没结婚?"何四万忍不住瞪大了眼睛。

"我今年三十五岁,没结婚很奇怪吗?"刘振宇有些哭笑不得。

小雨敬了刘振宇一杯酒后,坐在何四万身边。

何四万有些受宠若惊,然后忐忑地望向刘振宇。毕竟,今天晚上是刘振宇帮小雨解决了难题。

刘振宇对于小雨的表现却一点儿都不在乎,笑着说自己当时只是想恶心一下高云风。

三四瓶酒后,何四万胆子大了起来,竟然搂着小雨的肩膀,跟刘振宇称兄道弟起来。

这让方渐飞颇为疑惑。如果是高云风跟何四万为了争夺小雨一掷千金,这说得过去。可刘振宇举手投足间极其稳重,看起来不像是这么冲动的人啊!有了怀疑,他开始观察刘振宇。他发现刘振宇兄妹跟小雨时不时地交换眼神,似乎在交流着什么。

警惕之下,方渐飞以酒量差为由,再也不喝酒了。刘振宇等人也没怎么在意,一个劲儿跟何四万喝酒。

差不多十二点的时候,小雨说要回去。刘振宇让何四万去送,小雨低着头默许了。

就在何四万起身的时候,方渐飞一把拉住了何四万。刘振宇等人愕然地看着方渐飞。

"我跟他说件事。"方渐飞随口解释了一句,将何四万拉到一边,"胖子,你玩这游戏多久了?"

"差不多三四个月吧。"何四万皱眉看着方渐飞,"如果没有重要的事,就明天再说,没看到有美女等着我去送吗?你不想脱单,我想脱啊!"

"你的熟人里面,谁知道你玩这个游戏?"

何四万见方渐飞神情严肃,于是老老实实地回答:"我的邻居二宝,是他介绍我玩这个游戏的。"

"你有钱的事情,二宝知不知道?"

"废话,他是我邻居,我家拆迁了,他能不知道吗?"何四万有些得意起来,"不过,他家面积小,只得了一百多万的拆迁款。"

"你家得了多少?"

何四万皱眉看着方渐飞:"怎么了?"

"问一下。"

"不到一个亿。"

"到底多少!"

"一千多万吧。我家面积比较大。"

"你以前认识小雨吗?"

"不认识,只知道她跟高云风是一对游戏搭档。"

方渐飞想了想,虽然知道自己的猜测没有根据,但还是提醒何四万:"我总觉得,他们在给你下套。我就问你一句话,如果不知道你有钱,你觉得小雨会看上你吗?"

何四万虽然有些好色,但他不傻。听方渐飞这么一说,他顿时就清醒了。

两人走回座位,何四万问老板多少钱。得知是四百三十元后,他拿出手机给老板扫码了一百七十二元。然后,他跟刘振宇说:"夜宵钱咱们AA，我们的已经给了！你明天也别来我们公司了，我不想欠你人情。"

刘振宇愣了一下，旋即目光闪烁地打量方渐飞。

"走了！"何四万拉着方渐飞转身就走。

刘振宇眉头一皱："两位稍等。"

何四万头也不回，大声说："少来坑我！"

刘振宇笑了笑，说："何四万，你父亲之前在废品收购站上班，对不对？"

何四万吃了一惊，转过身问："你怎么知道？"

"废品收购站的老板开车出了事，就把废品站折价卖给了你父亲。你父亲买了不到半年，就赶上拆迁了。是不是？"

何四万顿时目瞪口呆。

"拆迁款一共是一千一百六十三万元。废品收购站原来的老板找过你们，要你家把没给的尾款补齐，你们没同意，是不是？"刘振宇的语气有些不善。

"放屁，他是要分一半！凭什么？我们又不是赊账，而是花钱买过来的。尾款？哪来的尾款，我家一次性付清的。"何四万急了。

刘振宇皱眉道："我听到的可不是这么回事。"

方渐飞心中一动："你们是废品收购站前老板找来的人？"

刘振宇颇为意外地看了方渐飞一眼，也不否认："老板儿子跟我是同学。"

三人重新坐下来，将事情摊开了说。

何四万的说法是，他家确实是低价盘下了废品收购站，价值四十万元，结果三十万元就卖给了他父亲。现在拆迁了，何四万家得到了巨额拆迁款，欣喜之余，就去找废品收购站的前老板，说是把之前便宜的十万块钱补给老板。没想到，废品收购站前老板的儿子不同意，非说要一半的拆迁款。最后何四万家也生气了，一分钱都没给。

刘振宇这边所知道的情况却是何四万家乘人之危，价值四十万元的废品收购站，硬生生地压价到三十万元，其中还有十万元没有给，甚至欠条都没打。现在拆迁了，老板的儿子只是想拿回欠的那十万元，没想到何四万家一分钱都不给。老板的儿子因此找到了刘振宇。别看刘振宇斯斯文文的，却极为讲义气，听同学这么一说，自然要帮着讨回公道。

打官司是肯定打不赢的，只能通过其他的渠道拿回钱。一番调查后，得知何四万在玩网游，刘振宇就策划了这么一起聚会。高云风、小雨等人都是刘振宇喊来的临时演员。他是广告公司的老板，最不缺的就是临时演员。

"警察抓人，也是你安排的？"方渐飞有些惊讶地问。

"那只是一个意外。"刘振宇耸耸肩，"至于刘悦在饭店外面发传单以及我在里面吃饭都是事先设计好的，目的就是提前跟你们混个脸熟，晚上聚会时你们才不会提防我们。"顿了顿，他看着方渐飞补充了一句："没想到，你的警惕性那么高。"

方渐飞想了想，问："如果胖子跟小雨走了，接下来会遭遇什么？"

刘振宇倒也不隐瞒，笑着说："自然是小雨的丈夫来酒店抓奸。"

何四万怫然色变，站起身，说："还是那句话，我家最多给他二十万，爱要不要。"

刘振宇点了点头："我也不可能只听你的一面之词。待会儿我问清楚，如果确实是你说的那样，到时肯定会给你一个交代。"

刘振宇说的交代很快就兑现了。翌日，他带了一男一女到了良缘婚介公司，指明要找何四万。张琳琳还以为出了什么事，上前一问，得知是来注册钻石会员的。

包括刘振宇在内，三个钻石会员，全都算何四万的业绩。看来，他已经问清楚了，此番过来注册会员就当是道歉。

三个钻石会员，何四万这下出名了，不光是张琳琳对他大为夸奖，甚至总监何晴都把他叫去办公室勉励了一番，并表示已经通知人力资源部，签个合同就是公司正式员工了。

成为正式员工后，公司会随机分配两个或者三个钻石会员给何四万。

方渐飞寻思着，到时候询问一下何四万，看看他手上的钻石会员有没有曾皓。然而，何晴直接将刘振宇这三个钻石会员交给了何四万，说是熟人好办事，这让方渐飞极为郁闷。

第四章　大战"扶弟魔"

▽

经历了昨晚一番的波折,何四万糊里糊涂转正成为婚恋师,而方渐飞仍然在试用期。看来,他得加快黄亚琴这边的进度了。

方渐飞在电脑上打开了张琳琳发过来的三份资料。

三名男会员是按照曾皓的条件甄选出来的,所以相关条件都差不多,都是四十岁左右,有房有车有公司。

挑选了一番,方渐飞最终选定了一个叫姜鹏的黄金会员。

姜鹏,四十一岁,东海本地人,珠宝公司生产厂长,月薪在两万元左右,在公司注册半年时间了,直到上个星期才升级成为黄金会员。

从照片上看,姜鹏浓眉大眼,不怒自威。资料上显示姜鹏当过兵,为人正派且传统观念浓重,有点儿大男子主义,眼里容不得半点沙子,妻子两年前得了肺癌去世。

方渐飞之所以选姜鹏,是看中了姜鹏上个星期才升级成为黄金会员。注册半年都没有充钱，现在突然充成黄金会员，应该是想结婚了。

方渐飞跟姜鹏打电话聊了几句，得知他这个周末有时间，接下来要做的就是探听黄亚琴那边的口气。方渐飞在微信上面跟黄亚琴打了声招呼：姐，现在方便说话吗？

过了三四分钟，黄亚琴回了个语音通话过来。

"方老师，你上次说的那个公务员，什么时候可以见面？"黄亚琴有些不好意思地解释，"昨晚跟家里商量了一下，忘记告诉你了。"

所谓的公务员根本就是杜撰出来的，怎么可能见面？方渐飞只好装作遗憾地表示。对方昨晚跟另一名会员见过面以后，感觉很好，专程打电话过来，说不需要再安排相亲了。方渐飞这么说是在给黄亚琴制造危机感。

果然，黄亚琴"啊呀"了一声："那怎么办？"

"姐，你别着急，我们公司每天都有新会员注册，我们的会员资料每天都在更新。我再搜一下今天的资料，看看有没有合适你的，晚点我再给你打电话。"

过了一个多小时，方渐飞给黄亚琴回了一段话：姐，好像符合你要求的暂时没有了。

黄亚琴急了，再次打电话过来："把我调到事业单位这个条件可以去掉。但对方必须是公务员，而且必须支持我弟弟创业，这两个条件是底线。"

方渐飞笑着答应，然后好像发现了新大陆似的，惊喜地说："姐，这里有一个新会员，四十岁，有房有车，是自己开公司的。至于支持弟弟创业的问题，你稍等啊，我问他一下。"

方渐飞将手机听筒放在键盘旁边，然后敲击键盘，敲十来下就停顿一会儿，好像在跟人聊天似的。

几分钟后，方渐飞回复黄亚琴："他说了，适当的创业可以支持，但不能无休止地索取。"

黄亚琴纠结不已："方老师，我下班后再去问问家里人的意见，今晚微信回复你，好吗？"

方渐飞的语气很是为难："姐，我跟你说实话，现在的优质会员是很紧俏的。公司的婚恋师有五六十个，没事就在刷资料库，一旦有新的会员注册，立马跟自己的客户进行数据匹配，一旦发现匹配率超过百分之八十，婚恋师就会申请预约。真不是夸张，只要注册的会员足够优秀，一个小时之内，其后台的预约次数最少在十次以上。"

顿了顿，方渐飞接着说："而且，为了保证自己客户的成功率，我们婚恋师都会把条件最好的客户优先安排见面。还是那句话，手快有手慢无。"

"我现在就打电话回家，你等我一会儿。"黄亚琴急急忙忙地挂了电话。

半个小时后，黄亚琴再次打电话过来，说可以先接触一下。

方渐飞遗憾地表示："姐，真是抱歉，这个会员前面已经有八个会员预约，就算是一个星期相亲两个，都排到一个月以后了，你看要等不？"生怕黄亚琴没听明白暗示，方渐飞索性明说，"如果他真是奔着结婚而来，估计不用见完八个就能解决问题……如果见了八个还不行，那么，你这边估计希望也不大。"

话已经说得很明白了，对方的要求越高，能看上你的概率就越小。

不等黄亚琴懊悔，方渐飞自然地把姜鹏推了出来："姐，我这里还有一个会员，四十一岁，自己开公司的，有房有车，要不要先见一下面？至于弟弟创业，等见面再说，行吗？"

已经有些焦灼的黄亚琴迟疑了一下，答应了下来。

黄亚琴跟姜鹏的见面地点定在了清湖路的一家湘菜馆。这家店装修得很有档次，价格也适中，用来初次见面还是不错的。

姜鹏身高将近一米八，为了表示庄重，他穿了一套比较高档的西装。四十多岁的人，一点儿都没发福，看起来不像是老板，反倒是像老板的保镖。

黄亚琴也精心打扮过，看起来起码要年轻十岁。

两人彼此的第一印象都不错，点完菜后聊个不停，姜鹏不时发出爽朗的笑声，而黄亚琴则是掩嘴娇笑，气氛极为和谐。姜鹏没有表现出大男子主义，而黄亚琴也没有提起弟弟创业的事。

方渐飞偷偷地坐在大厅角落，把棒球帽压下来，遮住了半边脸。

对于相亲来说，有些事情是不可能隐瞒的。与其遮遮掩掩，还不如当面说清楚，合得来就继续，无法忍受就潇洒转身。但也不能一见面就把缺点全部暴露出来，怎么都得等到快吃完的时候。万一谈崩了，正好结账走人。

就在方渐飞以为这两人开局不错的时候，那边黄亚琴不知道说了什么，姜鹏的脸突然就沉了下来。

方渐飞暗叫不妙，正准备给黄亚琴发微信。姜鹏不知道说了一句什么，黄亚琴"蹭"地站了起来，拎起自己的包，头也不回地走了出去。

姜鹏沉默了片刻，将杯中啤酒一饮而尽，若无其事地继续喝酒吃菜。

方渐飞下意识地站起身，想要去追黄亚琴。但他一个人一桌，在没有买单的情况下，追人不太现实，索性放弃这个想法，招呼服务员买单。然后，他走过去坐在了姜鹏对面。

见是方渐飞，姜鹏微微一愣，回头招呼服务员多加一副碗筷。姜鹏喝了口酒，皱眉道："小方，你给我介绍的什么人呐？"

方渐飞试探着问："是不是说她弟弟的事情了？我跟你打过预防针啊。"

"你确实跟我说起过，我当时也说了，姐姐感恩，支持弟弟创业，这是好事。但我没有想到，竟然是这么个支持法。"姜鹏的声音忍不住大了起来，"她说家里的开支都要我承担，她的钱全部给弟弟。这倒也没啥，以我的能力，养家还是没问题的。"

方渐飞有些讶然，这些几乎就是黄亚琴的全部要求了。如果姜鹏连这个都不在乎的话，那应该没有其他障碍才对呀。难道，黄亚琴又提出了什么新的要求？

果然，姜鹏阴沉着脸，接着说："她问我没有小孩是不是因为身体原因。我虽然心里不舒服，但也没想着瞒他。我以前执行任务的时候受过伤，确实无法生孩子。没想到，她居然想要她弟弟进我的公司。进公司也就算了，还说要她弟弟当副总，反正我这边没有子嗣，公司就交给她弟弟好了。"

说到这儿，姜鹏黑着脸连骂了几句粗口。

方渐飞没想到，黄亚琴会说出这种话。但转念一想，黄亚琴已经将帮扶弟弟当作是一种本能。听说姜鹏不能生孩子，自然就想要弟弟来接管姜鹏的公司。对于"扶弟魔"来说，只要听到任何好事，第一时间都会联想到自己弟弟身上去。

看来还得从根子上纠正黄亚琴的观念才行，否则，就算给她介绍一个亿万富豪，她也会想着，如何把丈夫的家产变成弟弟的家产。

方渐飞看了一眼姜鹏，心中一动："姜总，如果黄姐没有这么一个弟弟，你觉得还行不？"

"小方，我也不瞒着你，这个黄亚琴跟我死去的妻子有那么几分相似。我第一眼看到她，就跟自己说，这肯定是天意。没想到啊……"姜鹏叹息着摇头。

方渐飞微笑着给姜鹏倒酒："姜总，如果能让黄姐在自己的生活中主动忽略弟弟，或者说，她改掉'扶弟魔'的毛病。这样的话，你愿意跟她在一起吗？"

姜鹏愣了一下，然后皱眉思索了十来秒，缓缓摇头："我不认为她改得掉，我身边就有朋友亲身经历过。"

"怎么回事？"

"我有个战友，家里是真有钱，咱们东海最大的酒店就是他们家的。一直不结婚，说是没玩够。去年突然就找到真爱结婚了，老婆比他小十四岁。他每个月给老婆十万块零花钱，随便花。他老婆倒也不是大手大脚的人，花不完的钱就存着。有一次岳父岳母打电话，说是家里想修房子，战友老婆就把存的钱全部寄回去了。"

停顿了一下，姜鹏苦笑着摇头："这一寄就坏事了。原本丈母娘并不知道女婿这么有钱，知道以后，立马带着老丈人和小舅子来到东海，说乡下住着不舒服。我战友二话没说，就买了套房给他们住。

"丈母娘一看，确实有钱啊，就说小舅子没工作，想开公司。我战友想都没想就拿出五十万。"说到这儿，姜鹏嘴角浮现出一抹鄙夷，"如果只是这样，我战友都无所谓。可上个月，战友家老头子突然心脏病进了医院。丈母娘居然怂恿我战友去要他家老头子立遗嘱，把酒店家产全都给我战友。这不是咒老头子死吗？我战友就骂了丈母娘一句。好了，丈母娘就开始唆使女儿离婚。"

方渐飞讶然地说:"你战友的老婆怎么说?"

姜鹏冷笑道:"他老婆真听话,用离婚来威胁我战友。并列出要求,想要不离婚,就得要公公把遗嘱写好,给老丈人再买一套房,安排小舅子进公司……这一条条的,把我战友气得不行。"

"然后呢?"

"然后就离婚了啊。之前买的房子,给的钱,是别想要了。另外还给了十万块钱……亏得他家老头子没把家产给他,不然的话,还不知道要给多少。"

方渐飞摇头苦笑,心想这种奇葩家庭都可以拍电视剧了,八十集的那种。

姜鹏再次叹息:"这种……谁惹得起?"

方渐飞想了想,举起酒杯:"我敢保证,黄亚琴不是这种人。"

姜鹏也举起酒杯,眯着眼睛问方渐飞:"你能保证?"

"是的,我能保证。"方渐飞坦诚地看着姜鹏,"如果她能改掉这个毛病。到时候你还愿意跟她进一步发展吗?"

姜鹏沉默片刻:"可以。"

回到家中,方渐飞假装自己不知情,给黄亚琴打电话询问。黄亚琴倒也没隐瞒,说把事情搞砸了。

"是不是他惹你生气了?"方渐飞的立场自然要在黄亚琴这边。

黄亚琴诚实地说:"是我知道他不能生育以后,就要他安排我弟弟做副总。我也不知道为什么会这样,突然就控制不住自己。"顿了顿,她抱怨道,"但他说的话也太难听了。"

废话!你们才初次见面,你就敢提出这种要求。他没转身走,就已经够给你留面子了。

想了想,方渐飞问:"如果不发生这件事,你对姜总的印象如何?"

"还行吧。"黄亚琴语气中有些懊悔,"可现在都这样了,说什么都没用了。"

"也不一定。"方渐飞安慰了黄亚琴几句,挂了电话。

方渐飞突然觉得有些乱,点上一根烟,从窗帘后面拖出一块小黑板,开始梳理自己的思绪。

方渐飞来良缘婚介公司,是要帮助王翠兰找到曾皓跟人相亲的证据,解决自己的心魔。

方渐飞在黑板上写下曾皓的名字,画了一个圈,然后又写下"转正"两个字。

曾皓是钻石会员,要想查到他的资料,就得先成为部门经理。想成为部门经理,就必须先转正。想快速转正,要么像何四万那样,拉几个钻石会员进来,要么就搞定黄亚琴这种钉子户。所以,他除了搞定黄亚琴,再无选择。

方渐飞在黑板上写下黄亚琴的名字,又在旁边写下姜鹏的名字。

姜鹏对黄亚琴有好感,黄亚琴对姜鹏印象也还行,两人之间最大的障碍就是黄亚琴的"扶弟魔"行为,只要将这个隔阂解决,剩下的都不是问题。

按照方渐飞之前的分析,黄亚琴之所以会变成"扶弟魔",是因为被道德绑架,只要她认清自己不欠弟弟什么,然后再增加其自信,那么,这些问题都将迎刃而解。

想到这里,方渐飞将粉笔一扔,躺在了沙发上。只要一涉及心理问题,他就会想起王翠兰那张苍白的脸。一切都回到了原点,形成了一个死循环。

方渐飞正郁闷，手机响起，是他以前的助理打过来的。

"方哥，有个叫陆薇的女士找你。"虽然工作室已关门，助理对方渐飞仍然很恭敬，"之前公司注册营业执照时用了我的手机号登记。所以，她找到我了，说有急事，要不要把你的电话号码给她？"

方渐飞不认为陆薇找自己能有什么急事，但迟疑片刻，还是说了句"可以"。

一分钟后，电话再次响起，方渐飞刚一接通，陆薇就吼了起来："方渐飞，能耐了啊，居然把我拉进黑名单了！"

方渐飞并不解释，而是心里暗自感叹，三年前的陆薇可没这么粗鲁，开口就大吼大叫。看来岁月真是一把杀猪刀啊！

"你找我有什么事？"

陆薇"哼"了一声："没有事就不能找你啊？好了，说正事，不是要你加林依的微信吗？怎么不加？今天我跟她聊天说起你，把你一顿夸，赶紧加上啊。"

"早就加了。"

"方渐飞，你别耍花样，真要加上了，她怎么没跟我说起？你改微信名了？"

"是的，我改名了。"方渐飞不想在这个问题上纠缠，"我现在换工作了，在良缘婚介公司做婚恋师。林依是我的上司，我可不想跟上司谈恋爱。"

"什么？"陆薇不可置信地惊呼出声，"你好好的心理咨询师不做，去做什么婚恋师？脑子进水了吧！"

方渐飞笑了笑："婚介公司也挺好的，照样能发挥我的专业。"

陆薇不屑地说："得了吧，我还不知道你。你不是最喜欢当心理咨询师吗？之前上大学的时候，你们寝室的同学叫你出去玩，你都不去,每天就知道看心理学的书。"

方渐飞不知道该怎么反驳,只好沉默不语。

陆薇也没有再继续追问,聊了几句后,陆薇凶巴巴地威胁方渐飞,要他把自己从黑名单中移出来,这才挂了电话。

方渐飞并没有马上将陆薇从黑名单里拉出来。并不是他故意要摆谱,而是刚才陆薇的话提醒了他。

不是还有同学吗,可以把现在的情况跟同学说一下,让他们来帮忙啊。

当即,方渐飞在手机通讯录中找到了备注名叫"钩子"的电话号码。

"钩子"叫杨铮,因为古龙小说中离别钩的主人就叫杨铮,所以他有了这么一个绰号。

念书的时候,杨铮跟方渐飞的关系并不是最好,但最近两年二人却亲近了许多,这是因为同学中就只有他们俩在外头开了工作室,惺惺相惜罢了。

杨铮那边应该是在打麻将,接通电话的瞬间,方渐飞听到那边传来'白板我杠'的声音,是个女的,而且听起来有点儿年纪。

"钩子,你都堕落到陪中年大妈打麻将了?"方渐飞随口开了一句玩笑。随后跟杨铮说了黄亚琴的情况,要他帮忙出个主意。

杨铮嗤笑道:"这点小事,你还要我帮忙?"

不得已,方渐飞只好说出了王翠兰的事。

杨铮听完,连忙叫人帮他打牌,走到僻静处问了方渐飞几个问题。

"先不说黄亚琴,你自己怎么办?要不要来我这边帮你疏导一下?"

方渐飞苦笑道："心魔终究要自己解开才有用。"

都是心理咨询师，杨铮自然知道方渐飞所言不假，沉默片刻，笑着说等他打完麻将有空了，再做一个方案给方渐飞。

晚上十一点半，方渐飞收到了杨铮的方案。

杨铮考虑事情还是比较周密的，他的方案在很大程度上延续了方渐飞之前的风格，这样，方渐飞执行起来不会有太大难度。而且，熟悉的工作流程，有助于方渐飞战胜心魔。

方渐飞将其中的细节稍微做了一下修改，正要给助理打电话。但想了想，他拨通了刘振宇的电话。

地铁车厢，一对情侣相拥而立，女孩靠在男孩胸口闭着眼睛假寐，嘴角挂着笑容，仿佛天塌下来都会有男朋友帮忙顶着。男孩一手搂着女孩的背，一手扶着栏杆，东张西望犹如骄傲的小公鸡，似乎在告诉所有人，这是我的女朋友，谁也别想伤害她。

黄亚琴面无表情地看着这对情侣，心中却已掀起滔天巨浪。曾几何时，自己也是这样被丈夫呵护，可就是因为跟娘家的矛盾，导致丈夫毅然离去……

到站了，黄亚琴几乎是小跑着冲出了车厢，偷偷地擦拭了一下眼角，将夺眶而出的泪珠抹去。刚出地铁站，她就接到了弟弟的电话："姐，你快来救我！"

黄亚琴顿时慌了："阿胜，你怎么了？"

"我骑摩托车把人给撞了，想跑没跑掉，对方现在要报警！姐，你快来，我这是肇事逃逸，报警我就完了！"

"你在哪儿？"黄亚琴越发慌张。

"春风路王家巷德丰包子铺门口。"

黄亚琴连忙给店长打电话请假，拦了一辆出租车往王家巷疾驰而去。

黄亚琴赶到王家巷的德丰包子铺，却没有看到弟弟。她正要给弟弟打电话，一个穿着白T恤的漂亮女孩走了上来，问她是不是黄胜友的姐姐。

"是的，我弟弟呢？"

女孩指着地上的血，说："你弟弟把我同学撞出血了，他们刚去医院，打你手机也没信号，就留我在这儿等你。"

"哪家医院？"

"第三医院，你跟我来。"女孩带着黄亚琴，上了一辆车。

"你是伤者的同学？"黄亚琴下意识地问了一句。

"是的，初中同学，叫我小雨好了。"小雨看了一眼车载导航，"我们绕到振兴街莲花大厦，穿过一条巷子就能到医院侧门。这样走最快。"

黄亚琴连忙点头答应。随后，她打电话给弟弟，那边却关机。

几分钟后，两人下车走进小巷。

巷子原本就很狭窄，还赶上有几户人家同时装修，巷子左右被防护网罩住，只留下了一条不到两米宽的通道，光线被阻挡，地上又有水洼，看起来极其阴暗。

二人小心翼翼地避过水洼，刚走到通道中间，旁边突然跳出来两个戴着口罩的男子，一高一矮，身穿脏兮兮的迷彩服，手中拿着明晃晃的匕首。

顿时，黄亚琴和小雨尖叫起来。

高个子男子一把勒住小雨的脖子，挥舞着手中的匕首，嘶哑着声音吼道："再叫我就戳死你们，反正我们也不想活了，死前拉个做伴的。"

小雨和黄亚琴立马住口,满脸惊骇地看着两个男子。

在匕首的威胁下,黄亚琴和小雨上了一辆黑色轿车,往郊外疾驰而去。

黑色轿车停在一栋废弃厂房前,两个男子将小雨和黄亚琴带上二楼,推进一间连窗户都被砖头封死的房间。高个子男子恶狠狠地冲着小雨说:"快给你爸爸打电话,要他结清我们的工钱。"

小雨哭着说:"什么工钱啊?我爸爸是老师,他欠你什么工钱了?"

"老师?"矮个子男子连忙问高个子男子:"刚子,我们是不是抓错人了?"

"别喊我名字!"高个子男子厉声呵斥,转而用匕首对着小雨的脸:"你敢说你爸爸李志辉是老师?"

"我叫韩思雨啊,我爸爸怎么可能姓李?"小雨连忙从包里翻出身份证,递给高个子男子看。

"还真抓错了。"高个子男子"呸"了一声。

"那怎么办?放她们走吧?"矮个子男子有些心虚。

"放了她们,她们马上就会去报警,我们还怎么拿工钱!"高个子男子骂了一句,想了想,"我们先把她们关在这里,再去抓老板的女儿。到时候要到了工钱,再放她们也不迟。"

说着,两名男子威胁着黄亚琴二人交出手机和钱包。

从头到尾,黄亚琴都在簌簌发抖。直到看到两个男子要走,她才结结巴巴地说:"两位大哥,我弟弟撞人了,要是我现在不赶去医院,对方就会报警。至少,你让我打个电话好不好?"

"开车撞人?活该坐牢!"高个子男子恶狠狠地抢过黄亚琴的

手机，跟矮个子男子走了出去，外面传来锁门声以及铁链声。

"怎么办？"黄亚琴下意识地求助小雨。

小雨却比黄亚琴还要惊慌，"哇"的一声哭了出来："我不想死啊，姐姐，你一定要带我出去啊！"

黄亚琴顿时愣住了。一直以来，她都习惯依靠别人，没想到现在遇到一个比她还没主意的人。

小雨抽泣着说："这两个坏蛋，连窗户都给封死了，我好怕！"

小雨这话倒是提醒了黄亚琴，她走到窗户前一看，砖头一个垒一个，看起来不是很整齐，有的地方有缝隙。她推了一下，没有推动。想了一下，她走到门前。门是铁门，而且已被反锁，根本不可能打开。

"我们会不会死在这儿？"小雨哭得声更大了。

听着小雨的哭声，黄亚琴突然一阵烦躁，忍不住大声吼了一句："哭有用吗！"

其实，黄亚琴更想哭，但遇到小雨，她根本没机会哭。

世事就是这么的奇怪，两个没主见的人在一起，如果其中一个先表现出自己的软弱，剩下的那个人就会被逼着成为决策者。

"那怎么办啊？"小雨被吓得抽噎。

"想办法逃出去！"黄亚琴咬牙说。

黄亚琴在房间角落找到了一个铁疙瘩，有饭碗那么大。她将铁疙瘩捡了起来，感觉沉甸甸的，抱着走到门前，照着门把手砸了下去。

"咣当"一声，门把手被砸坏，掉落在地。

小雨破涕为笑："姐姐你好厉害。"

黄亚琴上前拉了拉门，门被拉开一条缝。外面传来"哐当"的声音,她往外一看,顿时极为失望。

门外挂着一条铁链,一把比拳头还要大的铁锁挂在了上面。想要开门,要么将铁门踢烂,要么将铁链扯断,要么将铁锁弄坏。对于两个手无缚鸡之力的女人来说,这都不可能。

小雨嘴巴一扁,又要哭。

黄亚琴瞪了小雨一眼,转而望向被封住的窗户,想了想,捡起铁块,照着窗户就砸了过去。

砰!一声闷响,窗户上的砖块被砸得摇晃不已。

黄亚琴顿时大喜,上前捡起铁块,连砸了四下,每砸一下,砖块都要松动一些。休息了一下,黄亚琴再次捡起铁块,用尽全身力气向窗户砸去。"砰"的一声,窗户终于被砸出了一个洞。

黄亚琴走到窗户前,摇晃着松动的砖头,将其一块块地搬开。洞口越来越大,终于足够一人钻过去。

黄亚琴探出头往外一看,差点儿哭出声。她忘记了,她们现在在二楼,而工厂厂房的一层楼,足足有五米高,如果就这么跳下去,肯定会受伤。

小雨凑过来看了一眼,慌张地问:"姐姐,怎么办?跳下去会死啊!"

黄亚琴翻了个白眼,没好气地说:"别吵,没看到我在想办法吗?"喊救命是没用的,这栋废弃厂房位于郊外,来的时候她就注意到,周围根本就没有人家。

小雨探头张望了一下,指着窗户下方凸起来的那一块说:"姐姐,那一堆是不是沙子?"

按照以前,黄亚琴肯定会说我怎么知道?但现在无形中她已是两个人的主心骨,这种话她就说不出来了。想了想,她捡起一块砖头，砸了下去。

砖头掉下去瞬间沉了下去，果然是沙堆。但就算是沙堆，这么高的地方跳下去，也很容易受伤。

"要是有绳子就好了，我们可以吊下去。"小雨不再慌张，在旁边出谋划策。

小雨的话提醒了黄亚琴："绳子是没有，但咱们不是有衣服吗？"

小雨有些不好意思，说："身上不穿衣服，被别人看见了怎么办？"

"真要有人的话，我们喊救命就是。既然没人，我们脱掉衣服又有什么关系？何况我们还有内衣呢。"黄亚琴的思路清晰了许多。

一想也是，小雨就把身上的衣服脱了下来，再加上黄亚琴身上的工装，绑成了一条两米多长的"绳子"。

在窗沿上找了一块极为牢固的砖块，将"绳子"绑好后，黄亚琴安慰小雨："下面是沙子，就算掉下去，也摔不死。"

小雨崇拜地看着黄亚琴："姐姐，你真厉害。"

黄亚琴咬咬牙，从窗户爬了出去，抓着"绳子"，踩着墙壁缓慢往下爬。直到爬到"绳子"尽头，黄亚琴低头一看，距离地面也就两米不到，眼睛一闭，一松手，"扑通"一声摔在了沙堆上。

"姐姐，你怎么样？"小雨大声喊。

黄雅琴爬了起来，招招手："没事，你快下来。"

小雨爬出窗外，按照黄亚琴刚才的流程，跳了下来。

两人正准备走，一辆汽车呼啸着冲了进来，停在了院子中间。戴着口罩的两名绑匪走下车，看着黄亚琴跟小雨已经逃出来，一时有些呆愣。

小雨尖叫一声，捂住胸口蹲在地上。黄亚琴跑到旁边捡起一把生锈的铁铲，厉声道："你们要是过来，我就跟你们拼了。"

第四章　大战"扶弟魔"　｜　067

两名男子低声商量了两句，然后矮个子男子脱下外套交给高个子男子。

　　高个子男子在距离黄亚琴还有四米的地方站住，将小雨和黄亚琴的手机钱包以及矮个子男子的外套放在了地上，然后脱下了自己的外套，满脸歉意地说："我们俩也是被工头所逼，他家里孩子上学急着要钱，我爸爸住院也需要钱，一时糊涂才做错事。如果你们一定要报警的话，能不能让我们先安置了家里的事情？"

　　黄亚琴恨不得冲过去狠狠地暴打他们一顿，但最终还是没有。她招呼小雨过来披上衣服，二人坐车返回市内。为了表达歉意，高个子男子去商场买了两套休闲服给她们穿上，最后又微信转了一千块的压惊费。

　　小雨望向黄亚琴："姐姐，要不算了吧？我同学还躺在医院呢。"

　　黄亚琴一想也是，二人连忙赶去医院。

　　二人到达医院时，黄胜友正在病房外的长椅上发呆，旁边有一名人高马大的男子，手臂上文着一条龙。

　　见到黄亚琴，黄胜友立刻站起来大骂道："你怎么才来？你非要我被人打死在医院，才甘心吗？"

　　文身男子冷笑道："别瞎说，我可没打你。"

　　黄胜友不敢跟文身男子争吵，只好将怒气全部发泄在黄亚琴身上，嘴里不停地数落着黄亚琴。

　　小雨忍不住了，怒道："你姐姐为了你差点儿命都没了，你竟然还说这种话。"

　　黄胜友冷笑道："关你屁事！"

　　黄亚琴眉头一皱："你怎么说话的？"

　　黄胜友愕然地看着黄亚琴。自从他辍学以后，黄亚琴从来没有这么严厉过。反应过来后,他觉得自己在外人面前丢了面子,怒道:"你又是怎么说话的?别忘了,你能有今天,都是我给你的,做人可别忘本!"

小雨嗤笑道:"出事就叫姐姐过来擦屁股,我可看不出,你能给你姐姐什么。"

黄胜友的面子越发挂不住:"当初她上学,学费不够,是我辍学出去打工,然后她才有今天的风光,这难道还不够吗?"

小雨怒目而视:"请问,你辍学的时候成绩好吗?就算你继续念书也考不上大学吧?还有你打工有拿钱给你姐姐吗?别给自己脸上贴金了,无非就是家里少出了你的那份学费。"

黄胜友顿时目瞪口呆。

小雨指着黄胜友的鼻子,厉声道:"你骑车撞了人,第一时间就是要姐姐过来擦屁股,这种事情你姐姐肯定没少做吧?她就算欠你的,也早就还清了!"

黄胜友被小雨的气势吓住,一句话都说不出来。

小雨还要说,黄亚琴却拦住了她,苦笑着摇头。

"摊上这么个弟弟,你也真够倒霉的。"小雨怜悯地看着黄亚琴,最终叹息了一声。

这时,文身男子插话道:"小雨,你们怎么这么晚才过来?"

小雨将刚才发生的事和文身男子说了一遍,然后转过头向黄亚琴介绍道:"这是我同学的男朋友。有关你弟弟撞伤我同学的后续事情,你们俩商量着解决吧。"

黄亚琴跟文身男子一番交涉,好在被撞的女孩只是皮外伤,然后小雨又在旁边帮忙说好话。文身男子也没为难他们,要了一千块钱的补偿费就放黄胜友走了。

第四章 大战"扶弟魔"

小雨站在窗前,看着楼下的黄胜友甩开黄亚琴的手,气冲冲地跨上摩托车呼啸离去,摇头叹息。她拿出手机拨了个号码:"方老师,我这边任务完成了。"

挂掉小雨的电话,方渐飞开始评估这次的方案。今天发生在黄亚琴身上的一切,都是他设计好的。

经过事先调查,得知黄胜友欺软怕硬的性格,于是安排一个身手敏捷的女孩,跟骑车的黄胜友发生碰撞。起初黄胜友还很嚣张,当文身男子出面后,黄胜友立马打电话向黄亚琴求救。

然后是小雨出场,她这一环非常关键,不但要把黄亚琴带到废弃工厂,还得做出弱者姿态,逼着黄亚琴拿主意,迈出恢复自信的第一步。

当黄亚琴带着小雨从二楼跳下的瞬间,她可能都不知道自己已涅槃重生,不然,她也不会在医院呵斥弟弟。

当然,小雨在医院的那一番话也非常重要,当着黄亚琴指出了当年事情的真相,无异于当头棒喝,把黄亚琴彻底唤醒。

不可否认这个方案很冒险,但很成功。黄亚琴已逐渐恢复信心,接下来要做的,就是巩固她的自信。

方渐飞找到黄亚琴诚恳地和她谈了一次,说姜鹏对她很有好感,但唯一的要求是不能做"扶弟魔"。如果黄亚琴觉得姜鹏不错的话,那就改掉这个毛病。

黄亚琴迟疑了好久,但最终还是点点头。

方渐飞知道,习惯不是一天养成的,戒掉一个十几年的习惯也不会那么简单。针对黄亚琴的情况,他安排了一系列措施。

首先,方渐飞让刘振宇找来几个群众演员,在黄亚琴的化妆品专柜买东西。然后提各种过分的要求，逼着黄亚琴拒绝他们，让她学会说"不"！

一天下来，黄亚琴拒绝的顾客比之前一年还要多，心中有三分惶恐、却有七分卸下压力的轻松。原来，拒绝别人也不是一件很难的事情嘛。

其次，方渐飞要让黄亚琴维持现在的自信。为了达到这个目的，方渐飞找到了化妆品专柜的经理，提出给化妆品做免费的短视频宣传的建议。经理自然欣然同意。

于是，方渐飞指定黄亚琴为短视频的女主角。短视频中黄亚琴饰演一个独立时尚的都市白领，面对家人的逼婚依旧坚持自己的想法，最终收获了自己圆满的爱情。

当黄亚琴在镜头里声嘶力竭地喊出"滚，我的生活不需要你们来管"的时候，方渐飞知道他的计划已经成功一大半了。

方渐飞安排人再次跟黄胜友发生冲突。当黄胜友再次向黄亚琴求救时，黄亚琴犹豫了一会儿，说："你这么大的人了，不要什么事都来烦我。自己想办法解决，解决不了就打电话报警。"

得知黄亚琴的做法，方渐飞心里的石头总算落了地。他安排黄亚琴跟姜鹏第二次见面。没有了"扶弟魔"这个障碍，二人很快就确定了关系。

方渐飞成功解决了一个钉子户，按照之前的约定，张琳琳跟总监何晴申请方渐飞转正。何晴想都没想，大笔一挥就同意了，并笑着跟张琳琳打趣："公司突然多出两名高手，你这经理也得加把劲，不要被新人比下去了啊。"

张琳琳打着哈哈说："他们要是真比我厉害，到时候我肯定退位让贤。"

第五章　天上掉下个女朋友

▽

作为方渐飞跟何四万的直接上司，林侬难得在公司出现一回。她手中拿着好几份合同，合同的封面上有一颗钻石的图案，这是她这段时间发展的钻石会员。

得知何四万和方渐飞转正，林侬很开心，当即招呼谭晟，说下班后到附近的饭店吃一顿。

下班后，四人去前台打卡，正好走进来一名中年贵妇。她身高将近一米七，面容姣好，身材婀娜。林侬跟谭晟第一时间和她打招呼："赵总好。"

在看到中年贵妇的瞬间，方渐飞微微一愣，旋即若无其事地冲她点头微笑。

中年贵妇名叫赵颖，之前找方渐飞咨询过心理问题。

赵颖认识了一个网友，二人在网上聊得非常开心。她很想跟网友见面，但又怕出什么事情，影响现在的生活。

方渐飞针对赵颖的情况，量身定做了一个方案。不过，后来赵颖并没有来复诊，打电话回访也一直都是关机。

方渐飞没想到自己竟然在这儿遇见了赵颖。而且，听林依跟谭晟的称呼，赵颖竟然还是良缘婚介公司的高管。

赵颖看到方渐飞，微微一愣，眼中闪过一丝慌乱。随后，她笑着点头，也不说话，往办公室而去。

"赵总是负责什么的？"何四万忍不住问。

"赵总是老板娘，同时也是财务总监。"谭晟难得开口解释。

四人下楼，在旁边找了家粤式茶楼。

席间，谭晟对方渐飞跟何四万表现得极其友好，仿佛之前对两人爱理不理的另有其人，甚至他还笑着解释："这段时间有几个客户让我头疼，一直冷落了两位。要是不介意的话，咱们干一杯。"

方渐飞微笑着碰杯喝了一口，似乎是恩怨一笔勾销。他心里却在想：这家伙前倨后恭，肯定有什么内情。

何四万可没这么好说话，他招呼服务员开了四瓶啤酒，自己"咕咚咕咚"喝了两瓶，然后指着剩下的两瓶酒，笑着说："谭哥，你要是看得起我呢，就喝了。当然，不喝也没事，谁叫我是新人呢。"

谭晟眼中闪过一丝愤怒，口中却哈哈大笑，拿过啤酒就喝。喝了差不多两分多钟，他才将两瓶啤酒喝掉，满脸通红地放下酒瓶，拔腿就朝洗手间跑去。

林依饶有兴趣地看着何四万："谭晟得罪你了？"

何四万见谭晟喝了两瓶啤酒，也不好意思在背后说人坏话，于是，他笑着说："上班的时候我们吹牛，说谁的酒量厉害，所以才跟他叫板。"

林依微笑着摇头，夹了一根青菜放在自己碗里，也不吃，就这么戳来戳去。三四秒后,她开口道:"谭晟想追我。"

此言一出,方渐飞跟何四万都是目瞪口呆。

何四万愣了好一会儿,才结结巴巴地说:"大姐头,你是要我们打死他,继承他老员工的头衔呢?还是说你准备跟他结婚,然后要我们送红包?"

林依"扑哧"一笑,白了何四万一眼:"我只是想告诉你们,谭晟来公司的目的就是想追我。对了,你不也是富二代吗?你们富二代现在都喜欢玩这种上班追女友的游戏吗?"

何四万是富二代,这根本不是秘密。他来公司一个星期不到,最少跟二十个人悄悄说过自己是富二代。

听林依这么说,何四万难得脸一红,连忙转移话题:"想不到,我这么低调都被你发现。呵呵,谭晟也是富二代?现在富二代有这么多吗?"

"多不多不好说,但我知道,大家乐超市是他家的。"林依笑着说。

大家乐超市?方渐飞跟何四万讶然对视。

大家乐超市是东海本土的超市品牌,就算是与国际品牌超市相比,都不落下风。想不到,谭晟居然是大家乐超市的少东家,这可是货真价实的富二代。跟他比起来,何四万就好像是"马先生遇到了冯先生,差得不止一点"。

"大姐大,你告诉我们这个做什么?"方渐飞忍不住问了一句。

"我只是告诉你们,有些人不能轻易得罪。如果他记仇的话,你们会很麻烦。"林依笑吟吟地看着两人。

何四万倒吸了一口凉气:"你是说,谭晟会报复我们?"

林依莞尔一笑:"你现在只是要他喝酒,应该不至于记恨。

但要再出格的话，难保不会招来麻烦。下次可要注意啊！嗯，吃菜吃菜！"

这时，谭晟快步走来，嘴上还有些许水渍，多半刚才喝得太急，去厕所吐了。

有了林依的话，方渐飞开始留意谭晟。果然，谭晟有意无意地将自己摆在林依男朋友的位置。但林依却总是不露痕迹地化解，这让方渐飞越来越看不懂林依。

从外貌来看，林依也就二十五六岁，但举手投足所流露出来的气质与她的处事方式，怎么都像是三四十岁的年纪才有的成熟和老辣。

吃完饭，谭晟提出送林依回家。林依不好意思地耸耸肩，说自己今晚要去闺密家，然后问方渐飞是不是住在清湖路，要跟方渐飞一起走。

谭晟只得悻悻然作罢，想去结账，林依却说她早已买完单。

待谭晟跟何四万先后坐出租车离开，方渐飞有些无奈地看着林依。

"我喝了酒，不能开车。"林依走到方渐飞旁边，很自然地挽住了方渐飞的胳膊，"陪我走一走，吹吹风。"

夏夜的江边凉风习习，来散步纳凉的市民非常多。林依挽着方渐飞的胳膊混在河边人群中，宛如情侣。

方渐飞好几次想要挣脱林依的手。但林依察觉他的意图后，反而拽得更紧，最后他也懒得去理会了。

"你有女朋友没有？"林依突然问了一句。

"以前有过。"方渐飞眼前浮现出陆薇的影子，旋即摇摇头。

"那就是没有咯。"林依笑了笑，"你看我漂亮不？"

方渐飞讶然转头望去，路灯的灯光洒在林依的脸上，白皙精致的皮肤反射出温暖的柔光。方渐飞一阵恍惚。

　　林依嫣然一笑，脸上犹如百花盛放："喂，问你话呢。"

　　方渐飞这才回过神来，有些讪讪然，也不隐瞒自己的想法："电视里面的美女有很多。但我敢肯定，她们卸妆以后肯定没你好看。"

　　林依"扑哧"一笑，旋即白了方渐飞一眼："你这算是夸我还是损我？"

　　方渐飞笑了笑，没有说话。

　　林依"哼"了一声："我看过你的资料，你是东海本地人，毕业后去了女朋友老家工作。看不出来，你还是个痴情种子啊。"

　　"很多事情，不管成功还是失败，都算是人生的一个经历。若干年以后，我老了，躺在树荫下的摇椅中，最起码还有些回忆。"方渐飞轻叹一声，心中却在想，王翠兰这种回忆，还是不要的好。

　　林依"哼"了一声："这种回忆，你以后结婚了，敢跟你老婆说吗？"

　　方渐飞笑了笑："那肯定不会，男人嘛，总得有点儿自己的秘密。"

　　林依松开手，停下来歪着头看着方渐飞，脸上似笑非笑："万一，以后我是你的……女朋友呢？岂不是就知道了这个秘密。"

　　方渐飞呵呵一笑，脑袋里浮现出在肯德基的男人，心想，你怎么可能是我女朋友，口中却笑着说："那我得想办法让你摔一跤，你就会失忆，电视里头都这么演的。"

　　"你太坏了。"林依狠狠地瞪了方渐飞一眼。

　　这时，一道水柱冲着林依直射而来。方渐飞想也不想，往前斜跨一步，用自己的身体挡住了水柱。瞬间，他胸口湿了一大片。

方渐飞抬头看去，前方有两个小孩在玩水枪。闯祸的小孩冲着方渐飞做了个鬼脸，然后转身就跑，躲到一个肥胖女子身后。另一个小孩则在旁边哈哈大笑。

肥胖女子似乎没看见自家小孩闯祸，只是呵斥小孩不要跑那么快，小心摔倒。

方渐飞很生气，身上被弄湿是一个原因，但更重要的是，小孩不道歉也就算了，你大人明明看到居然也若无其事？

他往前两步走到肥胖女子面前，说："要你的小孩道歉！"

"小孩子知道什么啊，又不是故意的。你这么大的人了，还跟一个小孩子计较，好意思吗？"肥胖女子一脸不以为然。

林侬在刹那的惊慌后，皱着眉头走了过来，站在方渐飞旁边，说："做错事就要道歉，跟年龄大小无关。"

"要你的小孩道歉！"方渐飞提高音量重复了一遍。

"怎么，比声音大吗？"肥胖女子顿时找到了借口，一手叉腰，一手指着方渐飞怒吼，"你知不知道小孩子的教育有多重要？随随便便就道歉，会让他自卑的，你知不知道？真没素质！"

"你还有资格说别人没素质？真是让人笑掉大牙。"林侬美丽的脸上布满冰霜，"你就说吧，道不道歉？"

"人多欺负人少吗？"肥胖女子冷笑，旋即厉声尖叫起来："二宝，你死哪儿去了？有人要打你老婆孩子了。"

"谁？"一道怒吼声从前方传来。然后，一名手臂上文得花花绿绿的魁梧男子从远处冲了过来，口中吼着，"哪个不长眼睛的，欺负到老子头上来了。"

"就是他们！"两个小孩指着林侬和方渐飞，"他们在欺负妈妈！"

文身男子二话不说，上前就推了方渐飞一把。

林依连忙扶住方渐飞,怒视文身男子:"你这人讲不讲道理?"

方渐飞站稳后,把林依拉到身后。

围观人群中有个干瘦老者看不过去了,仗义执言:"明明是你家小孩把水弄到他身上,人家胸口都还是湿的呢。"

肥胖女子狠狠地瞪了干瘦老者一眼:"你哪只眼睛看到了?有没有拍视频?没有视频的话就闭嘴!"

林依从方渐飞背后探出头来,冷笑道:"这里安装了不少摄像头,你还能狡辩?"

文身男子不以为意地说:"这儿的摄像头不能录音?我还说你刚才骂我老婆和儿子呢。"

方渐飞知道跟这种人没法讲道理,反手挡住了林依,不让她继续做口舌之争,然后指着男子说:"你叫二宝是吧?"

文身男子走近,手指戳着方渐飞的胸口,咄咄逼人:"没错,你可以去打听打听,老子是东桥的二宝。"

林依在身后低声嘀咕了一句:"东桥?二宝?哼!"然后摸出手机拨打电话。

尽管方渐飞被文身男子戳得胸口生疼,但他没有后退半步,而是冷笑道:"这么有名,附近的警察肯定都认识你吧?你如果敢动手,我倒要看看,我们两个,谁会被收拾。"

文身男子举在半空中的手指停了下来,脸上一阵红一阵青。

方渐飞往前走了半步,身体几乎紧贴着文身男子,死死地盯着他的眼睛:"只要你敢动手,我保证让你吃不了兜着走,你不信可以试试看!"

方渐飞的这句话其实是在虚张声势,普通的言语和肢体冲突,就算有视频,也很难说清楚谁是谁非。方渐飞之所以做出这么高调的姿态，那是因为人与人之间就好像弹簧，你要用力，对方就后退。

文身男子下意识地退后了一步，色厉内荏地说："我又没有打你！"

"道歉！你跟你的孩子，都得道歉！"方渐飞并没有再往前逼近，而是双手环抱胸前，看着对方。

"道什么歉？我又没做错事。"文身男子为了面子强撑。

"二宝是吧，东桥龙哥的电话你接不接？"林依从方渐飞身后走了出来，举着手机。

"龙哥？"二宝吃了一惊，接过电话，态度立马恭敬起来。

几句话后，他将手机还给林依，然后冲方渐飞说："不好意思啊，是我家小孩没注意。"转而一把拎过闯祸的小孩，厉声道："快点儿说对不起！"

小孩见父亲这么声色俱厉，吓得全身发抖，连忙跟方渐飞和林依道歉。

道过歉后，一家人转身就走。没走几步，传来肥胖女子打骂孩子的声音。

围观人群哄笑着走散。林依把方渐飞拉到一边，歪着头左看右看。

方渐飞被看得不自在了，说："看着我做什么？"

林依似笑非笑地说："你又不会打架，为什么要挡在我前面？"

方渐飞耸了耸肩："你是女生嘛。"

"要是他没有被你吓住，真的动手，你还会保护我吗？"林依眼中闪烁着亮光。

"没发生的事情，谁说得准？"方渐飞笑了笑，指着自己胸前，"衣服湿了，我得回去换，不能陪你散步了。"

第五章　天上掉下个女朋友

林依眼珠一转:"今晚我去你家吧?"

"大姐头,别开玩笑。"方渐飞转身就走。

林依跟在身后,追问道:"刚才那个二宝真要打你的话,你还会拦在我前面吗?"

"会!你现在可以回去了吧?"方渐飞有些无奈。

最后,方渐飞还是把林依带回了家。他平时一个人住,这套房子还没有其他女孩上过门,林依是第一个。

林依参观了一下方渐飞的房子,连洗手间都没错过。

"三室两厅,啧啧,一个人住这么大?装修得挺不错啊,家具卫浴都是名牌,挺有钱啊!"

方渐飞虽然不懂装修,但听二婶说起过,这些家具卫浴都是国外品牌,贵着呢。

"都是我二叔弄的。"方渐飞递了一瓶矿泉水给林依,"他全家移民去了新西兰,这房子就半卖半送给我了。"

林依接过水,似笑非笑地看着方渐飞:"这可是在清湖区,你这栋房子怎么都要两百多万元,就算是半卖半送也很厉害了。看不出来你也是个富二代。最近我是财神爷附体吗?手下三个小兵,个个都是富二代。"

"我可不是富二代。"方渐飞自然不会解释自己之前是心理咨询师,只说还有好几十万元的余款没给。转而他指着客房,"你待会儿就睡这间房好了。"

林依坐在沙发上,将矿泉水放在茶几上:"有没有啤酒?"

方渐飞从冰箱中拿了两罐啤酒,递给林依一罐后,坐在林依对面。

林依喝了两口啤酒,眼中充满了迷茫。三四秒后,她才回过神来,笑着问方渐飞:"做我男朋友好不好?"

方渐飞没想到林侬竟然会问他这个问题,一时不知道该怎么回答。

"陆薇是你前女友吧?"林侬又问了一个让方渐飞措手不及的问题。

方渐飞有些尴尬地说:"是的。你都知道了?"

"她昨天把你的微信名片推送给我,我才知道你就是她要介绍给我的人。"

"那你刚才还装模作样地问我前女友的事!"

林侬没理方渐飞,她拿出手机,翻到陆薇的聊天记录:"她说你人很好,又是心理咨询师……"

说到这儿,林侬若有所思地问:"好好的心理咨询师不做,为什么要跑到良缘来做一个小兵?还谎报自己的求职信息,我要是告诉公司领导,你可就……"

林侬的话虽没有明说,但威胁意味十足。方渐飞微一沉吟,索性将事情的来龙去脉都说了出来。

得知整件事情的经过,林侬笑了笑:"搞了半天,你是卧底啊。不行,我得马上跟老板汇报,抓住内奸一名。"说归说,她却将手机放在了茶几上,拿起啤酒喝了两口。

"你不说我也知道,陆薇跟我说你是心理咨询师后,我就觉得奇怪。我在网上查到了你工作室的地址,找大厦管理员一问,说你租金都没到期就突然关门了,我猜你肯定是出什么事了。"说完,林侬略微得意地看着方渐飞。

方渐飞暗中诧异林侬心思之缜密,心中一动,问:"你这是打算抓住我的把柄,然后来要挟我做什么事情吗?"

林依莞尔一笑:"你还真是聪明。"

"什么事?"

"我都说了啊,做我男朋友!"

方渐飞不说话了,默默地喝着啤酒。

"你不是要查曾皓的资料嘛,我可以帮你。"

方渐飞迟疑了一下:"那天在肯德基见到的,不是你男朋友?"

"你不是说你什么都没看到吗?"

"呵呵。"

"他不是我男朋友。"

"呵呵。"

"也不是我干爹。"

"呵呵。"

"你再呵呵一个试试?"林依怒道。

"你要不告诉我原因,我宁愿被开除,也不会同意。"方渐飞笑着说。

林依看着方渐飞,若有所思。

方渐飞却若无其事地喝着啤酒。

终于,林依忍不住开口:"谭晟是我之前客户的朋友,第一次见面他就对我表示了好感,然后开始疯狂追求我,我也没当回事。直到他为了我进入公司,我才觉得事情不妙。我找他谈了一次,但他却铁了心,说一定要追到我。"林依颇为苦恼地揉了揉额头,"而且,就连我们老板都得给他面子,明知道他动机不纯,还是安排他来到我的组。"

方渐飞微微皱眉:"据我所知,你可是公司的首席婚恋师呢,老板就不怕你辞职?"

林依摇摇头:"没有公司这个平台,我也不一定有这么好的业绩。那些辞职就能带走客户的,只不过是电影里的桥段。"顿了顿,她嘴角上翘,"老板再三跟我道歉,要我把谭晟当普通同事。"

方渐飞暗中感叹:"然后呢?"

林依忧心忡忡地说:"我总觉得谭晟很危险,担心他会做什么小动作。所以,我得尽快让他死心,找个男朋友应该是最好的办法。"

"为什么是我?"

"第一,你虽然是新来的,但你搞定了黄亚琴,我可以用欣赏你的理由来跟你交往,别人不会觉得太突兀。"

"嗯。"这个理由还说得过去。

"第二,陆薇早就要把你介绍给我,这或许是天意。"

"嗯……"这个理由就有些勉强了。

"第三,你是东海本地人,就算谭晟想要报复你,也会有所忌惮。"

"这个理由过分了啊!"

"第四,你是心理咨询师,没事还可以帮我做做心理辅导,最近我压力很大。"

方渐飞实在不知道该说什么了。

"差不多就这些理由了,还不够吗?"林依白了方渐飞一眼。

方渐飞摇摇头:"不够。"

林依顿时怒了:"懒得跟你废话,摆在你面前有两条路。第一条路,明天你收拾东西滚蛋;第二条路,做我的临时男朋友,我帮你找曾皓的资料。"

"那就第二条路好了。"方渐飞笑着说。

从同事发展到男女朋友，这种事可不能一蹴而就，得有个突破口。

方渐飞的想法是找一个公司团建或者部门聚会的机会，制造个意外，到时候同事们肯定起哄。然后，他们就可以顺势在一起，不会引起别人的怀疑。

二人商量好后，林依告诉方渐飞，说自己虽然是组长，但并不是经理，所能接触的钻石会员只有三个。相对普通的婚恋师，组长每半年可以换三个钻石会员。目前她手中并没有曾皓的资料，下个月轮换，如果有曾皓的资料，她就第一时间告诉方渐飞。

良缘婚介公司有两百多个钻石会员，而且数量还在不断地增多，光凭林依手里的会员资料，找到曾皓的概率十分渺小。

"你都是我男朋友了，这件事我会帮你搞定的。"林依安慰了方渐飞一句，站起来就要回去。

方渐飞忍不住开了一句玩笑："都女朋友了，不留下来睡觉？"

林依白了方渐飞一眼，然后掩嘴娇笑："等你把房子的尾款还了再说吧。"

方渐飞自然不会在这个话题上纠缠下去，起身送林依下楼。

二人到小区门口，林依突然靠近方渐飞，轻声说："你别乱看，斜对面便利店门口那辆车是谭晟的。"

方渐飞吃了一惊，拿出手机假装打车，瞥了一眼斜对面，果然有一辆黑色的轿车，车牌尾号是555。虽然他没见过谭晟的车，但这个车号，想来林依也不会记错。

方渐飞突然有些理解林依为什么要急着摆脱谭晟了，这家伙简直就是偏执狂。

车内，谭晟的手指在方向盘上有节奏地敲击着，一脸阴鸷地看着方渐飞送林依上了车。直到方渐飞转身进了小区，谭晟才低声对后面的人说："有没有办法开除他。"

车内没有开灯，后座黑暗之中传来一个女子沙哑的声音："我之所以找你合作，就是想把方渐飞从公司赶出去。但他刚搞定了黄亚琴，就连老板都知道他这号人物，随便找个理由把他开除肯定行不通，除非……"

"除非什么？"谭晟的手指停止了敲击。

"除非他所犯的错误，连老板都不能容忍。比方说，泄露公司会员资料。"女子的声音缓慢而坚决。

"能不能让我知道，你是谁？"谭晟从后视镜打量着身后女子。

街道两侧的霓虹灯光照在女子身上，只见她头戴棒球帽，再加上墨镜与口罩，整张脸被捂得严严实实。甚至，她还穿了一套大号的运动套装，连她是胖是瘦都无法分辨。

"我是谁不重要，能合作就行。下一步怎么做，我会在微信通知你。"女子欠身推开车门，飘然而去。

方渐飞并不知道谭晟车上发生的事。回到家中，他再次推演了一番他跟林依的计划，以确认没有大的破绽。

想了半天，方渐飞在微信上问林依：我假扮你男朋友，那天在肯德基的那位不会找我麻烦吧？

林依回了一个吐舌头的表情：不用管他。

见林依如此淡然，方渐飞也不好再扭扭捏捏，回个OK的手势。

方渐飞刚洗完澡，就接到王翠兰打来的电话。

这段时间，方渐飞最不想见的人就是王翠兰，最不想接的电话也是王翠兰的电话。他硬着头皮接通，王翠兰劈头就问："你这边怎么样了？"

"已经转正。"

"那你查到曾皓的资料没？"王翠兰的语气很奇怪，有些期望又有些害怕。

"暂时还没有。"

过了一会儿，电话里传来王翠兰抽泣的声音。方渐飞赶紧安慰道："王姐，你先别急，我肯定会帮你搞定的。"

"他今天又转了几十万元出去。小方，你说我能不急吗？今天几十万元，明天一百万元的。再这样下去，离婚的时候，我肯定人财两空。"

方渐飞又安慰了对方两句，挂了电话后，心里十分郁闷。他从抽屉里翻出一副扑克牌，随意洗乱，心中嘀咕：什么时候抽中大王，就表示什么时候才能得到曾皓的资料。

方渐飞一连抽了三十多张，终于抽中大王。他看着牌面上的彩色小丑，苦笑道："看来运气也不是特别坏。"

第六章　患难见真情

▽

因方渐飞跟何四万的突出表现，林依跟老板潘志军申请了户外爬山活动，活动的主题是：有良缘，何惧高处不胜寒。

开会时，大家纷纷说这个主题不错。但潘志军沉吟片刻后，却说要用另一个主题：前路同行，良缘有你。

林依将会议内容传达给大家。谭晟顿时打抱不平，说林依的主题分明要比老板的主题好。

何四万冷笑道："我倒是觉得老板的不错。这不是拍马屁，老板的主题明显更朗朗上口嘛。咱们服务的对象是广大市民，而不是小部分的文艺青年，搞那么诗情画意干什么？"

谭晟顿时脸色一黑。

方渐飞连忙和稀泥："照你这么说，这个'前路同行'还不够口语化，最好改成'单身别急，良缘帮你'。"

何四万哈哈大笑，猛点头："对对对，这才接地气嘛。"

林侬"呸"了一声:"死胖子,就知道胡说八道!还是想想明天的爬山吧,月形山总共有十八道阶梯,每一道阶梯都有一百多级,累不死你。"

何四万顿时愁眉苦脸起来。

林侬还说到时候何四万负责扛旗,必须第一个到达山顶,否则就要请所有参与爬山的员工吃冰激凌。

何四万拿出计算器"嘀嘀嘀"一顿按,看到惊人的数字以后,发出一声哀号。

林侬没理会,转而给方渐飞布置任务:"你负责监督胖子,他要是偷懒你就用鞭子抽!"

"好嘞!"方渐飞笑着答应。

"那我呢?"谭晟忍不住问。

林侬迟疑了一下:"你到时候跟我在一起,负责机动。"

谭晟顿时大喜。

方渐飞心里暗笑,到时候林侬随便找点儿事,就能把谭晟打发走。

正说着爬山的事,方渐飞桌上的内线电话响起,是总监何晴打过来的,要方渐飞现在去她办公室。

何晴招呼方渐飞坐下,然后说:"我看过你的简历,你之前有在心理咨询室工作的经历。这次说服黄亚琴,是不是也用上了这方面的知识?"

方渐飞含糊着解释,说自己确实有过相关经历,但只是偷学了一点儿皮毛,属于知其然但不知其所以然的状态,更没有心理咨询师从业资格证。

何晴眼中闪过一丝失望,但很快她就微笑着说:"公司急需一个心理辅导师，但一直都招不到。我想推荐你去，至于从业资格证，倒不是很重要。反正我们只求开导客户就行。"

方渐飞笑着表示："何总，你要我做，我肯定义不容辞，但有没有效果可不敢保证。"

何晴迟疑了一下："要不这样吧，我先给你几个会员练练手，如果不行，那就算了。如果可以的话，你就兼职心理辅导师，工资按照心理咨询师的标准来定。"顿了顿，何晴补充了一句，"心理辅导师可是经理级别的待遇，你考虑考虑。"

听到"经理级别"这四个字，方渐飞顿时心跳加快。但他还是故作不懂地问："何总，这个经理有什么待遇？"

"待遇的话，除了工资、奖金大幅提升，其他的倒也没啥两样。嗯，将来公司上市的话，能分到一些原始股票。"顿了顿，何晴笑着说，"经理有一点好，公司所有的钻石会员资料，想看谁的就看谁的。说句不好听的，就算不成功，你也能认识不少的有钱人啊！"

方渐飞顿时大喜："那我就试试吧。"

"行，待会儿我传一份钻石会员的资料给你，你先练练手。"顿了顿，何晴补充了一句，"原本要给你三个钻石会员的，但这个会员有些棘手，另外两个就暂时不给你了，省得你分心。"

方渐飞回到座位上，心里又是欢喜又是郁闷。

欢喜的是，自己很快就可以查到曾皓的资料；郁闷的是，查询资料还是得靠自己的心理学知识。早知道这样，他直接来应聘心理辅导师了，何必这么麻烦？但事已至此，自怨自叹也没有用。他只能往前走，赶紧搞定这个新的客户。一旦成为心理辅导师，到时候还不是想看谁的资料就看谁的资料。

邮箱提示有了新邮件，方渐飞连忙点开文件。

第六章 患难见真情

孟炜，男，三十七岁，身高一米七八，体重七十五公斤，鸿鸣有限公司在东海分公司的市场品牌部经理，月薪一万两千元，有车有房。对另一半的要求是身高在一米六以上，有正当职业，性格内向的女孩。

看相片，孟炜长得眉清目秀，鼻挺唇薄，比电视上的明星相差不远。

就在方渐飞疑惑不解的时候，何晴的QQ头像闪烁：小方，看完资料没？

方渐飞回复：看完了。

方渐飞很想问一句，是不是发错资料了？如果孟炜这样都难以找到女朋友的话，那这世界上的大半男生都得是光棍？但何晴能坐上总监的位置，应该不会犯这种低级错误。

方渐飞的目光停留在"性格内向"这四个字上面。莫非，这里头有什么名堂？

果然，何晴打了一行字过来：他要求女方性格内向，这一点比较……奇葩。

奇葩？方渐飞脑海中顿时蹦出来各种古怪的要求。

莫非他要求女方只能在家相夫教子，不能出门？

莫非他要求女方只能必须带着面巾，不能让人看见？

没等方渐飞询问，何晴就揭晓了谜底——孟炜要求女方是初恋。

方渐飞一愣，这个……跟性格内向有关系吗？转而他脑海里蹦出来一个词——精神洁癖。

有精神洁癖的人大多数是完美主义者，这样的人基本伴随着严重的控制欲，不仅对自己要求严格，对周围的人也十分苛刻。

方渐飞正寻思着，何晴又打了几行字过来：孟炜这个人疑心很重,我曾经给他介绍过两个女生。一个是公务员,因为长期坐办公室的缘故,肚子稍微有些赘肉,可他非说对方生过孩子。另一个是做美妆的,喜欢化妆打扮,他非说对方生活不检点。后来我气不过,问他到底想找个什么样的。他说要找初恋的。呵呵,我上哪儿找去。

又聊了几句,方渐飞对孟炜有了个大概的了解。他之前接触过这样的患者,心里觉得问题不大。

聊完以后,方渐飞打电话给孟炜,约他明天晚上见面。

方渐飞挂了电话,正琢磨明天晚上的计划,电脑上的微信头像一阵闪烁。他点开一看,发现林依把自己拉进了一个群,群里就只有自己跟林依。一会儿,何四万也被拉了进来。他还以为是工作群,但等了一会儿,却不见谭晟被拉进来。

方渐飞抬头张望,发现林依并不在座位,而谭晟则低着头,不知道在干什么。

一会儿,林依在群里说话了:方渐飞,你是不是看过覃丽的资料?

方渐飞连忙说是。他进入良缘婚介公司后,首先接触的就是黄亚琴、周慧与覃丽这三个"扶弟魔"。

你有没有把覃丽的资料告诉别人?林依接着问。

方渐飞回复:没有啊。

林依又说:何四万,曾勇是不是你的客户?

何四万回答:是的。

你有没有把曾勇的资料告诉别人?

我总共就三个客户,当宝贝一样藏着掖着,怎么可能告诉别人?

方渐飞隐约觉得事情不妙,问:出什么事了?

林依在群里发了一张截图,内容是东海论坛的一个帖子。上面的标题为：真是奇葩，相亲居然遇到了"扶弟魔"。

帖子的内容是发帖者被父母安排去相亲，没想到遇到了"扶弟魔"。女方叫小丽，离异，有一个男孩。对男方的要求是有房有车，每年带她娘家人出去旅游一次，过年夫妻俩要先回娘家，买的礼物必须超过三千块钱，必须供她弟弟念完大学，她弟弟将来结婚所需要的房子车子必须准备好……可以说帖子内容几乎就是复制了覃丽的资料。

旋即，林依又发了张截图，还是东海论坛的帖子，标题为：凤凰男，你以为你是谁？

帖子内容跟曾勇的资料如出一辙。

接下来，林依又截图将发帖人的名字圈了起来，发帖人叫"何方妖孽"。她解释说："何方"两个字正好是你们俩的姓。我正联系论坛版主，看看能不能删帖。但删帖治标不治本，对方完全可以换个账号重新发帖。甚至，他手中可能还有我们公司其他的会员资料。你们俩给我好好想想，这段时间有没有得罪人。我总觉得，这事是针对你们两个的。

交代了两句后，林依解散了微信群。

方渐飞跟何四万面面相觑，心照不宣地起身，走到阳台。

"会不会是废品收购站老板的儿子？"何四万眯着眼睛，咬牙切齿地说，"上次他找刘振宇来陷害我，还好，我们跟刘振宇化敌为友，这次应该也是他，这家伙是想让我身败名裂啊！"

方渐飞摇摇头："泄露会员资料顶多就是工作失职，哪会身败名裂？"

"他可以捏造我们将资料卖给竞争对手啊！"

"搞臭我们，他一毛钱的好处都没有，损人不利己的事情，有何意义?"

"出口恶气呗。"

方渐飞不再争论,心中寻思,自己跟何四万被开除,谁能从中获利呢?

他们只是刚转正的婚恋师,对谁都没有太大的威胁。

方渐飞突然想到了谭晟,该不会是谭晟想赶走自己吧?以谭晟的占有欲,昨晚林依在他家待了那么久,谭晟多半以为他们有暧昧,气急败坏之下,做出些事很正常。

想到这点,方渐飞顿时觉得大有可能。正打算将自己的怀疑告诉何四万,阳台门开了,谭晟昂然走了出来。

方渐飞跟何四万对谭晟并无好感。见到谭晟,何四万"哼"了一声,扭头望向对面的大厦。方渐飞冲谭晟点了点头,就当是打过招呼。

谭晟摸出根烟,自顾自地点燃,吐了一口烟圈,问:"你们应该都知道了吧?"

何四万装作没听见。方渐飞只能接话道:"知道什么?"

"公司有人泄露客户资料。"谭晟说这话的时候,冷冷地看着何四万。

何四万顿时恼了,将手上的烟蒂摁灭,骂骂咧咧地说:"你看着我什么意思?"

"现在泄露的是你跟的客户。"谭晟冷笑道。

"放屁!曾勇的资料就我一个人看过吗?你怎么不说是老板、老板娘、何总监?"何四万狠狠地"呸"了一声,"他是我拉进来的钻石会员,我吃饱了撑着,去泄露他的资料?"

谭晟"哼"了一声:"我又没说是你,何必这么激动?"

第六章 患难见真情 | 093

何四万不客气地说:"据我所知,泄露公司客户资料的内奸姓谭。呵呵,我也不是说你啊。"

方渐飞差点儿笑出声,何四万还真是一个不能吃亏的人。

谭晟倒也不生气,在垃圾桶上弹了弹烟灰:"发帖人的名字是何方妖孽,正好是你们俩的姓。再加上发帖人的另一个帖子,泄露的是公司会员覃丽的资料,这难道还不足以证明?"

方渐飞嗤笑道:"照你这么说,我待会就去注册一个论坛马甲,名字就叫'谭哥在良缘',然后爆一个会员资料,是不是可以把你抓起来呢?"

谭晟顿时黑脸:"你们俩泄露公司机密,还反咬一口,就等着被开除吧。"说完,他将烟头一扔,转身离开阳台。

何四万高声嘲笑道:"内奸慢走!"

方渐飞看着烟灰缸上烟气缭绕的烟头若有所思。好一会儿,他皱眉跟何四万说:"如果谭晟第一时间跟总监或者老板打小报告,我还想得通。可他竟然第一时间跑过来嘲讽我们,这可不像他的风格。"

何四万不以为然地说:"你才认识他几天,谈何了解?说不定他已经跟老板说了,然后再来嘲笑我们呢。"

"你说,那个发帖人会不会是谭晟?"方渐飞说出了自己的猜测,并强调了昨晚谭晟跟踪林依的事情。

"这还是人干的事情吗?我敢百分之百肯定就是他!"何四万断言说。

二人回到办公室,屁股还没坐热,总监何晴就把他俩叫进了办公室。

何晴先是严厉地质问他们。何四万赌咒发誓,甚至用他的身家性命来做担保,说他没有泄露公司的会员资料。

何晴这才皱着眉头说:"不管是不是你们做的,但泄露的资料都是过了你们的手。所以,你们得去感谢谭晟,要不是谭晟联系版主,把帖子删除了,事情还不知道怎么发展呢!"

方渐飞跟何四万愕然对视。他们刚才还认定是谭晟所为,没想到谭晟居然辛苦地跑去沟通协调,将帖子删除了。如果是他做的,他又何必多此一举?

从总监办公室出来后,两人又被张琳琳抓去训了一顿。

临近下班,何晴在市场部微信群里发了条通知,强调了会员资料保密的重要性。在此过程中,所有的同事都在偷瞄方渐飞和何四万,这让他们如坐针毡。

好在何总监又说起了明天爬山活动的相关事项,转移了大家的注意力,两人这才松了一口气。

"我要找到这个人,非揍死他不可。"何四万咬牙切齿地发誓。

方渐飞却是在思考,自己跟何四万究竟得罪谁了?越想越头大,方渐飞索性懒得去想了,明天的事情,明天再说吧。

月形山海拔八百多米,从空中俯瞰,山体轮廓如同弯月,故此得名。

这次参加爬山的员工有六十多人,除了身体不舒服的,老板潘志军跟老板娘赵颖都参与了。

林依不但业务能力强,策划能力也不错,她将公司员工分成AB两组,沿着不同的路线上山。每组发一张藏宝图,图中标注了几处位置,分别藏有宝盒。找到第一个宝盒打开,里面有任务,只有完成任务才能获得第二张藏宝图……依次将宝盒里的任务做完,哪队率先抵达山顶者，哪队就获胜。如此一来，爬山就变得有趣多了。

为了鼓励大家，潘志军在出发前宣布，个人赞助五千块给获胜者，而赵颖则笑着说她个人赞助两千块给第二名。

林依将谭晟分到了另一组，说是监督对方以免作弊。谭晟虽然不愿意，但也只能服从指挥。

方渐飞这一组三十余人根据藏宝图的指示，先是在凉亭廊柱上找到第一个宝盒。宝盒里面的任务是三人四足爬石阶，爬完一百级石阶就算完成任务。

小巧玲珑的前台美女被两个人高马大的男同事夹在了中间，在众人的大笑声中，她几乎是脚不落地地被抬了上去。

完成第一个任务后，大家继续往前走。行至斜坡附近，按照方渐飞跟林依的计划，这里就是他们演戏的地方了。

方渐飞看了一下藏宝图，自告奋勇地翻过栏杆，搬开一块石头。

他们是这么计划的，方渐飞假装找不到宝盒，作为组织者的林依会来查看是怎么回事。她在翻栏杆的时候脚一滑，方渐飞伸手去拉，结果两人滚下斜坡……

趁没人注意，方渐飞冲林依眨了眨眼，翻过栏杆搬开石头，一眼就看到了藏在土中的盒子露出了一个角。但他并没有将盒子拿出来，而是假装没看见盒子，大声说："没有啊。"

"没有？怎么可能？"林依假装疑惑。

林依还没来得及说下一句台词，何四万却等得不耐烦了，将旗帜一插，就要翻栏杆过去。

见状，林依抢在前面爬上栏杆，口中笑着说："让我来，你别把栏杆压断了。"

何四万当着潘志军的面，自然要好好地表现一下，连忙拉住林依的胳膊："让我来，让我来。"

林侬没办法了，狠狠瞪了何四万一眼："你给我松手！"

何四万吃了一惊，被吓得瞬间松手。

原本拉扯的力道突然消失，林侬失去重心，从栏杆上摔了下来，往斜坡下方滚落。

众人惊呼声中，方渐飞往前一扑，抱住林侬。但由于惯性太大，他没抱住，两人一起朝下滚去。

很快，二人滚到了下方山道，"砰"的一声撞到了栏杆上。让两人万万没想到的是，看似坚固的栏杆，居然断开了，两人的身体再次往下滚落。

跌跌撞撞滚了十来米，方渐飞知道再这样下去，两人必死无疑。他低声对林侬说："抱紧我！"

然后，方渐飞张开手臂抱住了山崖旁边一棵树的枝丫。然而，碗口粗的枝丫根本承受不了两人的重量，"咔嚓"一声折断。但因为有了缓冲，方渐飞趁机又抓住了另一根树枝。树枝再次被折断，但两人的身体却被拉得靠近了岩壁，而且速度也慢了许多。再次下坠时，方渐飞奋力抓住了山壁上的一根手臂粗的藤蔓。两人沿着山崖往下滑了两米左右，终于稳住了下坠的势头。

林侬有如八爪鱼一般，死死地缠住了方渐飞。

两人的重量，全悬在方渐飞的手臂上，他感觉手臂越来越吃力，而林侬的手臂却逐渐无力。方渐飞吼了一句："你抱我脖子。"

林侬的声音有些沙哑："我没力气了。"

方渐飞骂了一句，将藤蔓在自己的右手手臂上缠了两圈，腾出左手，抓住了林侬的牛仔裤腰，用力一提。林侬也借着这股力道，双手圈住了方渐飞的脖子。

第六章　患难见真情

如此一来，林侬的身体有了借力之处，酸软的手臂直接挂在了方渐飞的肩膀上。方渐飞松了一口气，又找了一根手腕粗的藤蔓，在两人的身上缠绕了两圈。

"别缠了，再缠就要憋死了。"林侬贴着方渐飞的耳朵说。

方渐飞连忙安慰道："坚持一下，上面的人应该在想办法了。"

一会儿，上面传来了何四万带着哭腔的声音："老方，大姐头，你们在哪儿？"

"我们在这儿！"方渐飞大声回应，并要何四万赶紧去拿绳子过来。

绳子没找到，倒是找来了几条藤蔓，扭成一股垂了下来。

方渐飞小心地将林侬转移到藤蔓上，确定稳妥后，才解开之前用于固定的藤蔓，大喊道："何四万，你慢点儿拉。"

看着林侬的身体缓缓往上升，突然之间，方渐飞有些失落，似乎少了点儿什么。

林侬突然低头望向方渐飞，两人的目光在空中对视。好一会儿后，林侬脸一红，低声说了一句什么。

"什么？"方渐飞连忙问。

林侬嫣然一笑："以后再告诉你。"

将林侬拉上去以后，上面传来一阵欢呼。但很快欢呼声就停了下来，因为悬崖下还有一个方渐飞。过了一会儿，那根藤蔓再次下落，将方渐飞也拉了上去。

脚踏实地的瞬间，听着同事们的欢呼，方渐飞竟然有种恍若隔世的感觉。

林侬不管不顾地冲过来，一把抱住了方渐飞。

所有的人都呆住了。何四万最先反应过来，又是吹口哨又是跺脚，表情极其夸张。其他同事在反应过来后，也跟着起哄。

方渐飞有些尴尬，正要松开手，林依凑在他耳边快速地说："记得答应我的事。"

方渐飞想起，今天这一幕原本就是设计好的，虽然出了点儿意外，但效果比预想的还要好。两个在生死边缘游走过一趟的人，互相产生好感再正常不过了。

潘志军深深地松了口气，刚才他看到方渐飞两人从斜坡一路翻滚而下，撞断栏杆时，他的脸色瞬间变得苍白。这要是出了人员伤亡的事，对于公司来说，简直就是噩梦。直到何四万等几名员工冒着危险爬了下去，发现方渐飞两人还没死，并找来藤蔓将两人救上来后，潘志军心中的大石头才落下。他皱眉上前说："你们俩先别顾着秀恩爱，赶紧去医院检查。何四万，苏玲，你们俩送林依他们去医院。"

林依这才红着脸从方渐飞怀中退回来。

一行四人下山直奔医院。医生检查一番，两人身上到处是擦伤。方渐飞的右腿肿起来一大块，林依的手臂上被划破了，其他的都是皮外伤，只需要简单地消毒处理就行了。

检查的时候，方渐飞去哪儿，林依就跟到哪儿，如同一个刚出嫁的小媳妇。

检查完后各回各家，林依拦了一辆出租车，临上车前做了个打电话的动作给方渐飞看，示意晚点儿电话联系。

一起跟来的苏玲是良缘婚介公司的前台，平时人就非常八卦。林依相信，只要自己这番姿态落入她的眼中，第二天公司绝对是人尽皆知。

回到家中，方渐飞收到了林依的微信视频通话邀请。

第六章　患难见真情

林依应该是刚洗完澡,披着浴袍,头发还是湿漉漉的。看其居住环境,是那种一室一厅的小居室,收拾得还算干净整洁。

林依用毛巾揉搓着头发:"洗个澡舒服多了。"

"喂,你刚涂了药,医生都说伤口不能碰水。"方渐飞没好气地说。

"身上全是泥沙,不洗澡怎么行?我宁愿伤口溃烂也要保持干净。"林依在房间里面左转右转东张西望,似乎是想找一个地方放手机,好能腾出手来做其他的事情。

方渐飞看着林依尝试着将手机靠在茶几上,尝试了好几次都失败,不由得笑道:"到时候你伤口溃烂可别哭。"

"放心啦,我洗澡的时候,把伤口用保鲜膜包起来了。说正事,刚才在苏玲和何四万面前秀了一把恩爱,再加上先前在山上的事情,明天公司肯定会传开。到时候咱们再加把劲儿,应该能让谭晟死心。"林依从纸巾筒里抽出两张纸巾叠好,垫在手机下面,总算是把手机固定住了,腾出手来给手臂上的伤口换创可贴。

林依手臂上的伤口其实并不大,两片创可贴就能挡住。

方渐飞看着屏幕里林依白皙的手臂在自己面前晃来晃去,突然觉得口干,连忙转移话题:"我做你男朋友,要做到什么时候?"

"怎么也得做到谭晟离职吧。"

"要是他不走呢?"

林依愣了一下,旋即笑眯眯地看着手机屏幕:"那你就一直做下去啊。"

方渐飞越发觉得口干,心底好像有一个地方正被羽毛轻轻地拨动。一时之间,他竟然有些发痴。

"喂,在发什么呆呢?"林依大声提醒方渐飞,"记住啊,明天咱们继续秀恩爱。"

方渐飞回过神来,说:"这样做太刻意,反而达不到效果。最好咱们做出一些暧昧的小动作,让别人发现,这样他们才会有八卦的乐趣。举个例子,老板跟老板娘,有谁会去说他们的八卦?因为大家都知道,他们是老夫老妻嘛。"

林依歪着头想了想:"也对哦,看不出你还挺细心的。"

林依正要说什么,突然有人敲门。林依起身凑在猫眼前一看,不顾自己还穿着睡袍,随手将门打开。旋即,她似乎想起了什么,快步走到茶几前拿起手机,跟方渐飞说了一句"有事",就挂断了视频。

然而,方渐飞已经看到,门开后,在肯德基见到的那个男人昂然走了进来。

放下手机,方渐飞沉默了一分多钟,然后点燃烟,一根接一根,连抽了三根,将第三根烟的烟蒂摁灭后,他换了件衣服出门。

与此同时,一栋装修豪华的独栋别墅内,一名身穿唐装两鬓微白的中年男子背着双手,眉头微蹙地走来走去。他每一次转身,都将地上厚厚的羊毛地毯踏出一道痕迹。

欧式的真皮沙发旁站着一个高高瘦瘦的男子,三十来岁,看起来懒懒散散的,手中把玩着一把特制的钥匙。钥匙很长,前端很尖,与其说是钥匙,倒不如说是一把改装的小刀。在他手指灵活地转动下,钥匙刀幻出一团团光影。

唐装男子终于停止了走动,他扶了扶眼镜,叹息了一声:"这丫头,越来越放肆了,简直是要气死我。"

瘦高男子微微一笑:"豪叔无须多虑,依依做事虽然有些叛逆,但并没有乱来。换一个角度来看，她这也算是书写自己的精彩人生。"

"你少替她辩解。"唐装男子"哼"了一声，一屁股坐在沙发上，"本来那个谭晟就够让我恼火的了。但你非要说这是依依的生活，我们不要随便干涉。现在好了，爬个山差点儿摔死不说，还多出一个男朋友来。"

"依依这么做，肯定有她的理由。"

"有个屁理由！小姑娘家家的，知道个啥，还在外面租房子住，我都快担心死了！"唐装男子不耐烦地打断了瘦高男子的话。他想了想，"你去找人试探试探这个方渐飞，看他有没有资格做依依的男朋友。"

瘦高男子有些不以为然，但还是走到一旁打了两个电话，回来跟唐装男子笑着说："已经安排好了。"

唐装男子点了点头，森然道："方渐飞啊方渐飞，你最好不要对我女儿有非分之想。"

第七章　自负是极致的自卑

▼

东海市近几年发展迅速，市民收入也是水涨船高，虽然跟一线大城市没法儿比，但相对其他二线城市还是不错的，尤其是物价还不贵。所以，月薪一万二千元、有房有车的孟炜，在东海市绝对算得上单身贵族了。

孟炜和方渐飞吃饭的地方是一家私房菜馆，坐落于一个高档小区内。地方不大，但店内极为干净整洁，装修风格古朴典雅，墙壁上挂了一幅山水画，给人一种优雅闲适的感觉。

客厅内摆了两张桌子，另外还有三个卧室改成包厢。孟炜带着方渐飞走进其中一间包厢，坐下后，他漫不经心地说："别人来吃饭的话，最少需要提前三天预约。"

方渐飞听出了孟炜话里的意思，于是递话道："那你呢？"

"我经常来这儿吃，所以不需要预约。"孟炜云淡风轻地看着菜单，眼中的得意却一闪而过。

方渐飞夸张地表达了自己的羡慕："这种地方，我听都没听说过，更别说来这儿吃一顿了。孟老板你可真会生活。"

孟炜越发得意起来，笑着招呼旁边的老板："老丁，来个蟹煲鸡，金枪鱼杂蔬卷，碳烤牛肉条，酸梅糖醋排骨，南瓜鲑鱼焖饭；汤的话，就秋葵云腿炖竹荪吧。"孟炜说完，将菜单递给方渐飞："你看，要再加点儿什么？"

方渐飞笑着摇手："够了，够了。"

孟炜悄悄地说："这老板很小气的，菜的分量少得很，两筷子就夹完了。"

孟炜的声音虽然小，但旁边的老板正好能听到。老板假装生气地说："要不要我杀头猪给你放桌上？"

孟炜哈哈一笑，又加了两个菜，点了瓶清酒，这才作罢。

两人边吃边聊，待老板把菜上齐，关上了包厢门，孟炜这才问："方老师，我相亲的事，怎么样了？"

经过刚才的接触，方渐飞心中再次确定，孟炜不但占有欲和控制欲特别强，还有一种急于向别人证明自己的表现欲，从穿着到谈吐都是如此。虽然表面上云淡风轻，但神情却极为傲慢。方渐飞猜测他幼年经历坎坷或者身体有缺陷，而后者的可能性更大。要不然，他为什么一定要找初恋的女友？

方渐飞将之前的借口重复了一遍，特别强调这一次公司的宣传力度空前强大，尤其是网络推广更是砸下重金，现在广告效应出来了，会员人数增多，尤其是女会员，一个个条件都好得很，别的不说，光是照片一个个长得跟明星似的。

"该不会是网上截的图吧？"孟炜立马表示怀疑，"现在的美图技术把多丑的人都能P成美女。"

猜疑心强也是占有欲的一种表现，方渐飞在心里给孟炜的性格进行了速写，同时，笑着解释道："我们公司采用人脸在线验证和身份证实名认证，你说的这种情况应该不会出现。"

孟炜顿时眼睛一亮，但脸上依然是故作镇定："她们的要求应该都不低吧？"

方渐飞笑道："她们的要求再高，你也能达到。不是我故意给你戴高帽子，东海市像你这种条件的真不多。"

孟炜微微一笑，没有吱声。

"不过，"方渐飞开始转入正题，"因为你的要求太笼统，系统显示有好几十个女会员都跟你匹配。要是一个星期见一个的话，一年都见不完。"

孟炜眉毛一扬，暗自得意地喝着酒，不说话。

"所以，我想跟你把要求再细化一下，比方说身高、体重、学历、工作之类的，你有没有什么要求？"

"那就身高一米六五以上，学历专科以上吧。"孟炜轻咳了一声，"其实，这些我都不是很在乎，最主要的是，一定要是初恋。"

方渐飞故作为难地说："我们在注册资料的时候，不可能要别人填是否谈过恋爱，也不可能当面询问对方是否有过恋爱经历，所以这个很难判断。"

"那要怎么办？"孟炜眉头微蹙。

"要不这样，我呢，这段时间给你介绍几个女会员，你先别管她是不是初恋，先接触接触，再把你的想法反馈给我。我拿到了你的反馈后，再到系统匹配，甄选出适合的对象，然后我再偷偷地去问她们是不是初恋。这样一来，说不定能快速找到合适的对象。你说呢？"

第七章　自负是极致的自卑

孟炜想了想，笑着点头："可以。"

方渐飞夹了条排骨放进自己碗里，漫不经心地说："据我所知，孟先生非常注重生活品质，如果女方个人条件不错，但家庭背景一般，不知道你能接受不？"

孟炜眉头一皱："什么意思？"

"比方说，女方家庭是农村的，虽然她凭借努力，现在生活得很光鲜，但有些生活习惯却是深藏在骨子里的。"方渐飞看似随意，其实是在观察孟炜的反应。

孟炜脸上闪过一丝异色，迟疑了片刻，才说："只要她个人优秀，家庭条件问题不大。"

方渐飞心里冷笑道：你这种完美主义者，会不在乎这种关系？唯一的解释就是，你的家庭条件也不好，所以，不敢在这方面苛求对方。

该了解的都差不多了，方渐飞转移话题："为了让你们见面时不尴尬，我建议你们不以相亲的形式见面，而是一起游玩。你觉得呢？"

孟炜举起酒杯："没问题，等你消息。"

方渐飞笑着跟孟炜碰杯。其实，方渐飞建议孟炜出去游玩是为了偷偷治疗他的心理障碍。

方渐飞这一次并没有求助杨铮，而是自己制订方案。上次治疗黄亚琴让他恢复了不少信心。孟炜这边虽然看起来很麻烦，但其实就是占有欲和控制欲在作怪，造成这种性格的核心在于自卑感。只要将其内心的自卑摧毁，竖立起信心，一切就迎刃而解了。但他需要一个助手，想了想，他再次联系了刘振宇。

刘振宇推送了小雨的微信名片给方渐飞，说以后这种事直接找小雨就行，报酬自己看着给。

方渐飞加上小雨的微信，把事情一说。小雨满口答应，二人约在上次吃饭的烧烤店见面。

方渐飞刚挂上电话，何四万就打电话过来，问方渐飞的伤势要不要紧。说是公司聚餐，他打包了一些下酒菜，准备给方渐飞送过来。

方渐飞内心有些感激，转而想到何四万进良缘婚介公司不是为了找女朋友吗？小雨就挺不错的，何不顺便撮合他们。想到这儿，他脱口而出："何四万，你觉得小雨怎么样？"

"小雨？怎么突然说起她来了？"何四万有些讶然，迟疑了一下，"你该不会是想追她吧？"

"我找她有事，约了一起吃夜宵。你要是对她有想法，就赶紧过来。"

何四万顿时大喜，说他这就打车过来。

半个小时后，方渐飞跟何四万坐在了烧烤店里。尽管烧烤店老板一脸鄙视地看着何四万，但何四万仍然若无其事地将打包过来的菜放在了桌上。

小雨打电话说有点儿事，要晚来一会儿，要他们先吃。

方渐飞看了脸色不善的老板几眼，担心老板随时会把竹签扔过来戳死他们两个，连忙点了一大堆烤串，又叫了半箱啤酒，两人开始慢慢喝。

何四万喝了杯啤酒后，"嘿嘿"地笑着问方渐飞，是不是对林依有想法。

方渐飞脑中顿时浮现出那个男人昂然走进林依家里的画面，心中不由得一阵烦躁，没好气地说："你别乱说。"

何四万鄙夷地看着方渐飞："你们俩可是一起在鬼门关前转了

一圈的,还有什么比死亡更能刺激彼此产生好感的?不管是你对林依以身相许,还是林依对你以身相许,总之,你们俩必须成一对,电视里面都这么演的。"

听到何四万的话,方渐飞不禁感叹八卦的威力真是巨大,跟之前林依所设想的完全一样。只是,现在的他突然有些反感。他的脑中不断浮现那个男人在肯德基搂着林依的画面。

何四万继续唠叨着。方渐飞终于忍不住打断了他:"小雨马上就要来了,你就不想想怎么表现表现?不去买一束花?"

"买花做什么?又不能吃。"何四万嗤笑,旋即一拍额头,"对啊,我去买点儿其他礼物。"说完,他丢下方渐飞,一溜烟地跑了。

方渐飞松了一口气,早知道何四万这么八卦,就不叫他过来了。

就在何四万走后没多久,小雨笑吟吟地走了过来,看着桌上一大堆食物,以及何四万吃剩下的啤酒鸡翅,笑道:"方老师,上次刘悦说你在肯德基吃别人剩下的汉堡,我还不信,现在看来还真有点儿可信度啊。"

"这些是何四万带来的。他知道你要来,去给你买礼物了。"

"原来是他啊。"小雨笑嘻嘻地放下包,招呼老板拿来碗筷。

二人简单商量了一下计划。小雨算了算时间以及需要准备的服装道具,报了一个价格,不便宜,但也不算贵。她坦然道:"哥,原本是应该给你优惠的,但这两天我手头紧,所以,你得支援我。下次你再找我,我把这次的钱算进去。"

方渐飞哈哈一笑,当即转了钱给小雨。

小雨笑嘻嘻地举起酒杯:"飞哥真讲究,我敬你。"

突然,旁边传来一道阴阳怪气的声音:"哟,美女,敬酒呢?顺便也敬我一杯呗。"

方渐飞抬头望去,说话的是一个三十岁左右的男子,颧骨突出,下巴略尖,蓄着十厘米左右的胡子,乍一眼看去,有点儿像算命师傅。他身后站着两个大汉。大汉穿着牛仔裤配弹力背心,肌肉极其发达,戴着小指头粗的金链子,双手环抱胸前,露出手臂上的青龙文身。

见到此人,小雨顿时站了起来,结结巴巴地说:"杨哥,你也来吃夜宵啊?"

"你这个欠钱的都能吃夜宵,我这个借给钱的反而不能吃了?"山羊胡夸张地说,"还点这么大一桌,真是奢侈啊!"

听两人的对话,方渐飞得知,小雨是欠了这人的钱。

"杨哥,我这就还你钱。"小雨有些慌张地拿起手机,"不是还欠你三千块吗?现在我就转给你。"

山羊胡"呸"了一声:"什么三千块,你还欠我六千块。"

小雨慌张地说:"杨哥,我总共欠了你一万块,你说九进十三出,给我九千,还一万三,我前天已经还了一万了啊!"

山羊胡冷笑道:"你也知道是前天啊,这都三天了,不要利息的啊?这也是你运气好,今天你遇到我了,明天就变一万块了呢。"

小雨张大了嘴巴,却不知该说什么,脸上一阵红一阵白。

方渐飞眉头微皱,站起来:"还要三千块是吧,这钱我帮她还了。"

山羊胡极为夸张地"哟嚯"了一声:"小子,你确定要为她出头?"

山羊胡身后两名大汉拦在方渐飞面前,脖子上的金链子摇摇晃晃。

方渐飞心中一动,想了想,慢慢地说:"是的,我要为她出头。

而且,我改变主意了,一分钱都不给你。你们再不走,我就……"

"你就如何?"山羊胡厉声尖叫,手中不知什么时候多出了一把匕首,指着小雨的脖子。

看到这儿,方渐飞更是确定了自己的猜测。他微微一笑,指着自己的胸口:"来,朝这儿捅,我要是皱一下眉头都不算好汉。"

闻言,众人皆是目瞪口呆。

好一会儿后,山羊胡骂了一句,手中匕首对着小雨的肚子戳了下去。

旁边看热闹的人均是尖叫出声。

然而,匕首在触及小雨肚子的瞬间,突然断成两截。下一刻,山羊胡收回剩下的半截匕首,放在口中一嚼,竟然是一块烘焙成匕首样子的蛋糕。

"你是怎么看出来的?"小雨饶有兴趣地看着方渐飞。

方渐飞笑着说:"第一,这两个兄弟手臂上的文身颜色太鲜艳,好像是贴纸贴上去的。第二,这两个兄弟冲上来的时候,脖子上的金链子竟然飘了起来,一看就是假的。第三,现在是法治社会,哪有人会傻到在这么多人面前动刀。"

山羊胡竖起大拇指,手一挥,带着两个大汉扬长而去。

小雨倒了一杯酒,冲方渐飞举了举,一饮而尽,解释道:"方老师,有人要我在你面前演这出戏,至于这个人是谁,他为什么要来这么一出?我并不知道。就算知道,我也不会告诉你。"

方渐飞耸耸肩:"不说就不说好了,我就只问你,咱们之间的合作还能继续不?"

"那肯定,钱都收了,哪能不合作?"小雨笑吟吟地说。

这时,何四万气喘吁吁地赶了过来,手中拎着一瓶葡萄汁,一袋红薯粉丝。他跟小雨打过招呼后,将东西放在小雨面前。

"这是?"小雨看着葡萄汁跟红薯粉丝,一头雾水。

"有这么一句话,天长地久不如一瓶红酒,山盟海誓不如一碗鱼翅。"何四万认真地解释,"红酒不就是葡萄酒嘛,买瓶葡萄汁应该也差不多。鱼翅没找到,但据说鱼翅的营养价值跟一碗粉丝差不多,所以我就买了一袋红薯粉。呵呵,一点小意思,还请你笑纳。"

自卑的产生,大多来自于成长过程中的受挫。追溯远一点,就是孩童时期,大多数小孩子都有在墙上涂鸦的经历。有的父母会夸奖孩子有创意,从而使孩子大受鼓舞。而有的父母会责怪孩子弄脏墙壁,让孩子的自信心受挫,自卑心理就此生根发芽。

再长大点,小孩做家庭作业,除了那种天赋异禀的天才儿童,绝大多数的孩子都会出现各种错误,甚至连二加三都不知道等于几。而这时候,有的父母会安慰自己的孩子,然后告诉他正确的答案。而有的父母只会拼命地抱怨自己的孩子不够聪明,让孩子从内心开始怀疑自己。

当然,除了成长环境,一些生理缺陷或者家庭条件也会使人形成自卑心理。自卑者会将这些原因放在内心最深处,一层又一层地包裹起来,不让身边的人发现。

其中伤害越深的,他们越是敏感,在某个方面表现得极具攻击性。自卑到了极致,就会变得狂妄自大,演变成一种病态的自我保护机制。

孟炜显然就是这种人。

方渐飞的计划是通过一连串的事件,来提高孟炜的承受能力,就好像压腿拉筋,首先给你来一下狠的,然后舒缓放松;再给你来一下狠的,再放松;反复几次后,韧带就拉开了。

为此,方渐飞对孟炜进行了一番调查。调查的结果跟方渐飞猜测的情况差不多。孟炜是单亲家庭,小时候家庭条件不好,小学时还被同桌冤枉偷东西。虽然他极力辩解,但并没有人相信他。他在高中的时候追过班花,但最终不了了之。

针对这些,方渐飞开始展开行动。

跟一线城市不同,东海市并没有真正意义上的市中心,相对而言,青秀区的写字楼要稍微多一些。写字楼多的地方,商业就要繁荣许多,甚至饮食都要显得高档一些。

孟炜跟小雨约在一家叫作江南春的饭店见面。店内是淡雅的装修风格,木质的柱子上点缀着一盏大红灯笼让人眼前一亮,门口还坐着一名身穿旗袍的女子,正"叮叮咚咚"地敲着扬琴。

"我是方渐飞的同学小雨,原本是叫他来帮忙的,但他临时有事,反倒是把你叫过来了,真是麻烦你了。"小雨今天打扮成大家闺秀的模样,看起来颇有气质。

"我跟方渐飞是哥们,他的事就是我的事。"孟炜笑着说。

"待会儿过来的是我爸爸战友的儿子,以为自己有两个钱,天天缠着我。所以,你得假装是我男朋友。"小雨似是不放心,再次交代道。

"明白,老方已经跟我说过了。"孟炜身体后仰,优雅地喝了一口茶,露出了手腕上的手表。

片刻后,穿着花衬衫、沙滩裤,脚踩人字拖的何四万东张西望地走了过来,一边走一边摇头,似乎很嫌弃的模样。他看到了小雨,顿时跟发现了新大陆一般,满脸堆笑地走了过来。他看都不看孟炜一眼,夸张地说:"小雨,你怎么能来这种地方吃饭?"

"这种地方怎么了?"小雨皱着眉头,厌恶之情颇为明显。

"只有那些小白领才会来这儿吃饭,我们来这儿吃太失身份了。"何四万摇摇头。

"有身份的是你何少爷,我就是你说的小白领。"小雨朝旁边座位扬了扬下巴,"今天叫你来,是有事情跟你说。"

何四万这才看了孟炜一眼:"这位是?"

"我是小雨的男朋友,孟炜。"孟炜很有礼貌地站了起来,向何四万伸出手,"也是一个小白领,因为经常来这儿吃,老板给办了张VIP卡,吃饭有折扣,所以才选在这里吃饭。"

孟炜看似彬彬有礼,其实已经在反击。虽然我是小白领,但我是这里的VIP。

"VIP?听起来你很骄傲啊?这种VIP很值钱吗?只要我在这儿吃饭,多点几个菜,马上就有领班过来求着我办VIP。"何四万并没有跟孟炜握手,而是满脸鄙夷地从身上摸出个钱包,拿出一张黑卡,放在了孟炜面前,献宝似的说,"见过没,黑卡!"

何四万手上的黑卡闪烁着金属的光泽,上面凸出来的花纹都是烫金的。在卡片的右上角,镶嵌了一颗小小的钻石,虽然是碎钻,但看起来也十分奢华。这种黑卡,且不说在哪儿使用,光是成本都要不少钱。

何四万摇摇头,一屁股坐下,给自己倒茶:"小雨,你找男朋友的眼光也不怎么样啊!就他这样,以后怎么给你幸福?我看吃饭睡觉都成问题。"

小雨怒道:"要你管?你是我什么人?"

"作为普通朋友,总不能见死不救啊。"何四万看了一眼孟炜,

第七章 自负是极致的自卑

叹息了一声，仿佛孟炜是街头要饭的。

孟炜终于被激怒，冷笑着说："或许我的钱没你多……"

何四万毫不客气地打断："这还用得着或许？你跟我完全不是一个档次的。"

孟炜顿时脸色铁青："但我有房有车，小雨跟着我，吃饭睡觉肯定没问题。"

何四万嗤笑道："鄙人名下的房子不算多，也就十来套，但好在其中有一套是独栋别墅，带花园泳池。"转而又从裤兜里摸出一把车钥匙放在桌上，"名下的车也不多，只有三辆。在市内我开敞篷跑车；如果去自驾游，我开越野；人多的话我就开房车。"

孟炜的脸越来越黑，虽然他不停地安慰自己，眼前这个人就是个爱炫耀的暴发户，不要跟他一般计较。但他的内心深处却极为恐慌。

"喂，你有完没完！"小雨怒了，"今天叫你过来，是想告诉你，我已经有男朋友了，不要再纠缠我！"

何四万哈哈一笑，然后突然变得严肃起来："小雨，你跟他不会有好结果的。你能想象每天下班回家，还要煮饭切菜，打扫家庭卫生，甚至天气热都舍不得开空调的日子吗？你再好好想想，我等你电话。"说完，何四万将桌上的东西收走，起身扬长而去。

"对不起，真是对不起。"小雨一个劲儿地道歉。

孟炜假装不以为意地摇了摇手："我不会跟他计较。"

小雨微微一笑："那行，我们吃点儿东西吧。说好了啊，待会儿我买单。你一个月工资也就那么点，可不能再让你破费……"

如果刚才何四万的那番话只是让孟炜不舒服，那小雨的这句话，就好像是一把锋利的匕首，直接捅进了他内心深处。

孟炜"噌"的一声站了起来："我去上个厕所。"

等到孟炜在厕所抽完烟回到座位，发现小雨的旁边又坐了一个男子。该男子三十来岁，戴着眼镜，很瘦。

"这位是？"孟炜经过一番心理调整，又恢复了之前云淡风轻的样子。

"他是我妈妈同事的儿子。"小雨连忙站起来，凑在孟炜耳边轻声解释，"他也想跟我交往，我一直没同意。呃，我也没想到，会在这儿碰到他。"

孟炜有些哭笑不得，但还是上前跟眼镜男子握手："我叫孟炜，是小雨的男朋友。"

眼镜男子"哼"了一声："那我跟你是情敌，没有必要握手。"

孟炜坐了下来，表面镇定，其实内心却有些惊慌。

"我很好奇，孟先生到底是什么样的优秀条件，竟然能成为小雨的男朋友？"眼镜男子果然说出了一句让孟炜头皮发麻的话，"对了，我在盛世家园有一套八十六平方米的房子。"

孟炜听到这话，顿时轻松了不少。他笑了笑："我在罗马假日有一套一百二十平方米的房子，房子不大，但应该足够我和小雨居住。"

"哦，是吗？看来孟先生真是年轻有为。我在公司做主管，月薪九千元。不知孟先生在哪儿高就啊？"眼镜男子冷笑道。

"我是公司经理，月薪一万二千元。"孟炜心里越发镇定。

小雨出声打断了两人："好啦，别争了。你们俩根本就不懂什么叫爱情！爱情是两个人能够风雨同舟，无论面对怎样的境遇，都可以一起为了一个目标奋斗。"说完，她转而冲眼镜男子说："我小学就认识你了，你小时候是什么情况，难道我不知道？那个时候我也没有因为你家穷就不跟你玩吧？嫌贫爱富的人确实存在，但并不都是。所以，你也不用在我面前显摆你现在多么有钱，真要比起有钱来，十分钟前，我刚赶走一个人，你的这些全加起来都不够他的零花钱多！"

眼镜男子沉默了一会儿，一言不发地起身离开。

孟炜表面上波澜不惊，但内心深处，却好像有某个东西正在苏醒。

孟炜跟小雨分开后，马上打电话联系了方渐飞，问小雨的相关信息。

方渐飞知道孟炜最关心的是什么问题，当即说小雨有短暂婚史。

既然是短暂婚史，那肯定不符合孟炜的相亲要求了。孟炜颇为失望，聊了两句，笑着说小雨还不错，挂了电话。

虽然孟炜的态度有所松动，但仍然没有主动去掉初恋这个要求，看来还得再点一把火。方渐飞摸着下巴寻思着。

半个小时后，孟炜接到了小雨的电话，说是感谢帮忙，请他吃夜宵。小雨说出地点后，直接挂了电话，根本不容孟炜拒绝。

孟炜开车赶到约定地点，现场除了小雨还有另一名女孩。女孩大眼长发，还算漂亮。

"这是我同学燕子。"小雨笑着解释，"她就住这儿附近，吃夜宵嘛，热闹点儿好，就喊她过来了。"

三人坐下后一番闲聊。听小雨说起白天的事情，燕子似乎对孟炜很感兴趣，不断地跟他搭话，还要了微信号码。

几瓶啤酒下肚，燕子终于将注意力从孟炜身上转移，跟小雨说起了以前念书的事情。

"你猜我昨天看到谁了？罗小胖！"小雨眼中全是笑意。

"小胖？他不是在魔都上班吗？怎么回来了？"燕子讶然问道。

"说是请假回来相亲的。"

"相亲？该不会跟《非诚勿扰》一样，一次见二十四个女孩吧。这种事他可做得出来。"

"就不怕这二十四个女孩一起揍他？"

此言一出，燕子和小雨顿时笑得喘不过气来。

孟炜好奇，一问，得知在念书的时候，小胖写了封情书，然后复印了三十份，班上每个女生都送了一份。起初女生们沾沾自喜，但很快就发现了真相，顿时大怒，联合起来把他揍了一顿。

听说小胖是这么个奇葩，孟炜也忍不住大笑。

"这个小胖坏得很，还偷我的钢笔！"小雨兀自有些气愤地说，"我爸爸出国给我带回来的米老鼠钢笔，才用两天就被他偷了。"

孟炜突然心跳加快，忍不住问道："你怎么知道是他偷的？"

"都从他书包里找出来了。"小雨撇了撇嘴，"这还能冤枉他！"

孟炜急道："有可能是他捡的，又或者是别人放在他书包里的。"

小雨摇摇头："班上所有同学都知道那支钢笔是我的，就算是他捡的，为什么不还给我！"

燕子此时脸色有些异样，好一会儿才说："小雨，这个事，可能你真错怪小胖了！"

小雨讶然地望向燕子。

燕子仰头将啤酒一饮而尽，提起了另一个人："甜甜你还记得吗？"

"当然记得，她坐我后面嘛。我记得有一次她偷来她姐姐的指甲油，弄到我衣服上，害我被我妈好一顿骂。"

"你的钢笔是甜甜拿的。"

"什么？"小雨惊呼出声。

"那天上体育课，我摔了一跤，甜甜扶我到教室。她在你抽屉里翻到了那支钢笔，玩了好久都舍不得放下。正好体育老师在门口问我有没有事。她惊慌之下，就把钢笔往书包里一塞，没想到塞到你同桌小胖的书包里了。"燕子苦笑着说，"当你从小胖书包里翻出钢笔的时候，我跟甜甜正好不在。后来我想跟你说，但甜甜说这样她会很尴尬，要我别说。最终还是小胖背了这个黑锅。"

小雨咬着嘴唇，默然不语。

孟炜嘴唇张开，似乎想要说什么，但最终什么都没说。孟炜举起酒杯，将杯中酒一饮而尽。

跟孟炜分开后，小雨给方渐飞打电话汇报了情况。方渐飞问得很仔细，包括孟炜的表情以及说话的语气。最后他笑着说："应该没问题了。"

其实，小雨跟燕子的对话都是方渐飞精心设计的，聊天内容跟孟炜的小学生涯极为相似，直接点醒了孟炜。

方渐飞的计划并不复杂。先用一个有钱人打压一下孟炜的优越感，正如鲁迅先生所说，要榨出皮袍下面藏着的"小"来。但也不能直接一棍子打死，差不多到了极限的时候，立马撤退，换一个人跟孟炜进行比较，又重建他的自信。接下来根据孟炜童年的遭遇，对症下药，通过小雨之口将其心结解开。

翌日，孟炜果然打电话给方渐飞，说是要将初恋这个要求去掉，并问小雨的电话怎么关机了。

方渐飞心里暗笑，小雨的号码本来就是任务专用。任务结束了，手机号自然要注销掉。但口中却遗憾地表示，小雨跟她前夫复合了。

孟炜心里失望，但失望并没有持续多久，已经走出心魔的他，很快就投入一段热烈的感情中。

第八章　陷害升级

▽

方渐飞搞定了钉子户。他兴冲冲地去找何晴交接任务,心中想着,按照约定,他现在就能兼职心理辅导师,开启经理的权限,可随意查会员资料。

然而,何晴却是讶然中带着一丝嘲讽地看着方渐飞,说:"你该不会以为,搞定一个钉子户就算考核通过吧?万一孟炜本身就想改变主意了呢?你只不过是运气好,正好赶上了呢?"

方渐飞听到这话,顿时目瞪口呆。

何晴移动鼠标点了两下:"这样吧,你再搞定一个钉子户就算你合格,资料我已经发到你邮箱了。这个搞定了,我就让你兼任心理辅导师。嗯,先这样吧。"

方渐飞郁闷地回到座位,邮箱也懒得打开,坐着发呆。何晴的失信虽然让他很郁闷,但还有一件事很奇怪。跟前几天相比,何晴对他要生疏许多,从说话的语气就能分辨出来。对了,这两天张琳琳好像也在有意无意地跟他拉开距离。

方渐飞一头雾水,不知道自己什么地方得罪了何晴。他仔细一回忆,好像就是上次爬山出事以后,何晴就变成了不冷不热的模样,三句话里头就会夹杂着一句嘲讽。

说到爬山,林依的手臂划破了一道口子,这几天一直都没来上班。她不来,谭晟对方渐飞和何四万也没什么好脸色,每天就是趴在电脑前看新闻,对于工作一点儿都不在意。

除了何四万,公司的人好像都在躲着自己,这种感觉让方渐飞很不舒服。

就在方渐飞胡思乱想的时候,坐在他旁边的谭晟收到了一条微信消息:找地方回电话。

谭晟若无其事地起身出门走进安全通道,左右张望了一下,确定没人,这才拿出手机,拨通微信语音通话:"什么事?"

电话那头传来沙哑的女声:"你那边准备得怎么样了?"

谭晟压低声音:"有了上次论坛的事,我想接下来无论发生了什么,大家都不会怀疑到我头上。"

"那行,可以进行第二步了。还是去东海论坛,上传几个会员资料,对他们奇葩的相亲要求,骂狠一点。"女子似乎觉得不放心,又交代了一句,"不要让人查到你的 IP 地址。"

"我找外省的同学发,这个不用担心。"谭晟笑了笑,"虽然我不知道你是谁,但你确定这样有用?"

"照我说的做就是。接下来,你就等好消息吧。"说完,电话那头径直挂了电话。

谭晟笑了笑,转身走出安全通道。

片刻后，安全通道的楼上走下来一个女子。她手中夹着烟，眉头紧蹙，竟是市场部经理张琳琳。

谭晟并不知道身后的事，若无其事地回到座位。他的心情似乎不错，甚至还跟发呆的方渐飞开了句玩笑："发什么呆呢？你这是在修仙吗？什么时候渡劫？"

方渐飞回过神来，笑了笑，晃动鼠标唤醒休眠的电脑，点开了邮件。

何晴这次发过来的钉子户是个女会员。

沈映霞，三十六岁，身高一米六七，体重五十五公斤，KTV收银员。离异，有一女孩。对男方的要求很简单——千万元存款。

方渐飞看到最后倒吸了一口凉气，这要求……过分了啊！

千万元身家跟千万元存款，完全是两个不同的概念。千万元身家，是指一个人的各种资产加起来够一千万元，比方在一线城市买了房的人，只要地段不是特别偏，个个都是千万元身家。但千万元存款就不同了，银行账面上扎扎实实要有一千万元。说得不好听点，千万元身家的人，能拿出一百万元现金都有些困难，更别说千万元存款了。

所以说，有千万元存款的人，身家怎么都得上亿元。

东海市身家上亿的人绝对不会超过五十个，而这其中单身的，可以说几乎没有。就算有，人家凭什么看上你？

方渐飞下意识地瞥向沈映霞的照片。她长得确实漂亮，身材也不错。但她是离异过一次的，还带着孩子。有哪个有钱人会选择你这个拖家带口的！

方渐飞心想：难怪会成为钉子户，这要求也太……高了。

看完了沈映霞的资料，方渐飞开始琢磨起她的性格。

沈映霞提出千万元存款的要求，很有可能是因为有一次失败的婚姻，使得她极度缺乏安全感，想着再婚要给自己一个保障。

当然，这只是方渐飞的初步推测，到底是什么原因让沈映霞提出这个要求，还得跟她见面聊过才行。

方渐飞拨通了沈映霞的电话。

得知方渐飞是良缘婚介公司的婚恋师，沈映霞的语气不是很好："之前不是张老师吗？怎么换人了？"

"最近我们公司注册的会员越来越多，原有的婚恋师不够用，所以找了一批新的婚恋师……"

不等方渐飞把话说完，沈映霞就冷笑道："然后，我就被你们这些新人拿来练手了？"

方渐飞从沈映霞的一句话就能推断出，她不但猜疑心强，且容易悲观，习惯把事情往坏的方面去想，这都可以归纳于她没有足够的安全感。

方渐飞笑着解释道："姐，你误会了。这一次我们将会员重新调整，像你这样的优质客户，当然要找我这样的老员工来跟进啦。"

这是方渐飞进公司培训的时候学到的，任何时候，都得让客户觉得自己是最重要的。

果然，沈映霞的语气稍微缓和了一点："这样啊，你打电话给我什么事？"

"我想跟你见个面。"

"见什么见，我的要求很简单，男方要有一千万元的存款，其他的不重要。哪怕对方是断手断脚，瞎子哑巴我都不在乎。"沈映霞不耐烦地说,"我交了钱,是请你们帮我找对象,而不是没事就来盘问我。我还有事,就这样了。"

听着话筒那边传来"嘟嘟嘟"的忙音,方渐飞陷入了沉思。沈映霞将自己弄得全身是刺,无非就是想保护自己不受伤害。

但是光知道缺乏安全感还无法对其进行治疗。方渐飞还不知道沈映霞是什么时候开始缺乏安全感的,是因为小时候的经历?还是因为离婚?

对症才能下药,这是方渐飞的一贯主张。

明天找个时间去沈映霞上班的地方吧。方渐飞这么想着。

正琢磨明天该怎么办,旁边的何四万敲了敲隔断的玻璃,竖起食指跟中指放在嘴边,做了个抽烟的动作。

方渐飞摇了摇头,表示自己不想抽烟。

何四万站起来,将身体趴在隔断上,低声说:"有事。"

方渐飞有些担心隔断会被他压垮,连忙答应。

两人走到阳台上。尽管阳台没人,何四万还是鬼鬼祟祟地东张西望,然后才神神秘秘地说:"你有没有察觉到,最近何总监跟张琳琳她们在疏远你?"

方渐飞"咦"了一声:"你是不是听说什么了?"

何四万呵呵一笑,竖起了食指跟中指,放在了自己嘴前。

方渐飞哭笑不得,递了一支烟给何四万,并帮其点燃。

何四万深深地吸了一口,吐出烟圈后,低声说:"你知道吗,林依的业绩之所以那么好,那是因为她背后有一个非常牛的人。这个牛人究竟牛到什么程度呢?就连咱们老板看到他都得点头哈腰。"

"然后呢?"方渐飞给自己也点了一根烟。

"最奇怪的是,公司上下都知道有这么一个人,偏偏当事人林侬不知道,她绝大部分单子都是这人打招呼才拿到的,她还以为是凭自己的能力拿下的。"何四万煞有介事地说。

方渐飞皱眉摇头:"如果咱们是银行,这人一句话拉来几千万元的存款,这个我信。或者咱们是超市,这人一句话就定了几百万元的单子,这个我也信。可咱们是婚介公司啊,这人总不可能一句话就变出几百个未婚青年吧?"方渐飞迟疑了一下,"再说了,你就能确定,真有那么回事?"

说这句话的时候,方渐飞脑海中瞬间浮现出肯德基男人出现在林侬家门口的画面,心中一阵烦躁。

"不懂了吧。"何四万扬扬得意,"真正厉害的人是有圈子的。打个比方,我现在是上市公司董事长的老公……"

方渐飞忍不住笑道:"你这比方,让我全身都起鸡皮疙瘩。"

"比方嘛,将就一下。"何四万不以为然地说,"然后我开了家饭店,你也知道,上市公司每个部门都有应酬,业务部应酬客户,市场部应酬媒体。总之,一年到头,各种饭局多得很。既然我是董事长的老公,那些部门经理一旦有饭局,多少会照顾照顾我的生意吧?同理,林侬的靠山真有那么牛的话,只要放出风声,说自己的亲戚在良缘婚介公司做婚恋师,自然有人会给他面子上门送资源。"

这种情况确实可能存在,方渐飞默默地抽烟。

何四万接着说:"公司的高管都知道林侬有靠山,但谁也不捅破,因为谁也得罪不起那个人。现在倒好,你突然跟林侬好上了,林侬背后的人知道后会怎么想?会不会生气?会不会对你做出报复?如果跟你走得太近,到时候很有可能被牵连。所以,知情者现在都主动跟你保持距离。你丢了工作就算了,要是被那个人记恨,可是天大的麻烦。"

方渐飞若有所思地看着何四万:"这话是何晴要你转告的,还是张琳琳?"

何四万挠挠头皮:"都不是,刚才有人加我微信,说完这事后又把我拉黑。对了,这个人还说了一句——小心谭晟!"

方渐飞大为不解,这个报信的人是谁?要何四万提醒自己是什么意思?谭晟又怎么了?他们跟谭晟之间确实有些不愉快,但上次有人冤枉他们,还是谭晟帮他们解决的呢,需要小心他什么?还有,如果林依真有这么厉害的靠山,谭晟又怎敢去打她的主意?

方渐飞转念一想,也有可能谭晟家里条件也不差。只要是正儿八经地去追,林依背后的人也不好说什么。

方渐飞跟何四万分析了半天,都不得其解。最终他决定不去理睬,管他什么靠山不靠山,赶紧把钉子户搞定才是正经事,只要找到了曾皓的资料,这事不就完了吗?

突然之间,方渐飞有拿出自己心理咨询师的从业证书给何晴看的冲动。但最后他还是忍住了。第一,之前自己不承认是心理咨询师,现在突然又说是,动机让人起疑。第二,以何晴的精明,就算知道自己有从业证书,也会让自己先辅导几个会员再说。而自己的信心并没有完全恢复,一旦出错更是麻烦。所以,他还是按照原定计划,明天见过沈映霞再说。

翌日下午,方渐飞正准备去沈映霞上班的KTV,刚把电脑关掉,桌上的座机响了起来。

方渐飞还以为是何晴或者张琳琳,却没想到是苏玲。她说有个女会员指名道姓要找方渐飞,听起来语气不善。不等方渐飞回过神,电话就切了过来。

"方渐飞?"对方是一个女子,听声音应该三十岁以上,正如苏玲所说,她的语气听起来气势汹汹。

"我就是,请问你哪位?"方渐飞颇为惊讶,他来良缘婚介公司以后,接触的会员不超过五个,女会员只有黄亚琴跟沈映霞,可这声音并不是她们。

"姓方的,你还是人吗?我哪儿得罪你了,你竟然做出这种事情?"电话那边劈头就是一顿骂。

方渐飞好几次想打断,但对方根本理都不理。方渐飞干脆不出声了,也不挂电话,就这么静静地听着。

女子骂了两分多钟,不见方渐飞这边有声音,还以为方渐飞把电话丢在一边了,不由得怒吼:"喂,你还在听吗?"

"我听着呢。"

"你个垃圾……"女子又是一通骂。

方渐飞继续听着。

又骂了两分钟,女子也是累了,怒道:"你就不解释解释?"

方渐飞这才询问:"美女,我们之间是不是有什么误会?"

"误会?"女子冷笑道,"我是吴晓倩,你有印象了?"

"应该是误会了,我并没有接过你的单子。"

"放屁!你把我的资料发到了网上,还说我不要脸!我要求男方买房写我的名字很过分吗?我要男方给十万彩礼很过分吗?你敢做就敢认,别抵赖!"

方渐飞突然想起了前几天发生的事情,当时也是有人将良缘婚介公司会员的资料传到了东海论坛上,最后是谭晟出面联系版主将帖子删除的。吴晓倩所描绘的情况跟当时如出一辙。

方渐飞连忙跟吴晓倩解释:"姐,这事真不是我做的。要不这样,你先报警,我这边也会以公司的名义报警。"

"报警?"吴晓倩的声音顿时变得尖利起来,"你还嫌事情不够大吗?要不要捅到电视台上去啊?我的名声不要了吗?"

"你误会了,我只是想证明,我是被冤枉的。对了,你怎么知道发帖的人是我?"

"废话,发帖人的马甲叫'良缘方帅帅',不是你,还会是谁?"

方渐飞忍住骂人的冲动,说马上联系人去删除帖子。这才把吴晓倩安抚住。

方渐飞挂了电话,正打算跟谭晟询问删帖事宜,却听到何四万那边也在不断地赔礼道歉:"明白,明白,这事我肯定会查个水落石出。"

何四万挂了电话,破口大骂道:"这是哪个浑蛋,一而再再而三地冤枉我?"

方渐飞连忙询问,得知是一个叫王欢的女会员,其相亲的资料被公开,发帖人叫"良缘何胖胖"。帖子不但暴露了王欢的相亲要求,还极尽嘲讽辱骂,说王欢长得丑。

两人互相一说,又是气愤又是疑惑,到底是谁在冤枉他们?但眼前最重要的,是去沟通删掉帖子。方渐飞有些讪讪地请教谭晟:"谭晟,你上次是怎么操作的?"

"不好意思啊,上次是那个版主欠我一个人情。但是,现在人

第八章 陷害升级

情已经还了,我再去找人家,恐怕不太合适。"谭晟微笑着拒绝。

"肯定不会白白浪费你的人情。要怎么做,我们听你的。"何四万连忙表示。

"那人已经离职,你找我没用啊,实在是爱莫能助啊。"谭晟耸肩摊手,拿起杯子喝了一口水,然后夸张地"啊"了一声,"这茶,真香!"

何四万骂了一句粗话,望向方渐飞:"怎么办?"

方渐飞还没回答,桌上的座机再次响起。接通后,是老板潘志军。

"方渐飞,你叫上何四万,现在过来我办公室。嗯,再叫上谭晟。"

潘志军的办公室是公司最大的,差不多有六十平方米,光是那张巨大的老板桌,就长两米,宽一米二,普通人的床也就差不多这么大。

挂了电话,潘志军的手指在桌面毫无节奏地叩击着,似乎在思索着什么。

办公桌的对面是会客区,老板娘赵颖以及市场部总监何晴坐在沙发上,脸色凝重。

潘志军叩击的手指突然停了下来,问:"你们怎么看?"

赵颖没有出声,而是看了何晴一眼。

何晴只能是硬着头皮说:"上次在论坛发帖的马甲叫'何方妖孽',名字里面含有何四万跟方渐飞的姓,但外面的人应该不知道这个名字的含义,所造成的影响并不大。但这次就不同了,发帖人名字里不但有公司的名字,而且'方帅帅帅'跟'何胖胖胖'几乎是实名。最可恨的是，这个帖子对当事人进行了非常恶毒的人身攻击，影响非常恶劣。"

潘志军皱眉点了点头："那你觉得应该怎么处理？"

何晴迟疑了一下，缓缓地说："开除当事人！"

"开除未免太草率。"一直没有说话的赵颖眉头微蹙，微微摇头，"这事很有可能是栽赃。方渐飞也好，何四万也罢，他们又不是傻瓜，怎么可能发帖还留下自己的名字。就算第一次是为了炫耀，但被警告一次以后，再用自己的名字发帖，那就是弱智行为了。"顿了顿，赵颖接着分析，"当然，也不排除他们是对手公司派来捣乱的。但我想，他们俩真要是对手公司的人，应该会低调行事才对。"

何晴露出赧然的表情："还是嫂子想得周到。"

赵颖没好气地说："得了，都是自己人，不用拍我马屁。你既然说开除，肯定有你的道理，说出来吧。"

何晴笑着说："按照现在的情况，可以肯定发帖者是针对他们两人，对公司没有太大的恶意。如果我们迟迟找不到是谁在背后陷害他们，最好的解决办法就是把他们开除。"

赵颖"嗯"了一下，望向潘志军。

何晴的话虽然不好听，但是现实。

打个比方，屋子里面放了两个臭鸡蛋，惹来无数苍蝇，"嗡嗡嗡"地让人厌烦。与其拿着苍蝇拍驱赶苍蝇，还不如将臭鸡蛋给扔掉。是的，鸡蛋没有错，错的是苍蝇，但只要把鸡蛋扔掉就能解决事情，何乐而不为？至于鸡蛋嘛，再买两个新鲜的就是。同样，不管发帖的人是谁，其目的就是针对方渐飞或者何四万，一旦将两人开除，公司自然就能置身事外。

潘志军的手指又开始在桌上轻轻地叩击,这是他的习惯。当有事情难以做出决断时,他就会有这个动作。

笃笃笃,门响了。

潘志军手指瞬间停下:"请进。"

方渐飞、何四万跟谭晟先后走了进来。

三人神情各异。方渐飞若有所思;何四万惴惴不安;谭晟表面上漫不经心,眼神里却是幸灾乐祸。

招呼三人在会客区沙发坐下,潘志军正要说话,门口又传来敲门声。

不等潘志军出声,门就打开了。林依笑盈盈地站在门口,她手中拿着一份合同,似乎刚从外面跟人谈业务回来。她目光扫过办公室内众人,冲着潘志军嫣然一笑:"老大,我手下总共就三个兵。现在有两个出事,我旁听一下不为过吧?"

"当然可以。"潘志军大笑,起身招呼林依走到会客区。

会客区沙发是"3+2+1"组合,赵颖跟何晴坐了两人位,方渐飞何四万跟谭晟坐了三人位。眼下还剩下一张单人位,如果林依坐了,潘志军就没地方坐。

谭晟连忙起身,让出位置:"林依,你坐我这儿。"

方渐飞见谭晟已经站起来了,再让也没意思,索性没动。

林依笑了笑,走到方渐飞旁边坐了下来:"我瘦,挤一下就行。"

潘志军目光扫过众人,指着单人座,微笑道:"四万,你坐那边去,这样我们四个人就坐得下了。"

经过一番让座,方渐飞察觉出来很多事情。毕竟他是做心理咨询的,观察事物比较仔细。

潘志军虽然是老板，但很怕得罪林依。

谭晟应该是快要失去耐心了，居然在老板的办公室里讨好林依，大有不成功便成仁的意思。

林依毫不犹豫地坐在方渐飞身边，多半是趁机跟谭晟把话挑明，我们之间不可能。

另外，何晴和赵颖，两人眼神闪烁，看起来有点儿心虚。

至于何四万，他看向谭晟的目光充满鄙夷。刚才找谭晟帮忙被当场拒绝，他心里能舒坦才怪。

几乎在瞬间，方渐飞就将房间内众人的心态猜了个大概。

就在方渐飞思考之际，潘志军轻咳一声，将有人在论坛发帖曝良缘会员资料的事情重复了一遍。但他也不发表自己的看法，而是微笑着问林依："事情就这样，你看怎么处理才好。"

林依侧头看了一眼方渐飞，转而目光扫过何四万，最终停留在谭晟身上，很随意地问："论坛那边，谭晟你还能再沟通版主，删除帖子吗？"

谭晟迟疑了一下："这种帖子泄露个人隐私，是肯定可以删除的，但我这次帮不上忙了。之前那个版主欠我人情，所以愿意帮忙。但现在人家已经还了人情，而且已经不再担任版主了。"顿了顿，他微笑着补充了一句，"方渐飞完全可以自己去联系论坛版主嘛，说不定人家马上就处理了呢。"

林依点了点头，转过头看着方渐飞，眼中闪过一丝狡黠，然后跟潘志军说："那就把他们两个都开除吧。"

此言一出，办公室的人都愣住了。

林依分明就是来保人的，要不然也不会挨着方渐飞坐。可现在

第八章 陷害升级

她居然建议开除方渐飞。这是什么操作？

何四万立马表达了不满："大姐头，你这是卸磨杀驴啊。"

潘志军哈哈一笑，反倒是来劝林依了："他俩有可能是无辜的。"

"不是可能，根本就是六月飞雪啊。"何四万大声叫冤。

"就算是无辜又如何，背后主使者分明就是针对你们两个，公司根本就是被你们给连累了。"林依白了何四万一眼，"只要把你们开除，公司才能置身事外。"

潘志军笑道："既然你这么为公司考虑。那我就听你的，把他们开除。"

方渐飞郁闷得想骂人，自己好不容易才混进来，眼看就要有些眉目了，却遭受这种无妄之灾。

何四万更是"噌"的一下站了起来，怒道："说我迟到、早退、旷工，我都没意见，可要背上泄露公司机密的罪名，我不服！"

林依微微一笑，也不说话，缓缓翻开手中的合同。

方渐飞坐在旁边，一眼就看到了合同中夹了一张纸，排头三个字极为醒目——辞职信。

潘志军不等林依将辞职信拿出来，就伸手将她手中的合同合上，笑着说："开个玩笑罢了。方渐飞跟何四万是公司的正式员工，现在被人陷害，如果我不能维护员工的利益，反而为了撇清关系，将两人开除的话，以后怎么服众？公司的其他员工岂不是很寒心？"

在众人愕然的眼神中，潘志军做出一副大义凛然的模样："方渐飞，何四万，你们尽管放心，我肯定不会因为这事情开除你们的，但有两件事需要你们去做。第一，负责安抚吴晓倩跟王欢，然后去沟通论坛版主删帖。第二，仔细想想这段时间得罪了谁，尽量找出这个幕后指使者。"

方渐飞松了一口气。何四万更是大喜,口中说着老板英明……

林依瞪了何四万一眼,起身冲潘志军道谢,招呼众人出去。

待方渐飞等人走出办公室,里面只剩下了潘志军夫妇。

"你为什么突然改变了主意?"赵颖皱着眉头。

潘志军摇头苦笑:"你是没看见,林依手中的合同里夹了封辞职信。她这是在暗示我,只要我开除方渐飞,她就辞职。"

赵颖顿时默然。

如果林依只是业务能力强,哪怕公司的客户有一半是她的,公司也能承受她离职的影响。毕竟客户都是年费制的,已经给过钱的,总不可能林依走了,客户还要求退钱吧?

最大的问题是林依背后的人,这个人一开口,会员就会源源不断地找上门来。如果惹他生气,潘志军绝对承受不起他的怒火。就算能承受,又何必呢?留下林依帮自己赚钱不好吗?

潘志军拍了拍赵颖的肩膀:"留下方渐飞,对我们来说利大于弊。"

"如果那人继续在论坛发帖呢?"赵颖面带忧色。

"我已经找人去联系专业技术人士,到时候对论坛进行二十四小时技术监督,只要有人再发帖,就能跟踪到他的IP地址,找到这个人。这样,问题就解决了。"潘志军笑着说道。

赵颖有些不自然地笑了笑,终究没有再说什么。

此时,外头的办公大厅,何四万并不知道林依的合同里夹了辞职信,出来后一通埋怨,说大姐头不讲义气,惹来谭晟怒目而视。但此刻何四万跟谭晟几乎已经翻脸,对其愤怒视而不见。

第八章 陷害升级

方渐飞以为林依自己会解释，但何四万都念叨一分多钟了，林依却只是笑，根本就没有反驳的意思。方渐飞把何四万拉到一边说了辞职信的事。

何四万吃了一惊，下一刻，他若无其事地夸起林依来，什么貌如天仙、风情万种，一口气说了二十多个成语，没一个重复的。

"最近这两天我受伤了，你们也不去看我，真是狠心啊。"林依口中说着"你们"，却朝方渐飞翻了个白眼。

方渐飞瞥了一眼林依手臂上的创可贴，笑着说："我怕还没等我拎东西过去，你这伤口就愈合了。"

"算了，晚上请我吃饭吧。方渐飞，我记得你家楼下有家粤菜馆。"林依瞥了何四万一眼："何四万，你要不要一起去？"

何四万又不傻，连忙拒绝道："我还要安抚王欢，就不去了，你们吃好。"

林依看了谭晟一眼："谭晟，我知道你很忙，下次再叫你。"

谭晟脸上一阵红一阵青，咬着牙说："正好我不忙，多一个人不介意吧？"

林依瞪了方渐飞一眼。方渐飞哈哈一笑，说："差点儿忘了，到时候我跟组长还有私事要说，不方便让不相干的人听到。"

在何四万的怪笑声中，谭晟脸色铁青，转身就往外走。

第九章 奇怪的KTV

▼

吃饭之前，方渐飞还有几件事要做。首先他得去和沈映霞见面，只有当面聊，才能根据言谈举止、表情语气来分析她真实的心理想法，从而对症下药。其次，他还得安抚吴晓倩。最后，他得联系论坛版主去删帖。

其中，最急着解决的，应该是联系论坛版主删帖。只有删除了帖子，才能平息吴晓倩的怒火。

方渐飞登录论坛，给版主发送了封站内短信，也不拐弯抹角，直接说论坛有人发帖泄露别人隐私，问版主能不能加个微信，说要提供相关证据，请求删除相关帖子。

差不多十来分钟后，方渐飞收到了版主的微信号。

添加该微信，方渐飞顺手点了下对方的朋友圈。他惊讶地发现，对方朋友圈里有张照片，居然是罗向阳跟一个中年男子在吃烤鸭。

罗向阳就是前段时间因为情商不高，而屡被女生甩的"钢铁直男"。

方渐飞忍不住问道："你认识罗向阳？"

谁知，对方竟然回答："废话，我就是罗向阳，你是谁？"

方渐飞表明身份后，罗向阳立马回了一个憨笑的表情："方老师，找我啥事？"

方渐飞将情况一说，罗向阳在十几秒后告诉方渐飞，按论坛规则，这种帖子严重泄露个人隐私，他已经将帖子删除了。

原以为删帖一事会大费周章，却没想到这么轻易就解决了，这让方渐飞都觉得有些不敢相信。

想了想，方渐飞询问能不能帮忙查一下发帖者的 IP 地址。罗向阳表示这事他帮不上忙，但很快又补充了一句，说他可以帮方渐飞设置一下搜索关键词，找专业的技术人员盯着。一旦有人再发布跟良缘相关的帖子，立马启动追踪程序，顺藤摸瓜找出对方 IP 地址。

解决完论坛的事后，方渐飞将这事告诉了何四万。两人各自给王欢、吴晓倩打电话解释。

得知帖子已经删除，吴晓倩的怒火果然平息。

"吴小姐，这件事我们还在调查，等到有了结果一定第一时间通知你。这段时间你也可以好好想想，是不是自己得罪了什么人，才会遭人泄露隐私。"

听到这儿，吴晓倩心中顿时有些惴惴不安。她这段时间的相亲屡屡不顺，还真有迁怒于别人的行为。尤其是上次相亲时，就因为对方提出 AA，她就骂人家穷鬼。

吴晓倩有些心虚，当即表示不予追究。

安抚的事情办妥后，方渐飞接下来要做的，就是去拜访沈映霞。

方渐飞看了看时间，现在是下午三点半，KTV已经开始营业。

方渐飞跟林依说了一句，两人收拾东西出门。谭晟正好从外面回来，看着两人并肩出门，眼中全是怒火。就在这时，他收到了微信消息：不要再发帖了。

月亮湾KTV的位置位于沿河街的街尾，再过去一百米就是红山区正在修建的工业园区。这里晚上空荡荡的，人影都看不到一个。KTV的大厅还没有普通人家的客厅大，摆了一张柜台两张长沙发后，就再也摆不下其他家具，连茶几都没有。大厅里面是一长溜的包厢，就好像以前的筒子楼，一条走廊过去，左右两边全是单间。

来这里唱歌的都是有些年纪的人，甚至，方渐飞还看到一个白发苍苍的大爷，在他们前面走进了月亮湾KTV。

"张叔，什么风把您给吹来了。"一个短发的中年女子迎了上来。

"呵呵，小鲁在不在？"白发老头儿呵呵笑着。

"就只记得小鲁，都不问我吃饭没有？"短发女子翻了个白眼，"下次你要再不关心我，我就不理您了。"

说笑中，短发女子带着白发老头儿往包厢里头走去。

方渐飞跟林依对视了一眼，都有些不敢相信，年纪这么大居然还来这里唱歌，这震耳欲聋的地方，合适吗？

"两位唱歌吗？"

前台的收银员脸上挂着职业的笑容招呼两人。她的五官跟照片上的沈映霞有六七分相似，应该就是她了。

方渐飞笑着说："我找沈映霞。"

前台皱眉："我就是，你是谁？"

"良缘婚介公司的方渐飞，跟你打过电话的。"

第九章　奇怪的KTV

"喂,你这个人是不是有病啊?都说没空招呼你了。"沈映霞突然怒了,指着门外,"唱歌就交钱,不唱就滚蛋!"

虽然方渐飞在电话里感受到沈映霞对他没什么好感,但也没想到她脾气如此暴戾,居然一点儿面子都不给,甚至连滚蛋这种字眼都说了出来。

为了不被赶出去,方渐飞只好说:"我来唱歌还不行吗?"

"下午场六十块,送两瓶矿泉水。"沈映霞"哼"了一声。

沈映霞面无表情,在电脑上操作了片刻,收了钱,递给方渐飞两个话筒套:"1012房,直接往前走就能看到。"

方渐飞一点儿都不想唱歌,他只是想找个机会跟沈映霞聊聊,但没想到沈映霞一点儿面子都不给。

方渐飞苦笑着走进包厢。包厢很小,不到十平方米,但麻雀虽小,五脏俱全,点歌台、电视、沙发、茶几……该有的都有。

两人刚坐下,包厢里走进来一个大妈,放下两瓶水,转身走了。

方渐飞看着大妈的动作,察觉到大妈是KTV的服务员。挡不住心里的好奇,他叫住了大妈,向其询问KTV的情况。

这家KTV的老板叫韩敬明,他还是东海市富华地产的老总,在东海市算是有头有脸的人物。在他发家前,父亲是齿轮厂的职工,生活很是拮据。

韩敬明发家以后,他父亲就寻思着要活得潇洒一点,于是,他叫上一群老哥们,请他们去KTV唱歌。没想到,他们竟然被KTV的领班拦在大门外。理由很在理,你们这些老人家进来受到刺激,唱出心脏病怎么办?

父亲在朋友面前丢了面子,韩敬明为了让父亲开心,索性在偏僻点儿的地方盘了家店,装修成KTV,就当是给老年人一个唱歌聚会的场所，也没想着盈利。他还特地交代经理，这家歌厅的老板就是他父亲，随便老人家怎么折腾。

万万没想到，韩敬明父亲居然把这家 KTV 当成正经的 KTV 在经营，还招来了很多服务员。但他招来的服务员大多数都是老年人。

时间一长，这家 KTV 就变成了老年活动中心，大家来这里唱歌聊天，纯粹就是图个乐呵。

听完，方渐飞哭笑不得。大妈走后，方渐飞和林依看着对方，一脸无语的表情。就在这时，门外突然传出一阵骂骂咧咧的声音。

方渐飞出门一看，前台有三四个男子正指着沈映霞。而沈映霞却毫不畏惧地跟他们争辩着什么。

方渐飞要林依待在包厢别动，他走了过去。

"你耍我们啊，哥几个过来唱歌休闲，结果你们这里全是一帮老头儿老太太，弄得我们都不敢大声说话！"一个满脸络腮胡子的男子将柜台拍得"砰砰"直响。

旁边有两名男子在帮腔，另外还有一个看起来斯斯文文的中年男子，在劝他们几个。

"是你们自愿来我们这儿的，现在又来撒泼。"

络腮胡子一听大怒："你们这是欺骗消费者！我告诉你，赶紧把包厢费和服务费退给我！"

方渐飞走到旁边，目光从络腮胡子身上飞快地扫过。这人留着平头，但两鬓已然不太整齐，起码超过一个月没剪过头发。身上的 T 恤领子也有些松垮，少说穿了两年以上。牛仔裤看不出什么，鞋子是叫不出名字的杂牌。

这家 KTV 开了好几年了，是周围出了名的"老年活动中心"，只有像方渐飞这样不熟悉周边情况的人才会不知道。

方渐飞转而望向其他三个男子，这三人的穿着也都差不多，这更加坚定了方渐飞的判断，他们几人的经济状况，应该都比较一般。

"算了，老刘，我们换个地方唱歌吧。"眼镜男子还在努力地劝着。

"不行，今天她必须给个说法，太看不起人了。"络腮胡子怒吼着，抓起桌子上的烟灰缸，往地上一摔。烟灰缸顿时摔成了碎片。

沈映霞这才知道害怕，她退后一步，脸色苍白的紧贴墙壁。

络腮胡子见状，更是肆无忌惮起来，居然又搬起了柜台上的显示器。

方渐飞忍不住吼了一句："住手！"

络腮胡子愣了一下。眼镜男子连忙上前抢过了显示器，放回原位。

下一刻，络腮胡子觉得自己有些没面子，也不管沈映霞了，走到方渐飞面前，凶巴巴地说："你是老板吗？"

方渐飞脑中飞快地转动着，如果他刚才的分析没错，眼前这人就是长期压抑的自卑心理突然爆发。而且，他也只敢对相对较弱的沈映霞爆发。如果是遇到强势的人，他多半会偃旗息鼓。

"如果我没记错的话，这个烟灰缸是韩老板从国外买来的，施华洛世奇水晶烟灰缸，价值八千八百块吧。"方渐飞看着地上的烟灰缸，摇头叹息，"兄弟，你闯祸了。"

络腮胡子脸色突然变得苍白，然后冷笑道："你骗谁呢？一个烟灰缸八千八百块？"

"韩老板身家上亿，买个好点儿的烟灰缸很稀奇吗？"方渐飞耸肩摊手，"他家的垃圾桶都要二十万，你信吗？"

络腮胡子的脸越发苍白，似乎想要说一句场面话，但这个价格又让他什么话都说不出来。八千八百块，这相当于他两个月的工资了啊。"

络腮胡子的几个同伴你望望我,我看看你,都被这个价格给吓住了。

唬住对方是第一步,第二步是怎么给他们一个台阶下。

方渐飞将四人喊到门外,假装神秘地说:"可能你们还不知道,月亮湾 KTV 的老板是韩敬明,同时也是富华地产的老板。"

听到这话,四人的脸色越发不好看,络腮胡子更是手都在微微颤抖。

"一个烟灰缸八千八百块,对于我们这些人来说,确实觉得不可思议。但对于韩老板来说,真不当一回事。韩老板的身家上亿,他买一个八千八百块的烟灰缸就相当于我买一个八块八毛钱的烟灰缸一样,毫无压力。"方渐飞笑了笑,声音压低少许,"我是韩老板的亲戚,只要我说,这个烟灰缸是我不小心打烂的,他肯定不会要我赔。"

络腮胡子等人面露惊喜,没想到方渐飞竟然会帮他们。

方渐飞也不做解释:"你们走吧,这事就这么算了。"

络腮胡子迟疑了一下,低声道谢,招呼他的朋友们头也不回地离去了。

方渐飞苦笑着摇头,也不知道自己这么做,到底算是帮了谁。

方渐飞回到前台,林依不知道什么时候已经从包厢出来,眼中隐约有些担心。见到方渐飞安然无恙,她才松了一口气。

沈映霞心虚地问:"他们走了?"

"不走,等你请客吃饭吗?"方渐飞笑着说。

"哼,我已经打电话给老板了,他们几个要是不走,有他们好看的。"沈映霞色厉内荏地说。随后,她招呼短发女子:"阿兰,你帮我盯一会儿。"

沈映霞跟着方渐飞和林依来到 1012 房。沈映霞颇为爽快地说："我不想欠你人情，说吧，找我什么事？"

方渐飞笑着坐在沈映霞旁边："我是婚恋师，找你自然是跟你的终身大事有关。看你的资料，你要求男方有千万元存款，我有些好奇，想知道原因。"

"这有什么好奇怪的？"沈映霞随口解释，"你也知道我是离异，对婚姻有阴影。如果第二段婚姻再失败的话，那我肯定不会再找了。既然这样，那我为什么不给第二段婚姻上个保险？一千万元就是我要的保险。"

方渐飞说出了自己的分析："东海市身家上千万元的人不少，但千万元存款的屈指可数，而这其中大多数已经成家，你这个要求……有些难度。所以，我想问问你，如果遇到合适的，这个钱是不是可以少一点儿？"

"不能少。"沈映霞脱口而出，然后迟疑了一下，"你是不是觉得我很贪财？"

方渐飞并没有隐瞒自己的想法："是有点儿。"

"这钱我又不会要求他全给我。"沈映霞认真地解释，"如果他背叛了我，那这个钱我就得分一半，就相当于买了一份婚姻保险。"

如果对方找律师公证了婚前财产呢？或者做一张假的存款单据呢？再或者，这一千万元只是公司款项，甚至是找人借的呢？方渐飞很想问沈映霞面对这些情况怎么办。最终他还是忍住了。

"如果不考虑这一千万元，你会找个什么样的？"

"必须考虑！"沈映霞斩钉截铁地说。

"我是说如果。"

"没有如果!"

"那好吧,你说的存款能不能少一点,比方说,一百万元?"

"别人都是拦腰砍一刀,你倒好,直接砍到我脚脖子了。"沈映霞伸出右手,比画了一个"八"字,"看在你刚才帮了我的分上,打个八折好了,八百万元,不能再少了。"

一直没出声的林依终于忍不住了:"姐,你这样是在给自己的婚姻设置障碍啊。我觉得吧,如果两个人真的相爱,钱其实并不重要。"

"还没结婚吧?小姑娘。"沈映霞嘲弄地看着林依,"等你结婚以后,自然会明白,有情饮水饱这话就是哄小孩的。女人啊,不说要有自己的事业,至少要有一份工作,保证自己不被饿死的工作。"

眼看话题越跑越远,方渐飞连忙把话题拉回来:"咱们还是说说相亲的事吧。我这儿有个会员,存款没有一千万元,但我琢磨三五百万元还是有的。如果他要请你吃饭的话,你会选择西餐厅还是中餐厅?又或者日本料理、韩国烧烤?"

沈映霞愣了一下,想了一会儿才回答:"中餐厅就好,吃什么外国料理!"

"那座位呢?靠门、靠窗,还是坐中间?"

"坐中间。"

"如果客人多,要跟你拼桌,你会答应吗?"

"不会!"

方渐飞神情自然,顺口又问了几个问题,似乎在为约会吃饭做准备。其实,他问的这些问题都是心理测试题,用来测试安全感系数的。

如果测试结果满分是一百分,六十分算及格的话,沈映霞的安全感系数还不到四十分。造成这个结果的原因,应该是被上段婚姻所打击,索性破罐子破摔,才会提出如此不可理喻的要求。

既然找到了原因,那么接下来就要回去研究方案了,怎么把沈映霞的毛病改正过来。

方渐飞刚起身准备告辞,门被推开,三名男子昂然走了进来,最前面一人四十来岁,圆脸大耳,啤酒肚极为夸张地往前突出。方渐飞敢发誓,这人绝对看不到自己的脚尖。他身后两人穿着黑色的西服,一看就是保镖。

见到此人,沈映霞连忙站了起来:"韩总。"

方渐飞讶然,莫非这就是韩敬明?

韩敬明"嗯"了一声,望向方渐飞,表情看不出是喜还是怒:"砸我店的那几个人,被你放走了?"

方渐飞正不知该怎么说,林侬突然站起来喊了一句:"韩叔叔!"

包厢内灯光昏暗,林侬又是背对着门而坐,因此,韩敬明进门并没有注意她。听林侬这么一喊,韩敬明讶然望过去,旋即哈哈一笑:"小冬瓜!"

"韩叔叔,你再这么叫我,我就生气了。"林侬嘟起了嘴。

方渐飞差点儿笑出声,林侬居然还有这种小名?看来她小时候很胖啊,同时他的脑袋也在飞快转动。林侬在他印象中,一直都是青春与妩媚的矛盾体,此刻她居然露出了小女孩的娇憨一面。而且,听他们的对话,韩敬明不但认识林侬,还跟林侬家关系好,甚至连林侬的小名都知道。难道韩老板认识的是林侬的靠山?不对,就算是靠山,也不可能知道林侬的小名啊。

一想到这个,方渐飞心里就有点不舒服,不再继续往下想。

"你怎么会在这儿?这里可是我给你韩爷爷准备的老年活动中

心,要不是正好在旁边有事,我自己都很少过来。"韩敬明脸上的严肃早就不翼而飞,竟然还捏了捏林依的脸,"你不是在做红娘吗?怎么?想给你韩爷爷找个老伴?"

"韩叔叔!"林依跺脚,"我告诉阿姨去。"

"你阿姨肯定帮我!"

"哼,你家小鹏才七岁吧?"林依眼珠一转,"我难道不能去欺负他?"

韩敬明顿时举手投降:"行行行,我怕了你了。你来这儿做什么?"下一刻,他指着方渐飞,"这个小伙子是你男朋友?啧啧,小伙子挺帅嘛。"

林依脸一红,居然没有否认。

方渐飞连忙站起来自我介绍,说沈映霞是自己的客户,来了解一下情况。

沈映霞低着头,极其紧张。听到方渐飞并没有说出自己的千万元存款的要求,心里稍微松了一口气。

"虽然小沈是我的员工,但感情的事我可爱莫能助。"韩敬明笑着跟方渐飞说,"我过来是跟你道谢的。那几个人真要在店里撒泼的话,虽然我有办法解决这件事,但对店里的影响总是不好。"

看了林依一眼,韩敬明眼中闪过一丝意味深长的微笑,掏出张名片递给方渐飞:"今后你要是有什么事,可以打电话给我,就当还你人情好了。"

方渐飞接过名片,上面只写着"韩敬明"三个字和一个手机号码,简单到了极致。

韩敬明拍了拍方渐飞的肩膀:"小冬瓜是个好女孩,你可得加油。"

"韩叔叔,你还说!"林依不好意思地说。

韩敬明哈哈大笑,带着保镖走了出去。

方渐飞看着林依:"你们两家认识?"

林依刚才的娇憨不翼而飞,取而代之的是蛮横的样子。她白了方渐飞一眼:"韩叔叔在没有发家以前,我们两家是邻居,不行吗?"

方渐飞顿时释然,转而跟沈映霞告辞。

得知自己老板跟林依这么熟络,沈映霞的态度好了很多,但千万元存款的要求却始终不肯松口。

第十章　不是冤家不聚头

▼

从月亮湾 KTV 出来，已是吃饭时间。方渐飞问林依想吃什么，林依说了句"随便"。

方渐飞有些郁闷，凭他的经验，往往吃饭的时候说随便的人，几乎都是不怎么随便的。他当即耍了个花招："桂林米粉，沙县蒸饺，兰州拉面，湘菜馆，你挑一个。"

方渐飞这是在利用思维的惰性，给你四个选择，你就会在这四个选择中进行比较，而忘记了自己还有更多选择。

林依果然上当，她瞪了方渐飞一眼："那就湘菜馆吧，别想用几块钱的东西来打发我。"

方渐飞心里暗笑，抬头看见前面就有一家湘菜馆。店内生意极好，门口居然还放了一排凳子，坐了七八个等候就餐的食客。

方渐飞走过去凑到玻璃窗前看了一眼："好像都刚上菜呢，我们要不要再往前走走？"

"等的人多，说明好吃，我们就等一会儿好了。"林侬走到队伍末尾坐下，一点儿都没有觉得排队是很辛苦的事。

方渐飞的手机响了起来，是何四万打来的。刚一接通，何四万就大喊："进来，进来，我在里面呢，进来一起吃。"

方渐飞往店里望去，只见何四万在大厅角落里挥舞着手臂。方渐飞挂了电话，招呼林侬进去。

何四万一个人占了张四人桌，就点了一盘花生米一盘拍黄瓜。

林侬有些好笑："现在是饭点，你就点这么两个菜，就不怕老板赶你出去？"

"我约了人，她现在还没到，所以自己先填填肚子。"何四万笑着解释。

方渐飞以为何四万约的是朋友，没想到他居然在等相亲对象。

方渐飞跟林侬对视一眼，站了起来，准备走人。他们哪好意思在这儿做电灯泡。

何四万连忙拉住两人："是我三姨非要给我介绍的。我看过照片，瘦得跟个猴子似的，根本不是我的菜。放心，说不了两句我们就没戏了。你们尽管留下来吃饭，大不了这个饭钱我付！"

方渐飞哭笑不得地说："敢情你叫我，是想要我请客？"

"废话，是你自己说晚上请大姐头吃饭的，还想抵赖？"何四万鄙夷地看了方渐飞一眼，正要再说什么，突然压低声音，"来了，来了。"

方渐飞扭头望去，一名身材高挑的女孩走了过来。她的身高估计快到一米七了，身上几乎就是平整一块儿，瘦得跟块排骨一样。长相还行，但脸上颧骨略微突出，看起来有些刻薄。

"你们谁是何四万？"女孩眉头微蹙。

"是我，是我。"何四万站起来招呼女孩，"你就是沈蕾吧？快坐，这两位是我朋友，正好遇到了，就一起吃。"

沈蕾脸上浮现出嘲讽的表情："咱们说好了 AA，你居然叫这么多人过来？还真是不肯吃亏啊。"

方渐飞跟林依顿时觉得有些不自在，何四万却恬不知耻地说："待会儿我们按人头算，多少钱除以四，你出你那份就行。"

林依连忙低着头，手扶着额头挡住脸，生怕被人认出。

沈蕾冷笑着坐了下来："这么赖皮的人，我还是第一次碰到。倒是要领教领教，待会儿好发朋友圈。"

何四万一副无所谓的模样，拿着菜单点了三个菜，蒸鲈鱼、回锅肉跟蒜蓉菜心。点完后，他瞟了方渐飞一眼，咬咬牙，又加了一个小炒牛肉，这才将菜单递给沈蕾。

沈蕾倒是不客气，指着菜单，剁椒鱼头、血酱鸭、炒田螺……点个不停。何四万目瞪口呆地看着沈蕾，突然说："不行，你点这么多菜，我太吃亏！待会儿你点的菜你吃，我点的菜我们吃，咱们就当是拼桌。"

方渐飞也连忙低头，用手挡脸，生怕被人认出。

"行，井水不犯河水。"沈蕾冷笑着将菜单递给服务员。

何四万若无其事地说："既然是相亲，咱们就开门见山吧。你有什么要求说来听听。"

沈蕾用茶水洗着碗筷："我的要求很简单，不能太胖。"

何四万"哦"了一声："很明显，我达不到你的要求，咱们这就算是谈崩了啊，待会儿吃完饭以后各回各家，各找各妈。"

沈蕾只是冷笑，不再理会何四万，拿出手机编辑着文字发朋友圈，还拍了张何四万的照片。何四万一点儿都不在意，甚至还对着镜头比画着剪刀手,满脸笑容。

等到菜上来,沈蕾将自己点的菜每样尝了一口,在桌上留下两百块钱,起身扬长而去。

方渐飞松了一口气,正要开吃,何四万却拦住了他:"别着急,我打电话喊小雨过来吃,咱们先别动筷子。这么大一桌子菜,别浪费。"

在方渐飞跟林侬震惊的眼神中,何四万恬不知耻地将两百块钱收进了自己的口袋里,然后拿出手机发语音:"小雨,我在沿河街的湘厨……"

方渐飞终于忍不住了,拉着林侬就走。

刚出门口,林侬"扑哧"笑出声:"跟他吃饭也没关系啊。"

方渐飞严肃地说:"我怕他会叫我买单!"

两人最终吃了碗酸辣粉凑合了一下。林侬再三强调,酸辣粉可不算请客。方渐飞索性找老板要来纸笔,写了一张欠条:

> 今欠林侬一顿晚餐,如三天之内不还,加收一餐利息,以此类推。
>
> 欠饭人:方渐飞

林侬看到"欠饭人"三个字,笑得直不起腰,好一会儿才将纸条认真地叠好放进包里。

吃完饭,两人沿着沿江大道走,有一搭没一搭地说着话。此时的林侬,如同小女孩般蹦蹦跳跳。

"你这样不是挺好的吗?为什么要装出一副成熟的样子呢?"方渐飞问。

"不成熟点,别人怎么相信你?"林依反问。

"但你那个成熟容易让人误会。"

"什么意思?"林依停了下来,疑惑不已。

"成熟有很多种,你非要把自己弄得像风尘女子一样。"方渐飞硬着头皮说。

原以为林依会大怒,但她却一脸不屑地看着方渐飞:"你知道啥?这叫风情,女人魅力的最高境界。"

林依转过身,扶着栏杆,看着缓缓流动的河水,傲然道:"我就是靠着风情的外表,才拿下这么多业绩。"

"呵呵,恐怕是看别人的面子吧?"方渐飞突然插话道,甚至他都不知道,为什么要脱口而出说这句话,心里好像有一股莫名的火。

林依猛然转过头,盯着方渐飞皱眉问:"看谁的面子?"

方渐飞咬咬牙:"就是我在肯德基看到的男人。"

林依顿时松了一口气,然后似笑非笑地看着方渐飞:"你都看到什么了?"

方渐飞冷笑道:"我看到他搂着你的腰。"

林依似要解释,但眼珠一转:"搂腰有什么大惊小怪的?"

方渐飞觉得一股怒气上升:"那天晚上咱俩视频,挂电话的时候,我看到那个男人去你家了。"

林依看到方渐飞生气了,竟然得意地笑了起来:"他找我有事,不可以吗?"

方渐飞大怒道:"你隐瞒自己的身份,很得意吗?"方渐飞说完,转身就走,任凭林依在身后怎么追赶都不回头。他知道,林依肯定听懂了。

林依追了一会儿,没追上,大喊道:"你吃醋了,是不是?"

"自作多情！"方渐飞怒极，走得越发快了。

林侬笑盈盈地站在原地，眼神闪烁，不知道在想些什么。

方渐飞不知道自己哪来那么大的怒火，回到家后打开冰箱拿出啤酒，仰头就"咕咚咕咚"喝了一罐。

冰冷的啤酒沿着喉咙溜下，方渐飞感觉全身的烦躁都被这股凉意带走了不少。他打了个酒嗝，将啤酒罐捏扁扔进垃圾桶，又开了一罐啤酒，坐在沙发上慢慢喝。

我吃醋？呵呵，你以为你是谁啊，我会为你吃醋？

喝了一大口啤酒，方渐飞逐渐冷静下来，然后开始慌张。他是心理咨询师，虽然有句话叫"当局者迷，旁观者清"，但他对自己最基本的判断还是有的，若不是吃醋，何来这么大的火气？

难道自己真的喜欢上了林侬？是从什么时候开始的？在月形山上生死边缘徘徊的时候？还是那晚她要自己做假男朋友的时候？

甚至，方渐飞能肯定，若不是因为知道林侬有个暧昧的对象，自己多半已经跟林侬表白。

将啤酒一饮而尽，方渐飞走到窗户旁边扯出了黑板，在上面写了林侬的名字。旋即，用黑板擦擦掉，写上了王翠兰和曾皓的名字，提醒自己，这才是他来良缘婚介公司的目的。转而在旁边写下了沈映霞的名字。

只有搞定沈映霞，自己才有可能查到曾皓的资料，到时候自己就能离开公司，不再为这些乱七八糟的事伤脑筋。

接着，方渐飞又在沈映霞名字的旁边写了"安全感"三个字。

要怎样才能增加沈映霞的安全感，从而撤销那个该死的条件呢？如果没有这个条件，以沈映霞的条件，就算是二婚带着孩子，找个人嫁出去绝对没问题，甚至还可以嫁得很好。

方渐飞脑海里涌现出之前的案例，进行分析。

内心缺乏安全感的人，分为三种。

第一种是患得患失。觉得自己做得不好，觉得自己配不上更好的，就算有什么好事被他们遇上，他们也会觉得这是假的，根本不敢相信。

第二种是害怕变化。像换工作、换住处、认识新朋友、做一些自己以前没做过的事……只要生活稍微有一点儿变化，他们就会感到焦虑和烦躁。这样的人喜欢买同一种东西，走同一条路，去同一家店。

第三种就比较极端了，因为没有安全感，他们潜意识中不想被人看穿，就用各种行为来掩饰自己的惶恐。有的人用疯狂购物来证明自己很有钱，有人用疯狂交友来证明自己很有魅力，有人用疯狂游玩来证明自己很充实……

方渐飞曾经接触过一个叫柳蓉蓉的女患者，她贪小便宜到了令人发指的地步。她每天都在公司刷牙洗脸，周末带着全家的衣服来公司洗，每次都拎着桶，桶里全是衣服。甚至，在部门领导搬家宴上，拿走人家的金项链，硬说是自己捡的。这样的人，公司自然要开除她。更奇葩的是，被开除以后，她居然还拎着饭盒去公司食堂打免费的午餐。起初那些老同事不好意思说她，但她把排骨直接往饭盒里倒，厨师说她，她还振振有词。

柳蓉蓉的婆婆带着她找方渐飞做心理咨询。在咨询的时候，她还顺走了方渐飞的一支签字笔。

方渐飞给出的治疗方案是用高强度的运动或者家务，让柳蓉蓉没有时间去胡思乱想。然后跟她婆婆商量以毒攻毒，将他们家的收入全部抓在手中。但凡柳蓉蓉从外面贪图便宜了，就双倍扣钱。

当然,这套方案只能治标,不能治本。要根除她内心的不安全感,还得要她多交朋友,这个就是第二阶段的治疗方案了。但方渐飞还没来得及给她复诊,就出了王翠兰的事儿。

柳蓉蓉这套方案很难复制,最起码她婆婆能控制住局面。沈映霞就不能采取这种办法。

方渐飞站在黑板前冥思苦想,却始终想不到解决的办法,一来是王翠兰的阴影依然存在,二来是林依的影子时不时在眼前浮现。

难道要再次向杨铮求救?万一形成依赖,对自己今后的发展肯定不利。不行,不能找杨铮了。

安全感,安全感,要怎么样才能让沈映霞提升安全感呢?

方渐飞正在纠结,突然手机响起,是何四万打过来的,语气颇为失落。

不等方渐飞问起,何四万就自己主动交代:"我失恋了。"

方渐飞忍不住问了一句:"小雨?"

"不,是小雨的同学。"

方渐飞吃惊地问:"小雨的同学又是谁?"

"你跟林依不是走了吗?小雨带着两个同学过来吃饭。我发誓,我对她同学圈圈是一见钟情,我想这就是爱情吧。"何四万夸张地叹息一声,"真的,你听过一首歌吗?爱的魔力转圈圈……"

"什么乱七八糟的?到底怎么回事?"方渐飞没好气地说。

何四万说他当时就表白了,但被圈圈拒绝,而且拒绝的理由让何四万很绝望。圈圈的意中人不一定要有车有房,但一定要有肌肉。

呵呵,肥肉倒是有一百多斤,你要不要?

何四万气得拔腿就走。就算小雨给他打很多次电话,他都没接。

"慢着，你是不是没给钱？"方渐飞隐约抓住了重点。

何四万顿时沉默，好一会儿才说："好像是的。"

"赶紧给小雨转钱啊。"方渐飞笑道，旋即想起来一件事，"转完钱再给我打电话，我给你介绍一个赚大钱的活儿。"

何四万一听可以赚大钱，立马挂了电话。三四分钟后，他又打了过来："什么活儿可以赚大钱？"

"你不是在找女朋友吗？去跟我的客户沈映霞见一面，只要你能陪她吃完饭，我就给你……两百块。"方渐飞迟疑了一下，觉得还是先给个低价，然后再慢慢往上加价，会让何四万更有成就感。

谁知何四万竟然一口答应，早知道说一百块好了。方渐飞心里郁闷不已。

"不过……"何四万提出质疑，"张经理再三强调我们不能请托儿。之前你找小雨，小雨并不参与相亲，算不上违规操作。但现在的话，恐怕说不过去吧？"

方渐飞想了想，解释道："要不这样，也不说你是相亲的，只说是我朋友，出来吃个饭，打打擦边球。"

"行！"

方渐飞其实并没有什么计划，只是想着以这个理由多接触沈映霞几次，看看能不能找到其他突破口。

方渐飞让何四万截一张银行存款余额的图过来。很快他就收到了消息，截图上的余额是三百多万元。

方渐飞讶然问："你家拆迁不是有一千多万元吗？怎么才三百万元？"

何四万没好气地说："我爸妈就不要钱了吗？"

方渐飞一想也是，就要何四万把父母的存款余额截图也发过来。折腾了半个多小时,方渐飞手中有四五张截图,凑齐了九百多万元。他把图片的关键信息做了处理后,发给了沈映霞,说这是自己的朋友,约她出来见个面。

沈映霞迟疑了一会儿,说到时候能不能带她侄女一起来。

方渐飞自然答应,并询问沈映霞对吃饭的时间地点有没有建议。

"明天中午,就在我们店隔壁的那家湘菜馆吧。"

一想到今天在饭馆发生的事情,方渐飞隐约有种不好的预感。

翌日中午,方渐飞跟何四万早早定了个包厢,发信息跟沈映霞说了桌号。很快,沈映霞就带了一个高挑女孩走了进来。

在看到高挑女孩的瞬间,方渐飞跟何四万面面相觑。

这女孩,赫然是昨天跟何四万相亲的沈蕾。

沈蕾看到何四万,顿时吃了一惊。好一会儿,她才冷笑道:"姑姑,你这运气可不怎么样,遇到人渣了。"

何四万道貌岸然地说:"这位女士,你可能对我有什么误会。"

"误会?"沈蕾嘲笑道,"吃个饭都要占便宜的成功人士?"她回头跟沈映霞说:"姑姑,我昨天跟你说的那个奇葩,就是他。"

沈映霞脸上表情古怪,想笑又忍住。好一会儿后,她居然说了一句:"那咱们今天吃回来。"

沈蕾瞪大了双眼:"姑姑,他是骗子。"

方渐飞连忙相劝:"我敢肯定他不是骗子。要不,咱们先坐下再说吧。"说话间,方渐飞心中却在庆幸,还好,定的是包厢。

沈映霞劝了沈蕾几句,沈蕾这才嘟着嘴坐下,同时,她狠狠地瞪了何四万一眼。坐下后,她拿起菜单,一口气点了十多个菜,点完后，招呼服务员过来，指着何四万："你让他先买单，我怕他没钱给。"

服务员憋住笑，站在原地看着何四万。

何四万却是豪气万丈，又点了几个菜，叫了酒水饮料，用手机买了单以后，从钱包里摸出十块钱，说是给服务员的小费。然后挑衅地看着沈蕾："我是那种小气的人吗？"

沈蕾翻了个白眼："难道昨天那个小气的何四万是你失散多年的亲弟弟？"

何四万打了个哈哈："对于看不顺眼的人，我又何必大方？"

沈蕾也不是省油的灯，反唇相讥："这人呐，没钱的时候，确实看谁都不顺眼。我想，你没钱的时候肯定很多。"

"我没钱？你好好地看看。"何四万从身上摸出一张叠好的纸，展开后，上面赫然是他银行存款的截图。

"PS 的吧？找人 P 图很贵吧？要不要十块钱啊？"沈蕾大声嘲笑道。

就在两人斗嘴的工夫，沈映霞偷偷跟方渐飞说："你这个朋友还没女朋友，是吧？"

当看到沈蕾的那一刻，方渐飞还以为沈映霞会转身走人，没想到她不但留下来，还摆出一副看热闹的样子。方渐飞心中好奇，悄悄地回答："我确定他没有女朋友。而且，我给你的那几张图也不是 P 的，他家确实有这么多钱。"

顿了顿，方渐飞小心翼翼地问："你觉得他怎么样？"

"我？我的感觉不重要，重要的是沈蕾。"沈映霞的声音越发低了。为了让方渐飞听清楚，她甚至凑到了方渐飞的耳朵边，笑着说，"昨天沈蕾找到我，足足骂了何四万两个小时。"

方渐飞是心理咨询师,哪能不明白沈映霞话里的意思。他笑着说:"你要撮合他们俩的话,你自己可就没戏咯。"

"我不喜欢姐弟恋,他起码比我小了十岁,跟我侄女倒是挺合适的。"

"可符合你条件的很难找到,过了这村就没这店了。"方渐飞决定再试探一下,"而且,你侄女也不一定能成啊。"

"成不成的都无所谓,我从来没见过沈蕾这么……骂过一个人。"沈映霞忍不住笑了笑,"我有预感,他俩肯定有戏。"

方渐飞笑了笑,看向何四万跟沈蕾。两人正吵得面红耳赤,口沫横飞。

事情的发展超出了方渐飞的预料。他并没有指望何四万会跟沈映霞有什么发展。只是想以何四万为借口,多接触沈映霞,以了解更多,从而找到突破口。但他怎么都没有想到,沈映霞的侄女竟然是沈蕾。

看着两人针锋相对地吵着,方渐飞突然有些想笑。如果真要像沈映霞所说,他们两个最后在一起了,那还真有意思。

直到服务员上菜,两人才停下来。

何四万说了一句:"先吃饭,吃饱了才有力气吵。"

沈蕾毫不示弱地说:"行,谁怕谁。"

两人飞快地吃完饭,何四万用纸巾擦了一下嘴:"废话不多说,去你姑姑上班的歌厅开包厢,不是我吹牛,我能一边唱歌一边骂哭你。"

"呵呵,我倒是要看看,谁先哭。"

两人竟然就这么吵着走了出去,包厢里只剩下方渐飞跟沈映霞。

"真是一对欢喜冤家。"沈映霞笑着说,神情颇为轻松。

"那你呢?"方渐飞给沈映霞倒上茶。

"找得到就找,找不到就一个人过咯。"听沈映霞的语气,她并不在意。

突然之间,方渐飞觉得自己并不了解沈映霞,又或者说,他所了解的只是沈映霞故意表现出来的。难道,她是故意设置这么高的门槛?其实根本就不想把自己嫁出去?她为什么要这么做?

良缘婚介公司的黄金会员收费可不便宜,一年要三千九百九十九元,沈映霞一个月工资也就这么多。她为什么要白白浪费这么多钱?莫非另有隐情?

想到这儿,方渐飞问了一句:"你现在住娘家吗?"

问这话的时候,方渐飞在给自己倒茶,神情看似很随意,但眼睛余光却在留意沈映霞的表情。

沈映霞的嘴角撇了一下,似是很苦恼,然后笑着说:"都离婚了,不住娘家住哪儿?"

"孩子多大了?"方渐飞问得毫无逻辑,似乎没话找话。

"五岁,明年就要念小学了,学校还是个问题。"一说到孩子,沈映霞眉头皱了起来,似乎颇为头痛。

方渐飞虽然没有结婚,但他之前有好几个患者都是为了孩子的学校得了焦虑症。微一沉吟,方渐飞问:"孩子有上学的名额吗?"

"用我爸妈房子的名额呗。"沈映霞的笑容中有说不清道不明的东西,迟疑了一下,说道,"我嫂子现在怀了二胎,预产期是九月,如果孩子在九月前出生的话,就占到她的名额了。"

东海市有这么一个规定,一套学区房,六年只能有一个入学名额。沈映霞的孩子现在是五岁多,如果她嫂子的孩子九月以后出生,就得推迟一年入学,那两个孩子的学位就不冲突。但她嫂子的孩子

第十章 不是冤家不聚头

要在九月前出生,那就麻烦了。

方渐飞心中一动:"你爸妈估计也不想出现这种情况吧?"

"他们肯定希望我再嫁出去。一来是为了我的将来着想,二来就不会出现学位的冲突了。"沈映霞叹了一口气,看了方渐飞一眼,终于说出了实情,"爸妈催我,我只好在你们公司注册个会员作为交代。但我前夫给我的阴影实在太大了,我根本就不敢再结婚。所以才设置了这么高的门槛,甚至都不想跟你接触。"

方渐飞释然,想了想,还是硬着头皮问了一句:"你前夫有家暴吗?"

沈映霞脸上浮现出一抹惊恐:"何止家暴,他什么事都做得出来。不上班,没钱就问我要,我要是不给就打,实在不行就用孩子威胁我。"

说到这儿,沈映霞忍不住哭了起来:"我去找人借钱,但借来的钱很快就用完了。他要我出去赚钱,我不出去,他就打我。孩子也没人照顾,他只要钱……"

方渐飞怒道:"这人太过分了!那你后来是怎么离开他的。"

"沈蕾的妈妈,也就是我嫂子,实在是看不下去了,就找到她的舅舅。她舅舅找了律师,来到我家,吓唬了他一次,他这才跟我离婚。"沈映霞用纸巾擦着眼泪,"就算离开他两年了,我晚上做梦都还在梦见自己被他打,我哪敢再结婚啊。"

方渐飞默然,好一会儿才说:"姐,我这么跟你说吧,你跟家人关系很好,从你跟沈蕾的关系,以及你嫂子找人帮你出头这些事就能看出来。但如果你嫂子的孩子在九月前出生,势必会破坏眼下这种和谐。所以,我建议你还是尽快找人结婚。"

沈映霞眼神复杂,沉默了好一会儿,她摇摇头:"我不敢再尝试了。"

方渐飞诚恳地说:"你无非就是担心再遇到你前夫那样的人,这一点你尽管放心,我事先帮你把关,人品好这是第一位。这样吧,我明天给你几份资料。你看过资料以后再决定,好不好。"

沈映霞没有出声。

"你总得替孩子考虑吧。"方渐飞补了一句。

"那好吧。"沈映霞终于松口。

接下来也没什么好说的了,方渐飞给何四万发了条信息,说自己先回公司。何四万并没有回应,估计跟沈蕾吵得正欢。

第十一章 陷阱

▽

方渐飞打车到了公司楼下,正扫码给钱。后面车门被拉开,一名女子冲了进来,火急火燎地说:"师傅,去豪景苑。"

方渐飞听声音有些耳熟,回头一看,是市场部经理张琳琳,连忙打招呼:"张经理!"

"小方?"张琳琳愣了一下,旋即急声说,"正好,你跟我回家一趟。"

方渐飞一边让司机开车,一边问张琳琳出什么事了?

张琳琳神情不自然地看了司机一眼:"下车再跟你说。"

到了豪景苑小区门口,张琳琳拉着方渐飞走到一旁,神情有些犹豫,似乎难以启齿。迟疑了好一会儿,她最终一咬牙说道:"小方,我怀疑我老公在这里跟人幽会,待会儿你假装是送外卖的,把门骗开。然后我冲进去,抓他个现形。"

方渐飞顿时觉得头大,还以为是什么事,没想到是来抓奸的。

拜托,这种事情,你得叫你的兄弟姐妹啊,叫我这个外人算怎么回事。

但方渐飞转念一想,张琳琳估计也是刚得到消息,急着赶来现场,来不及通知其他人,打车的时候又正好遇到自己,就抓了自己当她的壮丁。

方渐飞硬着头皮跟在张琳琳身后。见张琳琳非常熟悉小区的道路,心中更是嘀咕,这多半是在张琳琳家,她丈夫居然把人带到自己家里,还真是胆大包天啊。

张琳琳一边走,一边警告方渐飞:"这事你谁也不能说,如果被我听到一丝传言,第一个就开除你。好吧,我不该这么威胁你,请你不要说出去。"张琳琳心慌之下,说话已是语无伦次。

"好的。"

"这个浑蛋太欺负人了。"张琳琳的呼吸很是急促,"这套房我们买下来还不到两个月,没想到他居然用来金屋藏娇!"

"你是怎么知道的?"

"我在门口装了个摄像头。"张琳琳飞快地解释,"刚才我打开监控一看,看到他带着一个女的进了房间。"

"会不会是误会?"

"不可能!"张琳琳非常肯定。

方渐飞猜测张琳琳老公多半在房间内有什么亲昵的动作,导致张琳琳怒火攻心。

方渐飞跟着张琳琳乘坐电梯上了二十层,张琳琳走到2003门侧,贴墙而立,不让里面的人用猫眼看到,轻声说:"你假装是送外卖的,只要他一开门,我就冲进去。对了,你帮我拍一下照片,我留作证据。"

"我手机摄像头摔坏了。"方渐飞并没有拿出手机。这种事情,他不想参与太深。不管张琳琳什么反应,他走到门前开始敲门。

门内并无声响。

张琳琳低声提醒道:"说有外卖啊。"

方渐飞点了点头,大喊:"有人在家吗?我是物业。"

里面的人点没点外卖,难道还不清楚?张琳琳气极糊涂,他可不能跟着糊涂。

张琳琳略微一愣,也没说什么。

方渐飞又敲了几下,里面传来男子不耐烦的声音:"什么事?"

"你楼下的住户反应楼顶漏水,暂时还不知道是水管坏了,还是你家的防水没做好,你最近有没有装修?"方渐飞随口胡诌。

"没有,没有,开发商给我什么样就什么样。"里面的男子没好气地说,"就买了几件家具。"

"我得进来看看。"方渐飞的声音充满无奈,"业主找物业,物业就得解决问题啊。你也不想让楼下的业主来找你,是不是?"

"今天没空!改天再来吧。"

"大哥,你就让我进来看看呗,就只看厨房和厕所。"

里头传来女子的声音,似乎在跟张琳琳的丈夫商量着什么。张琳琳脸色顿时发白。

片刻后,门开了,里面是一个穿着休闲短裤的男子,国字脸,浓眉大眼,看起来颇为严肃。旁边则是一名头发略乱,面容姣好的女子,身上套了一件男式衬衫,露着两条腿。

正要说话,张琳琳抢先一步冲到门口,举起手机就开始录视频,同时口中怒吼着:"好你个陈波,竟然背着我搞婚外情,还带到家里来了……"

陈波先是一愣,旋即结结巴巴地说:"老婆,你听我解释,这是我朋友!"

"朋友是吧?朋友到床上了?"张琳琳越发疯狂,也顾不上拍视频了,上前就去挠那女子。女子尖叫一声,拼命往陈波身后躲。

就在这时,房间内走出来两男一女,矮个子男子扛着摄像机,高个子男子拿着遮光板,女子则是举着一个话筒。

三人都是目瞪口呆地看着张琳琳。

第一个反应过来的是方渐飞,他上前一把抱住了张琳琳,拼命往后拖。

"方渐飞,你疯了吗?放开我!"张琳琳怒吼道。

"经理,你先冷静一下。"方渐飞松开手,拦在了张琳琳面前,冲陈波说:"你倒是快解释啊。"

事情很简单,陈波失业后一直想找点儿事情做,然后看到现在短视频挺火的,就找了几个有共同爱好的朋友,准备弄一个自媒体工作室。几人写了剧本没地方拍,正好陈波有套房子空着,就把这儿当作了拍摄基地。

陈波想着有成绩了再跟张琳琳说。要是没成绩的话,就当什么都没发生过。却没想到张琳琳在家里装了监控,更没想到摄影师等人在楼下搬道具,他跟女演员先上来做准备,正好被张琳琳看到。

得知这是一场误会,张琳琳低着头,不知道该说什么。

方渐飞知道张琳琳需要一个台阶,冲陈波眨了眨眼,说:"经理,都怪我,是我没看清就跟你打小报告。"

方渐飞都不认识陈波,谈何打小报告?

张琳琳先是一愣,旋即眼中闪过一抹感激,狠狠地瞪了一眼方渐飞:"你这个月的奖金别想要了。"

方渐飞又跟其他人道歉,那些人知道这是一场误会,笑了笑,没当回事。

二人走出房间,上了电梯。张琳琳不好意思地说:"小方,谢谢你了。"

"你已经很克制了,真的,换作其他人,说不定已经叫上娘家人过来大打出手了。"方渐飞坦诚地看着张琳琳。

张琳琳笑了笑,沉默了好一会儿,突然说:"你小心谭晟,上次我听到他在楼梯间打电话,在论坛发帖栽赃嫁祸给你和何四万的事就是他做的。"

方渐飞露出愕然的表情,旋即恍然大悟:"是你在微信上提醒何四万的,是不是?"

张琳琳既不承认也不否认,看着电梯屏幕跳动的楼层数字,说:"谭晟那人我得罪不起。从现在开始,我就会忘记这件事。"

方渐飞在最初的惊愕之后,冷静下来,看着电梯屏幕,若有所思。

方渐飞回到办公室,林依不在,何四万也没有回来。

谭晟看到方渐飞,脸上露出嘲讽的表情。

方渐飞不会冲动到上前质问谭晟,没有证据的指责毫无意义。而张琳琳也明确表示,这件事她不会出来做证。

突然之间,方渐飞有些羡慕何四万。如果何四万知道是谭晟在陷害他们,肯定冲上去就是一顿暴揍。其实,这种任性的处事方式倒也不错。

方渐飞给何四万发了个信息，等了半天，何四万也没有回消息，方渐飞索性打电话过去。差不多半分钟，何四万才接听电话。电话那边音乐很吵，何四万的声音也有些嘶哑："有事赶紧说，忙着呢。"

"你下午还来不来上班？"

何四万咬牙切齿地说："你帮我请个假，我就不信收拾不了这个瘦猴子！"

然后，方渐飞听到那边传来沈蕾的歌声："你挑着担，我牵着猪……"

"不跟你说了，先这样！"何四万直接挂了电话。

方渐飞哑然失笑，脑袋里浮现出沈映霞的话："我有预感，他俩肯定有戏。"

正寻思着，谭晟站了起来，皮笑肉不笑地看着方渐飞："有没有空？"

方渐飞已经知道是谭晟在背后陷害他，自然不会有什么好脸色："没空。"

"很拽啊。"谭晟眉毛一挑，"敢不敢跟我走一趟？"

"我为什么要跟你走一趟，你以为你是谁？"方渐飞呵呵一笑，反正已经撕破脸了，也不怕把话说难听一点。

"不敢吗？"谭晟下巴扬起，极为不屑地看着方渐飞，"怕我打你？"

方渐飞嗤笑道："激将法吗？不好意思，我不吃这一套。"

谭晟冷笑道："你就不想知道，是谁在论坛发帖陷害你们？"

方渐飞心中一动:"你知道?"

"我自然知道。"

"是谁?"

"想要知道的话,就跟我走一趟。"

方渐飞想了想:"行。"

方渐飞是这么想的,待会儿聊天的时候,打开手机录音,套出谭晟的话,再将录音作为证据直接交给老板。

两人一前一后走下楼,穿过马路走到对面的酒店。谭晟在经过一个垃圾桶时,突然弯腰系鞋带,这让方渐飞有些疑惑。谭晟穿的是皮鞋,分明是没有鞋带的,假装系鞋带是什么意思?

谭晟很快站起身,若无其事地走进酒店大堂,要方渐飞在休息区等他,他去前台登记。一会儿后,谭晟拿了张房卡过来:"走吧。"

二人乘坐电梯到了十八楼,走进 1807 房。谭晟冲沙发扬了扬下巴,说:"你先坐一会儿,我上个厕所。对了,你可以打开手机录音,我不在乎的。"

既然谭晟已经想到录音,接下来的谈话他肯定不会露出口风,再录音也毫无意义。方渐飞索性坐在沙发上,看到茶几上的火柴,当即取出火柴一划,"刺啦"一声,烟雾中火苗燃烧,一股硫黄的味道顿时弥漫在空气中。

此时,谭晟走到门口,回头看了眼方渐飞,嘴角闪过一丝嘲讽。他并没有进卫生间,而是拉开房门走了出去。

方渐飞有些讶然,连忙走到门口,刚打开门,卫生间传来"咔哒"一声,似乎有东西掉落。

方渐飞心中疑惑,随手推开了卫生间的门。然后,他看到了一名身穿内衣、手中拿着浴巾的女子。

见到方渐飞，女子发出一声尖叫，用浴巾挡着身体："来人啊，抓流氓！"

方渐飞又气又急，连忙解释："我……我不是……"

"救命啊，抓流氓！"女子尖叫着。

方渐飞突然反应过来，自己是被谭晟陷害了。

谭晟事先在卫生间里藏好女子，待方渐飞进房后，谭晟假装上厕所趁机出门，那女子乘机冲出来喊救命。

很快，其他房间探出了几个脑袋，见到这幅场景，一个个都冲了出来。有人给女子披上了床单，有人则围住了方渐飞。

楼层服务员以及保安匆匆赶至。保安用手中的电棒指着方渐飞，喝令他不要动。不管方渐飞怎么解释，保安只是冷笑。

又过了一会儿，警察赶到，询问了几句，带着方渐飞跟女子回了警局。

警察先审讯了女子，然后才审讯方渐飞。

听方渐飞将事情经过说了一遍后，负责审讯的张警官又找人去问谭晟。

谁知谭晟一口咬定，是方渐飞以见客户为由，将他带到房间。然后他想要上厕所，发现里面有个女的，就吓得跑了。后来发生什么事他根本不知道。

张警官将谭晟的话转告给方渐飞，方渐飞冷笑道："你们可以去查开房记录，这个房间是谭晟开的。"

谁知，张警官却说房间是女子开的，谭晟确实在前台逗留过，但只是询问1807房间怎么走。

方渐飞越发明白，这个陷阱是谭晟处心积虑埋下的。女子先开好房间，然后拿了张房卡给谭晟。谭晟故意在前台逗留，目的就是让方渐飞产生误会，以为房间是谭晟开的，自然不会想到房间里还会有其他人。

方渐飞将自己的猜测跟警察说了。

张警官微一沉吟："你说的可能性确实存在，但我们得讲究证据。如果你无法提供证据的话，只能先将你拘留。"

顿了顿，张警官声音稍微低了少许："或者，你可以现在打电话求助。如果有人担保的话，取保候审也是可以的。"

方渐飞想了半天，最终发现自己竟然找不到人求助。他拿出手机，翻开通讯录，在看到韩敬明时，突然心中一动。

韩敬明身为地产公司老总，平时肯定和很多人打交道，最重要的是，他承认欠自己人情。方渐飞当即一个电话打过去。

得知方渐飞的遭遇，韩敬明有瞬间的失神，反应过来后，笑着说马上到。

挂了电话，韩敬明微一沉吟，拨了个号码。电话接通后，他笑眯眯地说："老林，忙啥呢？"

与此同时，东海市天豪大厦二十八层一间豪华的办公室内，一个身穿唐装的中年男子坐在价值百万的红木办公桌后，桌上摊开一份文件。他右手把玩着笔，左手拿着手机，身体后仰，很是惬意地斜靠在沙发上："老韩，你这个大忙人，竟然有时间给我打电话？"

"我再忙，能有天豪集团的董事长忙？这不好久没见面了吗，晚上有空聚聚？"韩敬明笑着说。

"晚上不一定有时间。呵呵，你个糟老头子肯定有事，说吧。"

唐装男子手指一拨,笔在指尖转来转去。

"你家依依看上的那小子好像出事了,在警局打电话跟我求救呢。"

"什么?"唐装男子顿时直起身子,怒道,"他怎么了?"

韩敬明笑着把事情说了一遍。

"哼,我就知道这小子不是什么好人。"唐装男子没好气地说。

"多半是被人陷害了。"韩敬明哈哈大笑,"我就告诉你一声,我还得去警局呢。"

"你爱去不去!"唐装男子挂了电话,皱着眉头。没过一会儿,手机再次响起,他看了一眼号码,叹息着摇头,按下接通键。

"爸,你帮我去救一个人。"电话那头,林依的声音有些慌张。

唐装男子一阵苦笑:"依依,出什么事了?"

"我有个同事被人陷害,现在在警局呢。你不是跟骆叔叔关系好吗,帮我打个电话去求情嘛。"林依开始撒娇。

唐装男子一听女儿撒娇,心顿时就软了,但心里又有一丝愤怒与不甘,上一次女儿跟自己撒娇,好像是半年前的事情了。他轻咳一声:"依依,警方肯定不会冤枉好人,但也不会放过坏人。我可以帮你打电话,但前提是他确定没做过坏事。"

"我能确定,他不是那种人!"林依的语气转为焦急,"爸,你到底帮不帮这个忙?"

唐装男子无奈地说:"行行行,我这就打电话,你今晚可以回来吃饭吧?"

"嗯,谢谢爸爸。"林依飞快地挂了电话。

唐装男子再次苦笑,转而按下办公桌上一个按钮,片刻后,一名高高瘦瘦懒懒散散的男子推门而入。

唐装男子将事情说了一遍,吩咐道:"你先确定一下,这件事情会不会牵连依依,再顺便查一下方渐飞到底是怎么回事。如果确实有人陷害他,就找出这个人;如果他真的做出这种事,我会打电话给老骆,狠狠地收拾他。"

"行!"瘦高男子耸了耸肩,转身出门。

就在瘦高男子走到门口的时候,唐装男子皱眉补充了一句:"上次试探方渐飞没试探出什么东西,你再找人试探他几次。但凡跟依依有关的,再怎么谨慎都不为过。"

方渐飞在审讯室待了两三个小时后,张警官把他带到副局长办公室。

会客区沙发上,韩敬明正跟一名中年警官在喝茶。见到方渐飞,韩敬明笑着点头,没有说话。

中年警官招呼方渐飞坐下,开门见山地说:"你的事情我都知道了,虽然我也愿意相信你是清白的,但现在并没有证据证明啊。"顿了顿,他冲韩敬明扬了扬下巴,"不过呢,有韩老板替你担保,办理取保候审还是没问题的。我们会查清楚这件事,还你清白。这段时间你不能离开东海市,手机也不能关机,明白吗?"

韩敬明大笑道:"老骆,你这顶高帽子戴得我十分忧心啊!"

三人又闲聊了两句,韩敬明办完了保释手续,带着方渐飞走出警局。

方渐飞向韩敬明道谢。韩敬明摆摆手,说这点小事不用在意,旋即笑着问:"这事你怎么不找小冬瓜?"见到方渐飞愕然的眼神,韩敬明哈哈一笑,"你是怕小冬瓜吃醋吗?"

"呃,其实是这样子的……"

"跟我解释没用,跟小冬瓜解释去吧。我还有事,以后再联系啊。"说完,韩敬明上了停在门口的车,呼啸而去。

方渐飞明白以后再联系的意思是人情抵消了,以后咱们谁也不欠谁。不过,他刚才说的话倒是信息量很大,似乎林侬家不简单。但这也说不过去啊,真要这么有钱,林侬怎么会成为一个婚恋师啊!

方渐飞摇摇头,将这些乱七八糟的想法甩掉,眼下最重要的是,回公司以后要如何去收拾谭晟。如今这种情况,两人的关系再无转圜余地。但在方渐飞被抓进警局的这段时间,谭晟肯定会在公司内大肆宣扬他的罪行。潘志军再对他青睐,也会毫不迟疑地将他开除。

方渐飞拿出手机,打算先给同事打个电话,询问一下公司的情况,发现有十来个未接来电,一时间他也来不及查看,索性不理。打开微信,也有数条未读信息。

何晴:赶紧来公司把事情说清楚。

张琳琳:我知道你是被冤枉的,马上想办法。

林侬:出来没?出来就回电话。

何四万:这种禽兽才做的事情你都敢做?真佩服你啊!看在兄弟一场的分上,过年过节我去牢里给你送包烟。

方渐飞给何四万回了条信息,要他去月亮湾KTV。另外嘱咐他,自己出来的事,谁也不要告诉。

发完信息,方渐飞立马关了手机。

第十一章 陷阱 | 173

看这架势,谭晟已经将方渐飞的事情在公司说得人尽皆知,在没有想出来对策之前,去公司肯定没有胜算。他被开除倒是小事,可顶着强奸未遂的帽子被开除,谁能忍?更重要的是,曾皓的资料就不用再想了。

方渐飞赶到月亮湾KTV已经是晚上七点了,沈映霞跟几名服务员在打扫卫生。见到方渐飞,沈映霞有些意外:"你帮我找到对象了?"

"还没呢。那啥,何四万跟你侄女,谁赢了?"方渐飞笑着转移话题。

沈映霞"扑哧"一笑:"两个人出来的时候,声音都嘶哑了,也不知道最后的胜负如何。"

方渐飞跟沈映霞闲聊,等了十来分钟,何四万冲了进来。林依也跟在他身后。

见到方渐飞的瞬间,林依脸上似愤怒又似失望的表情一闪而逝,很快又挂上她的招牌笑容:"哟,方老板这就出来了?"

方渐飞狠狠地瞪向何四万,不是说了不要告诉别人吗?

何四万无奈地摊手,嘶哑着声音说:"大姐头要跟着出来,我敢不答应?"

林依笑盈盈地说:"你别怪何四万,是我看他鬼鬼祟祟地请假,知道有古怪,才逼着他带我来的。"

方渐飞要沈映霞开了间包厢。三人刚进去,林依就迫不及待地问:"到底怎么回事?"

方渐飞将事情经过说了一遍,并把是谭晟发帖陷害自己和何四万的事说了出来。

何四万挥舞着拳头:"我就知道谭晟是个小人,没想到他竟然如此卑鄙。不行,我得去揍死他!"

林依白了何四万一眼:"现在都下班了,你揍什么揍?再说了,证据呢?张琳琳只不过是听到了谭晟打电话,又没有录音,而且她明确表示不会做证。现在最关键的,还是酒店里那个女人的证词。"说话间,她拿出手机拨通了一个号码:"喂,是骆叔叔吗?我是依依啊……不是小冬瓜,哼,我今晚就去砸你家玻璃。对了,有这么一件事……"

看了方渐飞跟何四万一眼,林依拿着电话出了包厢。

何四万有些愕然,低声问:"林依到底是何方神圣?"

方渐飞摇摇头,心里也有些疑惑。

不一会儿,林依推门而入,脸上有些尴尬,说:"我刚问了,那女的确实有问题,但……问题不大。"

警方经过对女子的调查,得到了如下线索:女子叫叶晓梅,是在校大学生,家境一般,平时喜欢攀比,信用卡几乎每月都会刷爆。前几天,有人联系到她,要她去酒店开好房,在卫生间里等着,只要有人推开卫生间的门就喊救命。叶晓梅自然一口答应,然后就发生了方渐飞这件事。

至于是谁联系的叶晓梅,警方暂时还没结果。

方渐飞突然想起来一件事:"谭晟开门的钥匙是怎么来的?"

林依苦笑道:"他说是你带他来酒店,是你开的门。"

"酒店走廊没有摄像头吗?"

"没有。"

"房卡少了一张,叶晓梅怎么解释?"

"她说那个人要她把房卡放在酒店门口的垃圾桶底下。"

难怪当时谭晟要在垃圾桶旁边系鞋带,敢情是拿房卡。

三人一阵沉默,现在的情况是,虽然没有证据证明方渐飞的清白,但也没有证据证明他有犯罪行为。最重要的是,他是在现场被抓获的,相对而言,谭晟的话更让人信服。

"谭晟跟你有什么仇?要这样整你?"何四万摸着下巴。

方渐飞跟林依对视了一眼,彼此心里都很清楚。谭晟之所以要赶走方渐飞,无非就是受不了林依跟方渐飞走得太近。

何四万皱着眉头接着说:"现在公司上下都知道老方你强奸未遂,回公司如不能证明清白,估计潘老大会马上开除你。"

何四万跟方渐飞的想法一样,但目前并没有解决的办法。坐等警方的结果也不稳妥,能在两三天之内破案还好说,超过三天的话,估计潘志军也会顶不住压力,将方渐飞开除。

方渐飞迟疑了许久,说:"除非,让谭晟自己承认这件事。"

何四万跟林依像看怪物一样看着方渐飞。何四万更是鄙夷地说:"谭晟自己怎么可能承认?你说梦话呢。"

"没错,就是说梦话。"方渐飞脸上浮现出古怪的表情。

第十二章　真相大白

▼

东海市的夜宵主要有两大类，一类是烧烤与小龙虾，一类是汤粥与炒菜。烧烤、小龙虾以沿江路的刘家巷最为集中，汤粥炒菜则主要分布在建设路。

刘家巷的夜宵摊少说也有二十家，彼此竞争极其激烈。为了招揽顾客，每家店都是各展神通，形成自己的特色。

其中刘记烧烤则是以烤鱼闻名，老板烤出来的鱼外焦里嫩，味道鲜美，更有秘制的佐料撒在鱼肉上，咬一口唇齿留香，吃一口心情欢畅。

谭晟此时的心情就很欢畅。想起今天下午发生的事，他的嘴角就不自觉地往上翘。

下午，谭晟从酒店回到公司，就将方渐飞在酒店密会女子的事告诉了潘志军。他之所以没有一开始就将强奸未遂的帽子扣在方渐飞的头上，一方面是为了提高事情的可信度，另一方面也是减轻自己的可疑度。

果然，没多久，方渐飞就被警察带走了。潘志军得知消息后，迅速召集公司的领导开会，就连林依都被叫到了会议室。

当着众人的面，谭晟开始描述事情经过。

"方渐飞叫我去酒店，说有个女会员需要我去开导开导。虽然我不知道怎么回事，但毕竟我是老员工，能帮新人自然要帮，就跟他去了酒店。"

"到了酒店，他开门走进去坐下。我一看，房间里面没人，就问他女会员呢？方渐飞指着卫生间说女会员在洗澡。听到这话，我觉得事情不太对，就以上厕所为由，走到门口跑了。后面发生了什么，我也不知道。"

谭晟对自己当时的陈述非常满意，他故意说得结结巴巴，前言不搭后语。但越是这样，可信度就越高。甚至，他还颇为悔恨地自责："我当时也是蒙了，只想赶快离开，而不知道去阻止他，搞得公司现在这么被动，我有很大的责任。不管领导怎么处置，我都没有意见。"

潘志军并没有指责他，老板娘也出言安慰，说这都是方渐飞的事，不能怪他。

接下来就是讨论方渐飞的去留问题，赵颖跟何晴等人强烈要求开除方渐飞。何晴更是明确表示："这种人还有什么事情做不出来的？我怀疑他来公司，就是为了收集女会员的资料，方便下手。"

赵颖虽然没有何晴那么激烈，但也皱眉表示："不管方渐飞有没有做出这种事，我觉得都要开除他。自从他来公司以后，公司就没消停过。"

张琳琳硬着头皮说："要不要等警方公布结果再说，万一其中有什么误会呢？"

"能有什么误会？"何晴冷笑道。

张琳琳的声音低了许多："谭晟后来不是走了吗？他也不知道后面发生的事情啊。"

何晴大声说："就算谭晟没看见，难道那个女大学生还故意冤枉方渐飞不成！她还要不要自己的名声了？"

办公室变得沉默起来，所有人都看向林依。谁都知道，上次是林依保了方渐飞，那这次呢？方渐飞犯下如此重大的错误，林依还要偏袒他吗？

林依见众人看向自己，无所谓地耸耸肩："看着我干什么，我无所谓的。如果方渐飞确实是衣冠禽兽，肯定要开除。但是……"

所有人都露出了我就知道的表情。

"如果方渐飞是被冤枉的呢？"林依笑了笑，"到时候你们自然无所谓，可我是他的直接上司啊。连手下员工都保不住，哪还有脸在公司待下去？"

潘志军心里一阵郁闷。别人或许听不明白，但他岂能不明白？林依就差明说了，只要开除方渐飞她就走人。

潘志军想拍桌子大吼，那你跟方渐飞一起走算了。但下一秒他又克制住了自己，林依的业绩他可以忽视，客户他也可以放弃，大不了就是少赚点儿。但林依背后的那个人，却是他得罪不起的。

暗叹了一声，潘志军微笑着说："等警方出来结果以后再说吧，如果方渐飞真做出了这种事，那肯定开除，绝无二话。如果确实有误会，咱们也不能寒了员工的心。"

开完会，谭晟收到了合作伙伴的微信消息，说他这事做得有些冒险，虽然现在看来效果还算不错，但如果方渐飞找到证据的话，谭晟就会变得很被动。最后，对方表示最近这段时间不要再联系了，有事她会再添加好友。

谭晟回信息，发现自己已被对方删除好友，不由得鄙夷这人也太谨慎了。

"晟哥，走一个。"谭晟对面的男子举起酒杯，打断了谭晟的回忆。

谭晟跟他碰了一下杯，将杯中酒一饮而尽，笑着说："要吃什么尽管点啊，今天晚上我买单，随便你们怎么吃。"

其他人顿时大笑起哄，说一定要将谭晟吃倒不可。

这时，一个长得很漂亮的促销小姐走了过来，微笑地跟众人打招呼，并弯腰问询："各位老板晚上好，我是啤酒促销员小雨。本公司正在举行促销活动，买一送一，你们要来点儿吗？"

谭晟挑了挑眉，冲小雨说："都说做你们这一行很能喝。要不这样吧，我们喝多少你也喝多少，到时候我再翻倍买单。"

当即就有人起哄："你只要喝一瓶，就能卖出去四瓶，还有两瓶是净赚的，这种好事去哪儿找？"

小雨眼睛一亮："此话当真？"

谭晟哈哈一笑："先来两打，我这就给你钱，加个微信好转账。"

小雨倒也爽快，直接从旁边搬来了两箱啤酒，也不坐下，站着就喝了一瓶。

气氛顿时热烈起来，就连烧烤店老板也跟着兴奋起来。

差不多喝了两个小时，众人都有些醉醺醺了，谭晟却没怎么喝酒，他要留着精力来对付小雨。

"老板，我喝不下了，买单吧。"小雨打了个酒嗝，捂住嘴巴，似乎下一刻就会吐出来。

谭晟关切地问:"没事吧?"

小雨摇晃着身子,说:"我没事。老板,你还没给钱呢?"

谭晟觉得好笑,问道:"多少钱?你算一下。"

小雨数了数啤酒瓶,拿出手机算了一会儿,大着舌头说:"你还得给我两百八十块。"

谭晟哈哈一笑:"我给你一千块。"

小雨顿时眼睛一亮,然后整个人一软,倒在了谭晟怀里。

谭晟低头看了一眼小雨,有些不知所措:"喂,你还好吧?"

小雨嘴里嘀咕着什么,谭晟仔细听了一下,也没听清她在说什么。

谭晟的朋友在一旁不怀好意地看着他们两个,弄得谭晟有些尴尬。

就在这时,小雨突然大声说:"几点了?我要去源丰。啊,迟到了!"说着,小雨从谭晟的怀里挣扎出来,摇摇晃晃走了两步,差点儿撞到一旁的车上。

谭晟询问了一下周围的人,得知源丰是一家酒店。于是,决定送小雨过去。

打车到源丰酒店,前台古怪地看了谭晟一眼,似乎在鄙夷谭晟欺负醉酒女孩。谭晟也没有解释,搂着小雨走进电梯。

电梯里播放着一首旋律很柔和的曲子,小雨似乎对这音乐挺感兴趣:"你听,这曲子我最近经常听。"

谭晟侧头仔细一听,乍一听好像很平淡,但听了一会儿后,觉得内心特别宁静。他突然心有感触,就好像身处寺庙,旁边有很多和尚在诵经敲木鱼的空灵感觉。

一时间，谭晟竟然听痴了，直到电梯停了，发出"叮"的一声响，他才醒过来，心中暗道，待会儿出去的时候得问问前台这音乐的名字。

到了房间，谭晟把小雨扶到床上，正打算离开，小雨突然打开手机，放出一段音乐。

谭晟觉得这段音乐十分特别，好像能让人心里的烦恼在一瞬间消散。他看了眼床上已经睡着的小雨，犹豫了一下，拿起小雨的手机，想要看看这首音乐的名字。

因为酒店没有单人间，所以，谭晟开的是一间双床房。谭晟坐在另一张空床上，听着音乐，呼吸逐渐变轻。

不知过了多久，谭晟恍惚中听到一道柔和的声音："睡吧，睡吧，感觉自己躺在一团棉花上面，很柔软，很柔软……"

此时，小雨轻手轻脚地从床上起来，打开房门。方渐飞走了进来。

烈日骄阳，正是一年中最热的时候。这种天气，没有哪家公司不开空调的。良缘婚介公司的办公室，冷气开得很足，甚至，员工还得在座位上准备一件外套。

但此时，谭晟却觉得很热，一种心烦意乱的热。昨晚他送小雨到酒店后，自己竟然迷迷糊糊睡着了，醒来后小雨已离去，他发微信显示已被拉黑。而且，今天早上他跟林依打招呼。林依居然理都不理，甚至都不在她的座位上待，而是跑进了张琳琳的办公室。

再然后，谭晟看到方渐飞跟何四万大摇大摆地走了进来，还没来得及表示自己的鄙视，何四万却冲着他脚下吐了口口水："垃圾！"

谭晟大怒，指着何四万："有种你再骂一句。"

何四万扬了扬下巴:"垃圾!"

方渐飞耸肩表示不解:"居然还有求骂的,长这么大还是第一次见。"

"传说中的贱皮子,可能都这样吧!"何四万正儿八经地解释。

谭晟脸上一阵红一阵青,最终冷笑道:"看你还能得意多久。"

方渐飞笑眯眯地看着谭晟:"这句话,也是我要跟你说的。"

得知方渐飞来上班了,潘志军迅速召集公司相关工作人员开会。

"方渐飞,我想听你的解释。"潘志军开门见山地问。

"老大,在解释之前,我想知道谭晟是怎么在背后诽谤我的。"方渐飞站了起来,微笑地看着谭晟,浑身上下散发着自信。

"什么叫诽谤,人家那是实事求是!"何晴不满地说。

潘志军竖起手掌,制止了何晴。微一沉吟,他冲谭晟扬了扬下巴:"谭晟,你再复述一遍。"

谭晟当即把昨天所说的话重复了一遍。

方渐飞也不反驳,而是拿着手机放在面前,嘴角挂着嘲讽的笑容,似乎对谭晟的话一点儿都不在意。

待谭晟说完了,方渐飞这才停止玩手机,似笑非笑地问:"说完了?"

何晴顿时就看不惯了:"方渐飞,你这是什么态度?"

"我就问一句也有错?何总监,我没得罪你吧?"方渐飞摊手道。

何晴眉毛一竖,正要发火,却听到潘志军咳嗽了一声,她只能是嘀咕了一句:"有什么好神气的?"

潘志军笑了笑,问谭晟:"还有什么要补充的吗?"

谭晟摇摇头:"没有了。"

潘志军望向方渐飞："现在，你可以解释了吧？"

方渐飞点头："可以，我先给大家看一样东西。"

然后，在众人的注视下，方渐飞将自己的手机连接上投影仪，按下播放键，屏幕上出现了谭晟刚才说话的视频。

众人愕然，不知道方渐飞是什么意思。

等到画面中出现谭晟脸部特写的时候，方渐飞按下了暂停，用激光笔指着屏幕中谭晟的眼睛："大家看，谭晟说我拿房卡打开房门的时候，他的眼睛是不是看着右上方？"

众人愣住了，越发不知道方渐飞葫芦里卖的什么药，然后开始窃窃私语。

"谭晟的眼睛往哪儿看，跟这件事有一毛钱的关系吗？"

"就是，就是，估计是想转移大家的注意力。可今天这个会议，根本就是讨论他的事情，还能转移到哪儿去？"

最终，赵颖严肃地说："方渐飞，我们现在是在说你的事情，谭晟说话的时候眼睛朝哪儿看，这个不重要吧？"

"很重要。"方渐飞从容不迫地看着赵颖，"我从事过心理咨询……"

听到这句话，赵颖眼中闪过一丝慌乱，这让方渐飞有些奇怪，但此刻他也想不了那么多，接着说："虽然只是助理，但我也知道一些心理知识。一个人说谎的时候，他的眼睛会下意识地往右上方看。"

看着众人吃惊的眼神，方渐飞稍微停顿了一下，好让他们消化，然后才继续说："这个并不是我杜撰的，而是所有的心理学专家都认可的事情。"

谭晟顿时慌了："胡说八道，毫无依据。"

方渐飞笑了笑:"你要依据?行,我告诉你,人的大脑分为左右两半,左边的大脑负责记忆,右边的大脑负责思考。如果你是在回忆我当天的所作所为,眼睛会下意识地看向左上方;如果你是在捏造我当天的所作所为时,眼睛就会下意识地看向右上方。"

众人默然,虽然不知道方渐飞说的是什么,但都感觉很有道理的样子。

何四万终于忍不住了,拍着桌子,指着谭晟,大声说:"姓谭的,你根本就是在含血喷人!"

何晴怒视何四万:"何四万,你拍什么桌子?"

赵颖连忙拦住了何晴,说:"方渐飞,你说的这个我们也不懂,假设一下,如果谭晟正好看到右边有人在做动作,然后下意识地望了一眼呢?"

方渐飞按下遥控器,继续播放。一直到这段视频播放完,可以明显看到,谭晟的目光瞥向右上方的次数很多。

赵颖默然,不再出声。

方渐飞环视众人:"我知道,光凭这个还不足以让大家信服,所以,我还准备了一份小礼物。"

方渐飞将手机切换到录音界面,按下播放键,手机里传出了方渐飞的声音:"今天下午的事情,你是怎么做的?"

下一刻,谭晟的声音传了出来:"我先在网上找了一个女生,再事先定好了房间……"

听到自己的声音,谭晟顿时脸色苍白,然后"噌"的一下站了起来,指着方渐飞,嘶声吼道:"这不是真的,我绝对没有说过这样的话!"

潘志军皱眉瞪了谭晟一眼:"先听完录音,行不行?"

第十二章 真相大白

谭晟嘴唇颤抖，内心更是惊慌无比，听着手机里继续传出他的声音："到了房间以后，我就说要上厕所，要方渐飞先坐。再然后，我就关门出来。剩下的就是叶晓梅的事了。"

方渐飞继续问："你为什么要陷害方渐飞？"

"我为了追林依，不惜在这家破公司里做婚恋师。眼看有点儿眉目了，方渐飞突然横插一脚。我这才起意要赶走他。之前找人发帖诬陷他也是我做的，但没有成功。"

此话一出，所有人都望向林依。林依努力做出无所谓的样子，但神情之间未免有些尴尬。

"不仅仅是我要赶走方渐飞，公司里面还有一个人要赶走他，甚至还跟我联手。但我不知道她是谁，只知道是一个女的，而且应该职位很高。"谭晟的声音犹如梦呓，但说出来的话却如同炸弹，将在场的众人直接弄蒙了。

有人望向何晴。然后，更多的人看着何晴若有所思。从开始到现在，她一直吵着要开除方渐飞，积极得有些反常。

见众人看向自己，何晴顿时慌了，大声说："喂，不是我，不是我！"

潘志军皱眉喝止何晴，示意继续听。

"只要赶走了方渐飞，我就能继续追林依。"

到这儿，录音就结束了，方渐飞看向谭晟："现在，你还有什么话可说？"

"不，这不是真的！"谭晟气急败坏地指着方渐飞怒吼。

"住口！"潘志军站起来，厌恶地叱喝道，"看在你父亲的面子上，给你十分钟时间，收拾东西走人！"转而目光扫过众人，在何晴身上停留了一会儿，这才说道："这事到此为止，散会。"

众人都不敢出声,默然走出办公室。

等到方渐飞和何四万快要走出会议室的时候,潘志军突然说了一句:"方渐飞,你留下。"

片刻后,偌大的会议室只剩下了潘志军跟方渐飞两人。

潘志军的身体后仰靠在椅背,左手搭在扶手上,右手在桌上毫无节奏地叩击着,浓眉紧蹙,似乎在思考一个很重要的问题。

方渐飞坐在旁边,也不吭声。

差不多一分钟后,潘志军的手指停止了敲击,身体前倾,问:"你身上有没有烟,我的放办公室了。"

方渐飞拿出烟递了过去,帮潘志军点燃后,自己也点了一根,转而起身去饮水机那儿拿纸杯倒了半杯水回来,当作烟灰缸。

"谢谢了。"潘志军突然说了一句。

方渐飞一头雾水地说:"谢我什么?"

"谭晟来公司是为了追林侬,这事我一开始就知道。但碍于他父亲的面子,只能留下他,但心中终究不是很舒服。"潘志军弹了弹烟灰,"你正好帮了我。在这种情况下将他赶走,他父亲也不好说什么。"

方渐飞释然点头,知道潘志军有难言之隐,当即笑着岔开话题:"这家伙为了追林侬,居然跑到咱们公司上班。富二代追女孩不都是送花、送钱、送跑车吗?"

潘志军眼中浮现出古怪的意味:"追其他女孩或许可以,追林侬的话,他家里那点儿钱可不够砸。"

方渐飞心中一动,故意问:"林侬家里很有钱吗?"

潘志军却不想继续这个话题,话锋一转:"这段时间你要小心一点。谭晟那个人心眼很小,多半会报复你。"

"还能找人打我一顿不成?"方渐飞不以为然地说。

"刚才谭晟说,公司还有一个人想要开除你,而且职位不低,你觉得是谁?"

方渐飞仔细想了想,摇摇头:"不知道,我也没得罪谁。"

潘志军迟疑了一下,问:"最近何晴对你如何?"

方渐飞老老实实地回答:"刚进来的时候,她对我还不错。但这几天有些生疏,感觉是特意跟我保持距离。"

潘志军点了点头,手指又开始叩击,敲了十多下,他突然停下,说:"我要不要开除何晴,然后让张琳琳做总监,你做经理?"

方渐飞先是一愣,旋即连连摆手:"我这个新人哪能当经理,要当也是林依当啊。再说了,何晴又没犯什么错,为什么要开除她?她能做到总监的位置,手中资源以及做事能力肯定都很好,开除她你也划不来啊!"

潘志军意味深长地看了方渐飞一眼:"那行,这事就到此为止,我们走。"

潘志军将烟头扔进水杯,起身走出门,回到了自己办公室。此时,赵颖正在里面喝茶。

潘志军走过去坐下,接过赵颖递过来的茶杯,说:"我说要开除何晴,他不建议我这么做。看来,他并不是竞争对手派过来捣乱的。"

赵颖提着小茶壶给潘志军的杯子续茶,茶汤顺着洁白如玉的瓷杯内壁形成漩涡,很快就静了下来。茶汤金黄剔透,有如琥珀。放下茶壶,赵颖轻声说:"那你还要观察他们多久?"

"小心驶得万年船,再观察一段时间吧。"潘志军迟疑了一下,"待会儿你跟小晴说一声,查询会员资料的权限再压一压。"

"你倒是想得挺远的,把小晴安排坐在总监的位置。"

潘志军笑道："除了你我，再没人知道小晴是我妹妹。有她配合唱白脸，很多事情都要简单很多。"说完，他忍不住大笑起来。

赵颖也跟着笑，但她的笑容，却隐约有些担忧。

回到自己的办公室，赵颖拉开落地窗帘，看着窗外高低错落的大厦以及远山，目光茫然。

嘀嘀，放在办公桌上的手机传来微信消息提示。

听到这声音，赵颖脸上浮现出一抹惊慌。她咬咬牙，转身拿起手机一看，微信上有四五个未接的视频通话，都是一个叫"风一样的男子"发过来的。见赵颖不接视频，对方发消息道：老板娘，怎么不回我信息？是不是觉得我太好说话啊？

赵颖连忙回复：刚才在开会，不能带手机。

很快，"风一样的男子"申请了视频通话。赵颖有些慌张地把办公室门反锁，这才按下接通键。屏幕对面是一张英俊帅气的脸，他嘴角挂着嘲讽的笑容："蒙谁呢，你是老板娘，开会还不准带手机？好了，不废话。我吃饭没钱了，先给我发个红包应应急。"

赵颖的手突然用力，手指关节也因此而变得苍白，似乎这样才能控制住自己把手机摔烂的冲动。好一会儿后，她深吸了一口气，说："你前前后后已经拿走了三万多块，到底还要拿多少？"

英俊男子拿出烟点燃，冲着摄像头吐出一口烟圈，冷笑道："瞧你这话说的，帮帮有困难的朋友，用得着记这么清楚吗？"

赵颖咬咬牙："这次要多少？"

英俊男子哈哈一笑："给一千八百八十八块好了。你看，都不到两千块，我这人是不是特别好说话？"

赵颖眼中全是愤怒，转账给英俊男子后，她咬牙切齿地问："姓邓的，这是不是最后一次？"

英俊男子突然变脸,面露狰狞地说:"你这是用什么语气跟我说话?别敬酒不吃吃罚酒!是不是要我把聊天记录发给潘志军?"

赵颖的拳头再一次攥紧,说:"你到底要怎样?"

英俊男子吐了一个烟圈:"老是问你要钱,确实不太好。这样吧,你在公司给我找个事情做,一个月工资一万元,不高吧。"

赵颖忍不住大声说:"哪有这么好的位置给你?公司里有这么高薪水的都是经理了!再说了,你什么都不会,我怎么给你安排?"

英俊男子哈哈一笑:"我确实什么都不会,但我会聊天啊,还会保存某人的聊天记录。"

赵颖脸上一阵红一阵青,好一会儿才说:"公司最近有一个心理辅导师的空缺,你这几天找几本心理咨询的书看看,到时候我再想办法把你招进来。"

英俊男子"哼"了一声:"你看,这不很好吗?非得我说那些不开心的事。"旋即森然道,"你看着安排,半个月之内我要上班。"说完,男子挂了电话。

赵颖的手死死地攥在一起,指甲把手心摁出好几道印子。好一会儿后,她身体后仰靠在椅背上,眼角处,一颗泪珠滚落,沿着光洁的面庞滑落……

第十三章　爱情骗局

▽

方渐飞回到座位时，谭晟已离开，他来公司以后根本就没有跟过客户，也不存在工作交接。

何四万得意扬扬地跟林侬说着什么，见到方渐飞，他连忙问："老板跟你说啥了？"

"他要我小心谭晟的报复。"方渐飞只说了其中一部分，倒不是故意要隐瞒，而是说出来会让何晴很被动。他跟何晴无冤无仇的，没有必要闹得不开心。

"报复？他要是敢动你，我就揍死他！"何四万义愤填膺地说。

林侬哭笑不得，白了何四万一眼："做事去。"

待何四万回到座位，林侬恍若什么事都没发生过，说："沈映霞你有没有把握？如果不行，我去跟何总监说，要她给你换一个人？"

方渐飞摇摇头："不用。"

开什么玩笑,都已经谈得差不多了,再换一个钉子户,岂不是要重新来过?

林依皱眉道:"别勉强。"

"不勉强!"

"有什么需要我帮忙的?"

方渐飞压低声音:"帮我找到曾皓的资料就行。"

这次轮到林依摇头了,她缓缓地说:"这个我也没办法,一年前,有个刚入职的新员工拷走数十份会员资料。从那以后,老板就找人弄了分级权限。试用期员工是 C 级,转正后是 B 级,一年以上老员工以及组长是 A 级,部门经理是 S 级,每一级所查阅的权限都不同。我虽然是 A 级,但也仅限于黄金会员以及部分钻石会员。"顿了顿,林依掩嘴娇笑,"我已经动用我的权限查了,并没有找到曾皓的相关资料。"

"那我再想办法吧。"方渐飞苦笑。

林依瞥了何四万一眼,凑过头低声对方渐飞说:"你还记不记得欠我一顿饭?"

方渐飞点点头:"记得啊。"

"就今晚吧,到时候我打电话给你。"

根本不给方渐飞拒绝的机会,林依笑盈盈地回到座位拎起包离开了公司。

对于晚餐,方渐飞不知道是该期待还是该抵触,分不清是该高兴还是该郁闷,眼前浮现出那天掉下山崖时,自己悬在空中抱着林依的画面,又浮现出那个肯德基男人搂着林依的画面。两者相互交错,犹如幻灯片一样在方渐飞的脑海中闪过。

方渐飞摇摇头,将脑中的画面统统赶走,摇晃鼠标唤醒电脑,想了想，在 QQ 上跟何晴打了声招呼。

何晴很快就回了一个问号。

"何总监，沈映霞那边我有些眉目了，但需要你的帮助。"

"说。"

方渐飞连忙列出沈映霞修改过的要求，年龄在三十五到四十岁之间，职业最好是老师或者从事教育工作，脾气温和，要有房，车不要求。

何晴很快发了三份会员资料过来。

方渐飞将这三个会员对比了一番，最终挑了蒋学文作为第一候选人。

蒋学文，四十一岁，东海市第五中学的物理老师，月薪五千元左右，有过一段婚史，没有孩子，职称是高级教师，有一套学校集资房。

也不知道负责蒋学文的婚恋师是谁，他资料下面的备注极为详细。

蒋学文离异的原因，据说是他存在男性生育障碍，妻子又渴望有个孩子，最终和平分手。学校的集资房是二〇〇〇年修建的，那个时候还没有公摊的概念，所以，他一百平方米的房子比现在的一百二十平方米的房子还要大。另外，虽然工资他只有五千元，但他寒暑假的时候在培训学校带兴趣班，两个假期下来收入也不少。

方渐飞选择蒋学文最大的原因，是他跟前妻能和平分手，说明这人比较讲道理，有孔孟之风。而沈映霞被前夫家暴后心里有阴影，对斯文柔弱的男人应该没那么排斥。

方渐飞打电话给蒋学文，说了沈映霞这边的情况。蒋学文微一沉吟，说周六周日都有时间。

第十三章 爱情骗局

方渐飞转而打电话给沈映霞,告知了蒋学文的情况。听说是老师,沈映霞张口就问,能不能解决孩子的学位问题。方渐飞有些哭笑不得,说老师子女可以直接进学校念书,不用考虑这些。

沈映霞迟疑着说:"老师会不会很凶?我小时候可没少被老师打过手掌心。"

"姐,你想多了。现在的老师每人要面对那么多熊孩子,脾气早就被磨没了。况且蒋老师是高级教师,温文尔雅的名师,你就放心吧。"

沈映霞又沉默了一会儿,吞吞吐吐地说:"要不,下次吧?"

看来还是心结难解。方渐飞正在郁闷,正好看到何四万站起来,心中一动:"要不这样,我把何四万叫出来,你把你侄女叫出来,他们两个为主,你跟蒋老师为辅,行不?"

沈映霞顿时来了兴趣,当即约了周六下午在肯德基见面。

方渐飞放下电话若有所思,在肯德基相亲,还真是够奇怪的。但他完全能理解沈映霞为什么要选择肯德基。肯德基的消费不高,哪怕男方说要 AA 制,她也能承受。而且,肯德基都是在比较热闹的地方,也不怕对方打坏主意。

何四万正摇头晃脑地做头部运动,一扭头看到方渐飞正盯着自己,狐疑地低头检查了一下自己,转而皱眉问:"看什么看,没见过帅哥吗?"

方渐飞笑道:"帅哥见过很多,这么胖的帅哥倒是很少见。"

何四万"哼"了一声:"胖什么胖?咱这叫举足轻重!你这种营养不良的人是不会明白的。"

"可能只有沈蕾才明白。"方渐飞皱眉道。

"沈蕾?"何四万顿时来劲了,"她瘦得跟个猴子似的,明白啥?

"我周六带人去跟她姑姑见面,你觉得我到时候说点什么,才能让沈蕾不在旁边做电灯泡?"方渐飞很认真地询问。

"她是猴子啊,丢根香蕉在地上,她就跑过去了。"何四万发出一阵怪笑,然后摇头,"不行,那家伙嘴上功夫了得,你肯定说不过她,到时候还得我出马才行。"

方渐飞暗笑,口中却大夸何四万讲义气。

与此同时,在东海市的另一端,天豪大厦二十八层的办公室内。

唐装男子看过文件的最后一页,在上面签上自己的名字,然后揉了揉太阳穴,似乎想起了什么,按下按钮。没过一会儿,瘦高男子走了进来,站在红木办公桌前。

"方渐飞那边怎么回事?"唐装男子劈头就问。

"依依刚才打电话过来,说是谭晟陷害的方渐飞。"瘦高男子笑着说,"然后方渐飞在开会的时候,当场拆穿了谭晟。"

"哦?是怎么拆穿的?"唐装男子颇有兴趣地问。

"好像是找小雨把谭晟带到宾馆,然后进行催眠后,问出了真相。"瘦高男子也不知道具体情况,林依怎么跟他说,他就怎么转述。

唐装男子摇摇头,不以为然地说:"这也太冒险了。但凡有哪个环节出了错,他都会败得很惨。"旋即皱眉道,"嗯,你刚才说小雨,小雨是谁?"

"就是上次帮我们试探方渐飞的那个小美女。"瘦高男子笑着解释。

"是她啊。"唐装男子手指在桌面上轻轻地叩击,"这么说来,她跟方渐飞的关系还不错咯。"

"应该是。"

"要不……"唐装男子若有所思。

瘦高男子跟随唐装男子多年,一听就知道他是什么意思,当即说:"我这就去安排。"

唐装男子点了点头,拿起桌上的另一份文件看了起来。

下班后,方渐飞并没有接到林依的电话,心中有些失望。但也没有打电话去问,而是挤上了公交车。

半个月没有回爸妈家了,今天方妈妈在朋友圈转发题目是"最大的孝顺就是多陪陪家人"的文章,方渐飞想,自己再不回去,怕是要被追杀了。

正是下班时间,公交车上的人很多,方渐飞使劲儿往后挤。自从买车后,他就很少挤公交车,但以前挤公交车的经验却没忘记。公交车最拥挤的就是门附近,越往后走越宽松。

方渐飞挤到中间却挤不过去了,有好几名男子将路给堵住了。

方渐飞伸手拍了拍挡路的男子,示意自己要去后面。

被拍肩膀的男子皮笑肉不笑地解释:"哥们,稍等一会儿,我们在拍电影呢。"

方渐飞起初还不明白什么意思,拍电影?怎么没看到什么摄像机?往前望去,只见一个男子正在偷一个女孩的钱包,旁边有两个人用手机在拍摄。方渐飞顿时明白了,这是现在比较流行的短视频,上传到社交平台的那种。

此时,前面已挤得不行,有人大吼道:"喂,你们几个,拦在中间做什么?赶紧让路啊。"

"叫什么叫?嫌挤去打车啊。"一个身形高大的年轻人不耐烦地回应。

循声望去，方渐飞隐约觉得说话这人有些面熟，但想不起来在哪儿见过。

听到这话，当即就有人抱怨："占用公共空间当作私人资源还有理了？要拍视频就别挑上下班高峰啊。"

高大男子骂了一句："谁说的，站出来。"

方渐飞忍不住了："怎么，说得不对吗？"

方渐飞站得比较近，高大男子一眼就看到他，当即指着方渐飞威胁道："小子，闭上你的嘴，别给自己惹祸。"

方渐飞一点儿都不在乎这种威胁。倒不是他有多能打，而是他相信这人绝对不敢在公交车上惹事。

方渐飞当即将对方的话原封奉还："小子，闭上你的嘴，别给自己惹祸！"

有了方渐飞的带头，其他人的正义感顿时被激发了。

"拍个短视频这么牛了啊？不知道的还以为你们在拍国际大片呢。"

"咱们也拍，把他们几个传到网上去，曝光他们这种损人利己的行为。"

"对，不就是想火嘛，让他们火一把。"

闻言，该团队其他几个人顿时急了，连忙停止拍摄并让开地方，不断地道歉。那个高大男子盯着方渐飞，突然说了一句，"我好像在哪儿见过你。"随后，他似乎想起了什么，凑在方渐飞耳边，低声说了一句，"你是林依的同事？"

方渐飞这才记了起来，第一次在肯德基看到林依跟那男人，当时这个高大男子是跟他们在一起的。他不禁皱眉："原来是你。"

男子笑着解释:"做自媒体的现在压力也大,真要租一辆公交车,请一车的群众演员,费用太高,这才趁着下班高峰拍,真实一点。"

正好车到站,高大男子跟方渐飞打了个招呼,招呼拍摄团队下车而去。

方渐飞突然觉得有一件很重要的事被他给忽略了。但仔细一想,却又不知道是什么事,这种感觉让他很不舒服。想了好一会儿,都没有想起来,他索性也懒得理会了。

下车后,方渐飞并没有直接回家,而是走进了旁边的超市。他得买点儿水果回去,而且得买贵的。这样方妈妈一看,肯定要唠叨,买这么贵的水果做什么?然后就会把他半个月不回家的事情给忽略掉。等到方妈妈想起来的时候,他已经吃完饭溜了。这一招,方渐飞屡试不爽。

买完水果正要去结账,方渐飞却在熟食区看到了一个熟人——小雨。

熟食区不仅仅卖猪脚、猪耳朵这种熟食,在饭点的时候还卖快餐,主要客户群体是超市员工,所以性价比不错,十二块钱一份,三荤一素,分量十足。

小雨拎着饭盒,应该是打包回去吃。听到方渐飞喊她,先是一愣,然后笑嘻嘻地凑过来开着玩笑:"运气真好,遇到肥羊了,得狠狠宰一刀才行。嗯,这份快餐钱你得帮我买单。"

方渐飞夸张地惊呼:"这一刀太狠了,我心痛到无法呼吸。"

两人已经合作了好几次,彼此也算是很熟悉了,两人有说有笑地推着购物车去结账。在收银处排队时,小雨的电话响了起来,说了几句后,她突然激动地喊:"吴启伦,我没钱了,我真的没钱了。"

方渐飞转过头,只见小雨因为生气而脸色通红。

"我是不会去贷款的!"小雨愤怒地挂了电话,直接把手机关了。好一会儿后,她才抱歉地冲方渐飞笑了笑。

方渐飞低声问:"怎么了?"

"没什么!"小雨声音里充满疲惫。

结完账,走到超市门口,小雨道过谢就要离开。方渐飞突然问了一句:"吴启伦是你男朋友吗?"

小雨下意识地点头:"怎么了?"

方渐飞笑了笑:"没什么,就觉得这个人的名字有点儿耳熟。"

"哦。"小雨心不在焉地回答。

方渐飞对小雨的敷衍恍若未觉,继续说着:"你男朋友是不是知道一个理财网站的漏洞?只要购买该理财产品,就绝对能获得高收益。"

小雨顿时吃了一惊:"你怎么知道?"

方渐飞沉声道:"他是不是你在网上认识的?从来没见过面?"

小雨越发吃惊:"对啊。"

方渐飞暗中叹息,将小雨拉到一旁,严肃地说:"如果我没猜错的话,你应该是被骗了。"

小雨有些慌乱地看着方渐飞,正要说话,就被方渐飞打断。

"你先别反驳,听我说。"

小雨点了点头。

"首先,吴启伦是你通过交友软件认识的。你们认识后,他对你嘘寒问暖,两人感情迅速升温,甚至开始规划未来的生活。然后,吴启伦告诉你,他发现了一个理财网站的漏洞,只要投钱进去就绝对能赚钱,要你先投点儿钱试试。"

小雨的眼睛里充满惊讶,但更多的是恐惧与慌张。

方渐飞接着说:"抱着试试看的心理,你可能投了一点儿钱,然后马上就收到了很不错的收益。这个时候他劝你继续增加投资,如果你不肯,他就会向你描绘两人以后的美好未来。然后又说趁着现在这个系统漏洞还没有被发现,赚点儿钱就收手。再然后,你在他的蛊惑之下,开始疯狂地投钱进去,甚至他还会要你去贷款,去借钱。直到你身上再也榨不出任何钱财了,他就会人间蒸发。"

说完,方渐飞盯着小雨的眼睛:"这个骗局,俗称'杀猪盘'。你所遇到的是不是这样的剧本?"

小雨脸色苍白,喃喃自语:"不,这不是真的……"

方渐飞默然。

小雨突然就蹲在地上,双手抱头。

方渐飞柔声安慰道:"既然你还在跟他联系,应该没有被骗很多吧?"

小雨嘶声说:"我前前后后拿出了二十多万元,这里面还有我爸妈养老的八万块啊……他现在要我去贷款,我不肯,他就每天给我打电话。今天要不是你提醒我,我说不定就到处借钱了。"

方渐飞腾出右手拍了拍小雨的肩膀:"现在最重要的,是去报警。"

方渐飞带着小雨到附近的派出所报了警,又是录口供又是查通话记录。警方要小雨再次联系吴启伦的时候,却发现小雨已被吴启伦拉进了黑名单,似乎对方已然察觉。

得知这些诈骗犯都是在海外活动,要回钱的周期很长,可能性也较小,小雨的脸色顿时变得非常难看。

从警局出来,小雨说自己回去就行,她手中还提着饭盒,浑浑噩噩地往前走。方渐飞有些不放心，拎着水果远远地跟在后面。

看到小雨神不守舍地走进旁边的大厦，方渐飞皱眉想了一下，他记得小雨好像是住在青秀区，她进这栋大厦做什么？

方渐飞突然想到一件事，连忙冲进大厦。只看到电梯间其中一扇电梯门正缓缓关闭，而电梯门旁的垃圾桶上，放着小雨的饭盒。

方渐飞跑过去狂按另一台电梯。

大厦的保安看到后，一脸警惕地拦在了方渐飞面前。他正要询问，看到方渐飞后，却满脸讶然地说："咦，是你？"

方渐飞急着追小雨，也没注意保安长什么样，听到对方吃惊的语气，转头望去，只见对方满脸的络腮胡子，突然想起此人就是之前在月亮湾KTV遇见的男子。

方渐飞急忙说："兄弟，能不能让那台电梯停下来？"

络腮胡子满脸为难地说："可以倒是可以，但我得先呼叫队长，等到队长给监控中心下达命令。不过，等走完这套程序，电梯都已经到顶楼了。"

一想也是，方渐飞冲到电梯门前，飞快地按着按钮，似乎这样电梯就能下来得更快一点。

"有什么需要我帮忙的？"络腮胡子走上前，挠着头皮问。

正好电梯门开了，方渐飞将手中的水果递给络腮胡子："你帮我拿着。"

方渐飞闪身冲进电梯，毫不迟疑地按下顶楼的按键。

看着电梯液晶显示屏的数字一层一层地跳动，方渐飞急得犹如热锅上的蚂蚁。方渐飞没猜错的话，小雨多半是去楼顶寻短见了。

如果被骗的只是自己的钱，倒也罢了，可里面还有小雨爸妈八万块的养老钱。最重要的是，她还投入那么多感情，现在被人告

第十三章　爱情骗局

知,这只不过是一个骗局。换作任何人,都会承受不住。

这个时候,如没有人在旁边开导小雨,她在冲动之下做出极端的事情并不是没可能。

刚才怎么就没想到呢?方渐飞有些懊恼地捶了两下自己的脑袋。

好不容易等到电梯到了二十八层,电梯门才开了一尺来宽,方渐飞侧身钻了出去,冲进安全通道往顶楼跑。

方渐飞推开门,看到小雨站在楼顶,手扶着栏杆,肩膀耸动着,似乎在抽泣。一阵风吹过,她的头发向后飘扬飞舞,犹如电影《泰坦尼克号》中站在船头的 Rose。

方渐飞轻手轻脚地走过去。

这时,小雨似乎做出了决定,一甩头发,开始爬栏杆。

方渐飞加快了脚步,此时他距离小雨还有七八米。如果这个时候他喊一句,小雨虽然会本能地回过头,但接下来就只有两种可能:第一种可能,她停下来;第二种可能,她受到惊吓直接往下跳。

这么远的距离,方渐飞拉都拉不到。

小雨,你慢一点,慢一点,方渐飞心里祈祷着。

就在小雨一条腿已经跨过栏杆的时候,方渐飞距离她只有三米远了。方渐飞不再迟疑,大喊了一句:"小雨!"

小雨一愣,回过头来一看。

就在这回头的工夫,方渐飞一个箭步冲了过去,一把抱住了小雨的腰,死命地把她往自己这边拉过来。

"嘭"的一声,两人摔在了坚硬的水泥地上。方渐飞垫在下方,后背传来的剧痛让他龇牙咧嘴,但他仍然死死地抱着小雨。

"放开我!"小雨奋力挣扎,哭喊着,对着方渐飞的手又抓又挠。

方渐飞很清楚,要想打消小雨寻死的念头,必须得解决她目前最在乎的两件事，一个是钱，一个是感情。他当即吼道："你要死了，我怎么办？我那么喜欢你！"

小雨顿时一愣，手上的力道轻了少许。

方渐飞继续吼："我这里还有点儿钱，先把你爸妈的钱还了。剩下的咱们再慢慢赚就是，一两年就能解决的事情，犯得着去死吗？你要是跳下去，摔成一摊肉泥，很舒服吗？"

小雨不再挣扎。

方渐飞这才坐起来，搂着小雨的肩膀，什么也不说。小雨终于在他怀里号啕大哭起来。

哭出来就好了，方渐飞总算是松了一口气。

小雨哭了足足半小时。待其哭声减小，方渐飞说："我家就在附近，先跟我回去吃点儿东西。我爸妈已经做好了饭菜。"

小雨抽噎着看了方渐飞一眼，点了点头。

两人下楼，络腮胡子拎着水果过来还给方渐飞，看了一眼双眼通红的小雨，他暗中冲方渐飞竖起了大拇指。

方渐飞知道络腮胡子想歪了，但也不好解释，只能笑着接过水果，走出大楼。

"兄弟，你……"保安欲言又止。

"有什么事吗？"出于礼貌，方渐飞笑着问。

"那天晚上的事，谢谢你了。"络腮胡子飞快地说，"能不能加个微信，改天请你吃夜宵。"

方渐飞此刻担心小雨的情绪会不会反复，从兜里摸出一张名片递给了保安："上面有我的二维码。"

保安看着名片上的"婚恋师"三个字，顿时眼睛一亮，一边说着"慢走"，一边拿出手机添加方渐飞的微信。

方渐飞出了大厦走了没多远，小雨脚下一个趔趄差点儿摔倒。方渐飞只得一手拎着水果，一手搂着小雨的肩膀。

这时，旁边的一家服装店门口，林依笑容可掬地跟肯德基男子走了出来，抬头一眼就看到了方渐飞搂着小雨从自己面前经过。林依顿时站住，脸上的笑容也瞬间变得僵硬。好一会儿后，她拿出手机，找到了方渐飞的号码，拨了出去。

方渐飞听到手机响，还以为是家里打过来的，就没有接。但手机一直不停地响，他只得松开搂住小雨肩膀的手，拿出手机一看，见到是林依，迟疑了一下，按下了拒接键。

身后的林依一咬牙，继续拨打电话。她旁边的肯德基男子也看到了方渐飞，欲言又止，脸上的表情很是古怪。

方渐飞的手机再次响起。

小雨奇怪地问："怎么不接电话？"

方渐飞有些尴尬地解释："不小心按错了。"他按下接听，张口就说："大姐头，什么事？"

"你在哪儿？"林依的声音听起来跟平时并无区别。

"准备回爸妈家吃饭。"

"一个人吗？"

方渐飞看了看小雨，"嗯"了一声，然后反问："你不是说要我请客吃饭的吗？现在都快八点了。"

林依迟疑了一下："那我们现在去吃饭好了，你在哪儿？"

方渐飞目光再次瞥过小雨："又不早说，我都跟家里说好了，改天吧？"

林依默默地挂了电话，然后看着手机，似乎在等方渐飞打过来。

方渐飞刚想要拨回去，小雨侧头问："有什么事吗？"

方渐飞迟疑了一下，笑了笑，将手机揣进兜里："没事！"说完，他搂着小雨继续往前走。

林依拿手机的手瞬间变得十分苍白。好一会儿后，她面无表情地说："我们走。"说完，她转身朝方渐飞相反的方向走去。

回到家，方爸爸跟方妈妈见到突然到来的小雨有些措手不及，然后两人恍然大悟地对视一眼，目光均是惊喜不已。

方渐飞连忙把父母拉到旁边解释。听说不是女朋友，两人都有些失望。但又对小雨的遭遇表示同情，吃饭的时候拼命给她夹菜。

小雨的心情平复了少许，跟二位老人有说有笑起来。

得知小雨是东海市临平县人，现在一个人在东海生活，方妈妈扯了扯方爸爸的衣袖，把他扯到一旁。二人低声嘀咕了几句，然后回来就问小雨，说想认小雨做干女儿。

方渐飞顿时一头黑线，他太了解爸妈了，肯定是看小雨长得好看，家里距离东海也不远，就想撮合自己跟小雨，认干女儿只不过是一个借口。

方渐飞连忙跟小雨使眼色，要她不要答应。小雨却是"扑哧"一笑，竟然笑嘻嘻地喊起了干妈。

方妈妈大喜，回到房中拿出一个红包，非要塞给小雨。小雨推辞不过，只得接了。

送小雨出门时，小雨将红包退给方渐飞。

方渐飞自然不会要，笑着说："我爸妈收你做干女儿，可是打着将你转为儿媳妇的念头。"

小雨眼珠一转："难道你不是这么想的吗？"

方渐飞刚才救小雨的时候，说自己喜欢小雨，那是因为他知道小雨的痛苦不仅仅是因为被骗了二十万元，还有一半的原因是感情被欺骗。如果这个时候有另一个人出来安慰呵护她，或许能冲淡她少许痛苦。

但方渐飞也不好否认，当即选择不说话。

小雨笑了笑，转而黯然地说："虽然知道你在安慰我，但我还是很开心。"

拦了辆出租车，上车前，小雨展颜一笑："不过，我可是会当真哦。"

看着出租车消失在车流中，方渐飞摇头苦笑，拿出手机给林依打电话。

林依几乎是瞬间接听，但语气却有些漫不经心："这么晚了，什么事啊？"

方渐飞有些郁闷："先前怎么把电话挂了？"

"手机没电了。"林依随口解释。

"哦，难怪。"

"你是不是想说，当时你有打电话给我，结果没有接通？"林依咬牙切齿地说。

"呃，没有啊。"方渐飞老老实实地说，"当时我有事，就没打。"

"什么事啊？"林依立马追问。

方渐飞迟疑了一下："其实，也没什么事。"

林依突然就怒了："你现在打电话给我，就是为了说这个？"

方渐飞连忙解释："这不是欠你一顿饭吗？要不，出来吃夜宵？"

"不吃，不饿！"林依怒冲冲地挂了电话。

"都说要你别走成熟路线了，你看，更年期提前来了吧。"方渐飞喃喃自语。

第十四章 真爱来访

▽

第二天,林依没来公司。方渐飞打了两个电话约她吃饭,她都说没空。

应该没得罪她吧?方渐飞心里有些纳闷,但也没怎么在意,而是将精力全部放到了沈映霞这件事上。

方渐飞找沈映霞要了几张照片,然后挑出其中两张简单地修一下。当然,方渐飞并不是把照片修得特别漂亮,如果相亲对象在见面的时候发现当事人没有照片漂亮,心里的落差很有可能会导致相亲失败。所以,方渐飞把沈映霞的照片弄丑了一点。

沈映霞本身可以说得上是大美女了。把她的照片稍微弄丑一点,看起来普普通通就行,然后在见面的那天她再稍微打扮一下,到时候肯定能给蒋学文一个惊喜。有了这样的开头,那接下来的事情就好说了。

同样,他也给沈映霞留了个小惊喜,蒋学文不抽烟、不喝酒、斯文干净这些特点,都会在见面以后一一展示。

其实,相亲也跟婚姻差不多,如果能在相处中收获一个又一个的惊喜,那双方对接下来的交往就会越来越充满期待;如果见面以后收获的是一个又一个的失望,那接下来就……没有然后了。

终于到了周六,方渐飞跟蒋学文先在商场见了面。

蒋学文身高一米七六,体型偏瘦,戴着一个无框眼镜,从上到下收拾得干干净净,给人的第一印象很舒服。

单身男人或多或少都会有点儿不修边幅,严重的甚至有些邋遢,但蒋学文就没有那些毛病。甚至,在他身上还能隐约闻到淡淡的香水的味道。

蒋学文和方渐飞聊了几句,方渐飞给沈映霞发了条信息,问她们到哪儿了。等了一分钟那边都没有回,索性一个电话打了过去。

沈映霞的声音有些慌乱,说自己就在商场楼上,但出了点儿小状况,可能要过一会儿才能下来,然后就匆匆挂了电话。

方渐飞跟蒋学文说了原因,别看蒋学文瘦,却挺有担当的,当即说:"该不会是遇到什么麻烦了吧,咱们两个大男人,袖手旁观也说不过去。要不,咱们去看看?"

这话正合方渐飞的意,当即两人乘坐扶手电梯上到二楼。

商场二楼是卖服装的,左边为男装以及运动装,右边则是女装。

方渐飞远远地看到左侧的女装品牌店旁围了四五个人。两人对视一眼,快步走过去一看。果然是沈映霞,她正跟一名营业员吵架。

"你这衣服本来就是坏的,居然还赖在我头上?"沈映霞气冲冲地拿着一条裙子,指着肩膀处拇指大小的一个孔洞,"你见过谁试穿衣服,能在这儿穿出一个洞来?"

营业员三十来岁,瓜子脸,尖下巴,有些像动画片《葫芦兄弟》里的蛇精。她双手环抱胸前,冷笑道:"穿是穿不出来,但谁知道,你是不是其他店派来搞破坏的。"

沈映霞顿时气极:"真把自己当作国际大牌了,还有竞争对手来搞破坏?"

"我只知道,你进去之前,这衣服是好的。但你出来以后,这衣服就多出一个洞。"营业员拿过衣服,指着那道破口,"这一看就是被钉子给刮的。你肯定是在试衣服的时候,不小心刮到里面的钉子了。"

方渐飞很想转身就走。原以为有沈蕾在,就算有什么口角纠纷,有沈蕾出马,沈映霞根本不用插话,正好用沈蕾的彪悍来衬托沈映霞的贤惠。没想到沈蕾根本就不在,沈映霞只能亲自上阵。此刻她张牙舞爪的样子被蒋学文看到,这还得了?但此刻转身就走,也说不过去啊。

蒋学文一眼就看到了沈映霞,连忙低声问:"这是沈映霞的侄女吗?长得好像哦,但侄女要更好看。"

方渐飞郁闷地说:"这就是她本人。"

正如方渐飞所预想的,蒋学文眼睛一亮。但他看到沈映霞口沫横飞的样子,又有些迟疑。

方渐飞顿时郁闷不已。

此时,沈映霞也看到了方渐飞,愣了一下,然后望向蒋学文。

方渐飞微不可察地点了点头。沈映霞顿时尴尬起来。

营业员看了看方渐飞两人,冷笑道:"哟,这都搬救兵来了啊!叫救兵也没用,天底下的事总要讲个理字。"她举着手中的裙子,将肩膀上的孔洞给方渐飞和蒋学文看:"这衣服刮烂了,总得要赔吧。"

"不是我干的!"沈映霞大声道。

方渐飞正要上前,蒋学文却抢先一步,拿过了裙子,凑在眼前,很是仔细地检查孔洞。七八秒后,他又四处张望了一番,这才冲着营业员笑着说:"先自我介绍一下,我是一名化学老师。"

你不是物理老师吗?方渐飞心中有些疑惑。

营业员皮笑肉不笑地说:"化学老师怎么了?"

蒋学文指着裙子上的洞:"正好我对服装的面料有一定的了解。你看这破口处的丝线已弯曲,颜色也隐约发黑。所以,这道口子肯定不是刚才弄破的。"

营业员的脸色有些不对劲儿了,口中冷笑道:"可惜,你又不是鉴宝专家,说的话可没人信。"

蒋学文指着商场的摄像头,说:"那里有个摄像头,我们可以去找商场要监控记录,看一下就知道是怎么回事了。"

营业员越发慌张,强撑道:"那又如何,监控这么远,难道还能看出来衣服上这么小的口子。"

蒋学文耸肩摊手,动作颇为潇洒:"监控肯定看不到衣服的这个口子,但说不定能看到这件衣服到底是谁钩破的。怎么样?如果你答应的话,我们现在就去商场管理处。"

营业员脸上一阵红一阵青,悻悻地说:"我现在一个人在店里,根本就走不开。算了,没时间跟你们纠缠,不要你们赔了,你们走吧。"

沈映霞正要再说,蒋学文却冲她眨了眨眼。她当即把话咽了下去。

走到一楼,沈映霞向蒋学文道谢。

蒋学文笑着解释道:"那个摄像头都没亮红点,很可能是坏了,所以我才叫你走。"

沈映霞崇拜地看着蒋学文:"你真厉害,今天要不是你的话,我肯定被坑了。裙子上的破洞,多半是她或者是别的客人弄坏的,想赖在我头上。"

方渐飞很少恶意揣测别人,但联想到营业员当时的表情,觉得这个猜测真有可能。

转而问起沈蕾怎么没来,沈映霞脸上浮现出古怪的表情:"半路上就被何四万给带走了,说是要找个地方决一死战。"

方渐飞哈哈一笑:"那我得去看着他们,以免出事。你俩自己找地方聊啊。"说完,不等两人表态,方渐飞一溜烟就跑了。

方渐飞说担心何四万,其实只是随便找的一个借口,却不承想一语成谶。

半个小时后,方渐飞正在家里吹空调,何四万气急败坏地打电话过来,说出事了。

"出什么事了?慢慢说。"方渐飞早已习惯何四万的一惊一乍,根本就没当回事,懒洋洋地斜靠在沙发上,继续喝着啤酒,看着足球。

"大事!"

看着电视里的足球运动员带球突入禁区,方渐飞忍不住坐直了身体。结果单刀的球员居然踢了个高射炮,他顿时气得一挥拳头。这时,他听到手机里传来何四万"喂喂喂"地乱喊,无奈地说:"多大的事啊?"

"我被沈蕾……打了。"何四万的声音很古怪,似带着哭腔,又似是很得意。

何四万被沈蕾打了?这怎么可能?沈蕾的腰还没何四万大腿

粗,能把他打了?

方渐飞还以为自己听错了,讶然地重复了一遍:"沈蕾把你打了?"

"是啊。"何四万唉声叹气地说出经过。

何四万在半路拦住了沈蕾,说是要决一死战。沈蕾恨得牙痒痒,也不陪姑姑去相亲了,跟着何四万再次来到月亮湾。两人开了间包厢,又是唱又是骂,针锋相对了半个多小时。也不知道是谁先开始推搡,由口角升级为动手。沈蕾虽然瘦,没想到却很灵活,将何四万的脸挠得没一块好地方。

方渐飞愣了好一会儿,才开口:"那你希望我做什么?报警吗?"

何四万顿时急了:"别,别,我只是想让你帮我出个主意,我要怎么才能打赢这一仗?"

"你去东海论坛发帖吧,说你在线等,挺急的。"方渐飞说完直接挂了电话。

很快,手机铃声再次响起,方渐飞还以为又是何四万打过来的,随手按下拒接。但在拒接的瞬间,发现是蒋学文的号码,他来不及松手,电话已被挂掉。

方渐飞连忙回拨过去,那边显示占线,拨了好几遍都是如此。方渐飞知道对方肯定也在拨自己的号码,索性停了下来。

果然,片刻后铃声响起。

"蒋老师,不好意思,刚按错了,然后一直打都打不进去。"方渐飞接通电话后,第一时间解释。细节决定成败,欣赏一个人跟讨厌一个人,往往就是一句话的事情,他不想在这关键的时候掉链子。

蒋学文心思不在这上面,他先是跟方渐飞闲聊两句,然后话锋一转:"那个啥,沈映霞是不是跟很多会员相过亲?我看她这么漂亮,会不会有很多人竞争?你也知道的,咱们为人师表,做那些争风吃醋的事情可不好。"

方渐飞顿时从这话里领悟到了潜在的意思,蒋学文这是对沈映霞有了好感。他当即打了个哈哈,说:"沈姐注册会员以后,你还是第一个跟她相亲的呢。"

蒋学文顿时大喜:"原来是刚注册的新会员啊。"

方渐飞肯定不会说沈映霞之前是要找千万富豪,所以才没人跟她相亲:"主要还是蒋老师跟她有缘。"

"小方,能不能帮个忙,先不要安排别人跟沈映霞相亲。"蒋学文吞吞吐吐地说。

方渐飞故作迟疑:"蒋老师,你这个要求让我很为难啊。"

蒋学文急忙说:"给我一个星期,如果不能跟她确定关系,到时候你再安排其他人,可以不?"

方渐飞反而好奇了:"蒋老师,你这么有信心?只要一个星期?"

蒋老师哈哈一笑:"咱们又不是年轻人,哪有时间跟精力去彼此试探。遇到合适的,当然要先下手为强啦。"

方渐飞笑着说:"那我先探探沈姐那边的口气。如果她对你也有好感的话,接下来就看你自己的发挥了。"

蒋学文心情大好,连声道谢。

方渐飞笑着挂了电话,转而给沈映霞拨了个电话。电话接通后,方渐飞问:"姐,你觉得蒋老师怎么样?"

沈映霞迟疑了片刻,说"还行",马上又跟方渐飞确认:"他真的能解决孩子的学位问题?"

方渐飞肯定地说:"就算你跟他再生一个,都没问题。"

"你就嘴贫吧!"沈映霞笑道。

二人聊了两句，正要挂电话。沈映霞突然问："小方，我听说有些富二代喜欢欺骗女生，那个何四万不是这种人吧？"

换作别人，方渐飞或许会开上两句玩笑，但沈映霞本身就缺乏安全感，万一把玩笑当真了也是个麻烦事。他当即一本正经地说："姐，我能肯定，何四万不是那种人。"

何四万要是那种人，还用得着进婚介公司找女朋友？

给蒋学文发了条信息后，方渐飞换了个舒服的姿势躺在沙发上盘算。自己现在已经成功解决了沈映霞这个钉子户，根据之前自己和何晴的约定，他很快就可以兼任公司的心理辅导师，获得查看钻石会员的资格。他来良缘婚介公司快两个月了，再不完成任务，王翠兰怕是要跳脚了。

下一刻，方渐飞的手机响起，拿起一看，真是怕什么来什么，王翠兰给他打电话了。

王翠兰倒是没催方渐飞，只是抱怨曾皓这段时间越发变本加厉，白天上班不见人，下班后说要应酬客户也不见人，半夜十二点后才醉醺醺地回来，回到家洗完澡倒头就睡，第二天一大早又不见人……甚至，夫妻之间一个星期都说不上十句话。

"王姐，我这边已经有眉目了，下个星期应该能拿到相关证据。"方渐飞寻思，如果真的跟蒋学文说的那样，三五天之内就会有结果，到时候跟何晴一说，成为心理辅导师也就是一句话的事情。只要查到了曾皓的资料，然后在他相亲的时候乘机取证，这事不就搞定了吗？

王翠兰反倒是有些犹豫了："下个星期就能知道吗？会不会……有些草率？我的意思是说，我要那种铁证如山的证据！"

方渐飞瞬间明白了王翠兰的心理，她既希望拿到丈夫跟人相亲的证据,又希望这不是真的,内心十分矛盾,所以才害怕知道结果。他迟疑了一下,说:"王姐,你拿到证据以后,不一定要马上摊牌的。悬在头上的剑才是最有威胁的,是不是?"

"什么意思?"王姐一头雾水。

"我的意思是,武器在不使用的时候才最有震慑力。真要使用了,大家都破罐子破摔,反倒把事情弄得无法收拾。你拿到证据以后,不摊牌,只是告诉你丈夫,你手上有这么一份证据,这不是更有话语权吗?"

王姐"哦"了一声:"好像也是这个理。"说完,她又抱怨起了丈夫。

挂上电话后,方渐飞摇头苦笑,他感觉王翠兰只是想找人吐槽诉苦,根本不关心丈夫是否真的在相亲。但不管王翠兰这边什么情况,他都必须赶紧找到曾皓的资料。

周日晚上,蒋学文给方渐飞打电话,说他现在已经在跟沈映霞交往了,然后讪讪地提出要求,希望自己和沈映霞在婚介公司的资料暂时屏蔽。如果在交往期间,彼此再去跟人相亲,似乎说不过去。

方渐飞自然满口答应,然后给何晴发了消息,说沈映霞已经解决了。

何晴很快就发过来一段语音,背景很吵,似乎一大家人在聚餐,甚至能听小孩子喊爷爷奶奶的声音。得知方渐飞搞定了沈映霞,她很是高兴:"不错,明天开例会时,我跟老大说一下,应该是没问题的。你就准备搬去新办公室吧。"

放下电话,何晴转头跟旁边的潘志军笑着说:"哥,这个方渐飞可是厉害得很啊,沈映霞都被他搞定了,就是那个要千万元存款

第十四章 真爱来访 | 215

的女会员。"

潘志军站起来给父亲倒了点儿红酒,笑着说:"那就听你的,让他做心理辅导师好了。"

赵颖正在给女儿剥虾,听丈夫这么一说,她手中一颤,剥好的虾肉掉了下来。旋即,她恢复镇定,跟女儿说:"乖,这个脏了,妈妈再给你剥一个。"

赵颖一边剥虾,一边和何晴说:"小晴,你要提拔方渐飞做心理辅导师,怎么也不跟我打个招呼?"

何晴讶然地说:"嫂子,你这话什么意思?这个职位不是一直都悬着吗。再说了,嫂子你主管财务,这事也不用跟你说啊。"

赵颖白了何晴一眼,漫不经心地说:"问题就是这个职位一直都悬着啊。今天中午,我遇到大学同学阿娟,聊天时说起,她有个弟弟是心理咨询师,有从业资格证,我都答应了,要他来试试。"

何晴一愣,她知道赵颖这么做没有错,也是为公司着想,唯一的问题出在两人没有沟通。可她也答应方渐飞了啊。而且,她已经放了次鸽子了,再放一次可说不过去了。于是,她只能可怜巴巴地望向潘志军:"哥,我为了公司,潘志晴都改名成何晴了,你要是不帮我的话,我就……我就不给玥玥压岁钱了。"

正在吃虾的玥玥顿时不乐意了,嘟着嘴:"爸爸,你得帮小姑。"

赵颖假装生气地说:"你还想不想吃虾了?"

玥玥眼珠一转,跟潘志军说:"你也不能让妈妈生气!"

潘志军哈哈一笑,摸了摸女儿的头:"咱们先吃饭,不说公事。明天爸爸再想办法,既不让妈妈生气,也要让小姑满意。"

吃到差不多的时候,赵颖起身去买单。她回头看了一眼包厢方向,不见有人出来,她点开微信页面,给"风一样的男子"发了条信息:心理辅导师这个位置可能有些麻烦,换其他职位行不行?

对方很快就回了一条信息:不行,就心理辅导师。这个职位忽悠一下还有人信,其他的我也真不懂。你可别玩花样,否则别怪我翻脸。

赵颖脸上又是愤怒又是无奈,回复道:那我再想想办法。

方渐飞这边得到了何晴的承诺,心中欢喜,哼着歌正要洗澡休息,小雨打来了电话。

刚一接通,小雨就慌慌张张地喊:"你快来中心公园,我在大门口等你。"

方渐飞一边起身穿鞋,一边问:"出什么事了?"

话筒那边传来男子"嘿嘿"的笑声:"哟嚯,美女身材不错啊。"

小雨急忙说:"你来就知道了。"然后她就挂了电话。

方渐飞心里着急,冲下楼叫了辆出租车赶到中心公园,丢了五十块钱给司机,说不用找了。

眼下虽然已是晚上九点,但在公园门口跳广场舞的叔叔阿姨们还没有完全散去,三五成群的,或交流舞蹈技巧或相约去吃夜宵。路灯照在她们的脸上,一个个红光满面,精神得很。

方渐飞举目四望,找不到小雨在哪儿?焦急之下,他双手凑到嘴前做成喇叭状,大喊小雨的名字。

没过一会儿,方渐飞看到远处的一群人里有一个女子挥舞着手臂。灯光下看不清她的长相,但其身材极好,应该是小雨无疑。

方渐飞心中稍微松了一口气,最起码人没事。而且,现在公园门口还有很多人,也不怕对方乱来。

方渐飞疾步走了过去,距离人群还有四五米的时候,小雨冲了过来,拉住方渐飞的手,笑靥如花地说:"我就知道你会来。"

转过身,小雨得意地说:"介绍一下,这是我男朋友。"

那群人顿时笑着起哄。

"小雨,你这男朋友是从哪儿骗来的,看起来挺成熟啊!"一个看起来很是青春活力的女孩打量了一下方渐飞,然后说:"大叔,今年高寿啊?"

"从你打电话到现在,也就过去十五分钟,你男朋友挺在乎你啊。"另一个染着金色头发、身穿破洞牛仔服的青年满脸笑容地说。

"虽然你的男朋友比较帅,但跟我还是有很大差距的。小雨,你为什么要选择他而不选择我?你伤害了我,还一笑而过。"另一个身穿西装的男子按住额头,夸张地唏嘘。

方渐飞顿时糊涂了,听他们的对话,分明是小雨的朋友,但电话里面火急火燎地又是怎么回事?

小雨笑着解释道:"我要拍一个短视频,有一个亲热镜头,需要临时客串演员,所以就找你来救场咯。"

方渐飞哭笑不得地说:"你在电话里头说清楚,不行吗?"

小雨白了方渐飞一眼:"我要是说了,你会来吗?"

方渐飞一愣,这倒也是。如果小雨喊他来做临时演员,他肯定不会来。但现在来都来了,总不可能掉头就走。他当即笑道:"事先声明啊,不能露点。"

"美得你!"小雨娇笑着打了方渐飞一下。

大家聊了一会儿,方渐飞得知这些人是一个拍摄团队,小雨在这次拍摄的视频中担任女二号。

方渐飞突然想起了张琳琳的老公,他不也是搞短视频的吗?

小雨他们的剧本是这样的:小雨晚上回家,遇到两个小青年抢劫,小雨害怕地说,劫财可以劫色不行,却被两小青年嘲讽。小雨顿时大怒,正好有陌生人路过,小雨上前威胁其做她男朋友……方渐飞饰演的就是路过的陌生人。

其实,有一个镜头是小雨把方渐飞推到墙壁上。

"真推?"方渐飞低声问。

"废话,不真推的话,我叫你来做什么?"小雨拿出小镜子开始化妆。因为是晚上外景,她的妆化得很浓,"待会儿你也不用紧张,反正你又没有台词,'啊啊啊'地叫几句就行。"

方渐飞看着小雨脸上的浓妆,跟《唐伯虎点秋香》里石榴姐有得一拼,尤其是那张被涂得血红的嘴唇。他迟疑了一下,问道:"这玩意会不会很难洗?"

小雨没好气地翻了个白眼:"怎么,你还嫌弃啊?"旋即,她眼中闪过一丝狡黠,"放心好了,又不会亲你。"

随着导演一声"开始",演员各就各位。

路灯下,小雨戴着耳机哼着歌走近。

两名用丝袜蒙着脸的小青年从垃圾桶后面蹦了出来。

青年甲摸出一把吃饭用的叉子对着小雨大喊:"别动,抢劫。"

然后小雨开始夸张地尖叫。尖叫了好一会儿,小雨怒道:"喂,你们倒是说句话啊,我一直尖叫很辛苦的。"

方渐飞差点儿笑出声,敢情这两位是忘词了吗?但导演又没喊停,难道是故意安排的?

青年甲用胳膊肘撞了撞青年乙:"喂,轮到你说话了。"

青年乙"唔唔唔"地将丝袜扯开,气喘吁吁地说:"你这是在哪儿偷的袜子?不仅臭,还这么紧,差点儿没憋死我。"转而拿着一把吃饭的勺子,指着小雨:"把身上的钱交出来,不然我们就……嘿嘿嘿……"

小雨捂着自己的胸前："你们还要劫色吗？"

青年甲"呸"了一声："就你这模样，还想要我们劫色？送你四个字，白日做梦！"

青年乙也是哈哈大笑："小妹妹估计连男朋友都没有吧。慢着，你该不会是故意这么晚出来，然后想趁着天黑我们看不清你的脸，引诱我们吧？天啊，做人怎么可以无耻到这种地步？"

小雨大怒道："谁说我没有男朋友？"

青年甲叹息一声："算了，算了，我们就不抢你了。唉，怪可怜的。"

这个时候，方渐飞上场了，假装路人经过。

气极的小雨一眼看到了方渐飞，冲过来抓住他的衣领，推到墙上，恶狠狠地威胁道："大哥，帮个忙，做我男朋友。"

方渐飞看了小雨一眼："不帮！"

小雨举起拳头，对着方渐飞的脑袋就是一拳："现在帮不帮？"

"帮！"

小雨抓着方渐飞的衣领，拖到那两个小青年面前："看见没！我男朋友！"

青年甲显然不相信小雨的话："呵呵，你说是就是，当我们俩傻啊。"

小雨将方渐飞往身前一拽，然后张开嘴，假装在方渐飞的脸上和脖子上亲了一下。

方渐飞看着衣服上沾到的口红，心里极为郁闷。

就在方渐飞郁闷之际，小雨钩住了他的脖子。瞬间，两人的嘴唇只隔了一厘米。

方渐飞此刻还算清醒，不就是近了点儿嘛，又没有挨到一起。

小雨眼中闪过一丝狡黠，突然再往前，在方渐飞愕然间，两人的嘴唇碰到了一起。

小雨眼中充满得意，将方渐飞推开，冲两个小青年吼道："现在你们信了吧？"

两个青年均露出目瞪口呆的模样。

小雨摸出钱包，拿出一百块塞到青年甲的手中："拿着！"

在两个青年崇拜的眼神中，小雨拉着方渐飞扬长而去。

方渐飞和小雨拍完了短视频后，又来沿江路吃了点夜宵。末了，小雨说到河边走走，方渐飞也不好拒绝。

此时，江边大道几乎没人，两人的影子在经过一盏盏路灯时不断变幻，时而拉长，时而缩短，当上一个影子逐渐模糊时，一个新的影子会缓慢浮现逐渐清晰。

这就跟人生一样，每走过一段路，相伴的人就会逐渐离你远去，跨入新的一段路以后，也会有其他人伴你前行，直到你再次踏入新的旅途……

方渐飞正感慨，默默走路的小雨突然幽幽地说："上次的事情谢谢你了。"

"换作是我，你也会那么做的。"方渐飞轻描淡写地说。

"不，我肯定做不到。"小雨摇摇头，"尤其是你奋不顾身地冲过来抱住我，我要力气再大点儿的话，肯定把你也带下去了。现在我想起来都后怕。"

"你这是在炫耀你身材好，不到一百斤吗？"方渐飞不想再让小雨沉浸在过去，开始转移话题。

第十四章 真爱来访

小雨"扑哧"一笑，然后掩嘴白了方渐飞一眼："跟你说正事呢。"

"你说。"

"你到底有没有女朋友？"

"呃，问这个做什么？"方渐飞呵呵一笑，试图再次转移话题，"对了，你们拍摄视频是为了好玩还是为了赚钱啊？"

小雨不理睬方渐飞的问题，凶巴巴地问："说，有没有？"

"如果没有又如何？"

小雨抢先一步，拦在方渐飞面前，脸上似笑非笑地说："如果没有，我就做你的女朋友。"

方渐飞眼前突然闪过了林依的脸，笑着问："如果有呢？"

小雨歪着头想了想："有的话，我就先把你们拆散，然后再做你女朋友。"

方渐飞哭笑不得地说："要不这样吧，我先去找个女朋友，你再试试能不能把我们拆散，如何？"

小雨顿时笑靥如花："就是说你还没女朋友咯！那行，从现在开始我就是你女朋友了。上次是开玩笑的，这次可是认真的。"

方渐飞并没有比小雨大多少，但他毕竟是心理咨询师，对于小雨的心思还算了解，无非就是报恩的心理再加上酒意上头，才会做出这个决定。睡上一觉，明天早上醒来估计她就会忘记这回事了。

想到这里，方渐飞笑着答应了下来。

把小雨送上出租车，方渐飞回到家中，也不去洗澡，坐在沙发上抽烟，眼前浮现出小雨似笑似嗔的容颜。

很快，林依那张秀美明艳的脸也浮现在方渐飞的脑海里，时而风情万种，时而清纯娇憨，时而狡黠，时而撒娇……

两张如花容颜,都是那么明艳不可方物。

不知不觉中,方渐飞拿起手机给林依发了一条信息:睡了吗?

好一会儿,都不见回复。方渐飞正要再发一条消息,目光瞥过屏幕上方的时间,不禁苦笑,都子夜一点了,林依肯定已经睡着了。

方渐飞正要退出微信界面,却看到对话框上方多出了一句话:对方正在输入……

方渐飞不由得心跳加快,抱着手机等着。

而此时,在某栋别墅的卧室内,林依躺在床上拿着手机打字。写了几个字又删除,又写了几个字,又删除。最后,她将手机扔到一边,扁着嘴看着浅蓝色的天花板。

"哼,不理你!"

十来秒后,她又抓起手机,也懒得打字了,直接就发送了视频通话请求。

方渐飞这边微微一愣,接通,看到林依慵懒地躺在床上,连忙笑着打招呼:"还没睡啊。"

林依正要说话,却一眼看到了方渐飞T恤领口的口红印,不由得大怒:"方渐飞,你这个浑蛋!"

切断了视频通话,林依气呼呼地坐在床上,咬牙切齿地说:"好你个方渐飞,还真没看出来啊。"

手机铃声响起,是方渐飞发来的视频通话请求。

林依将手机随手一丢,手机在床上弹了两下,落在了纯羊毛地毯上,仍然在响。

林依将被子往头上一蒙,铃声顿时微不可闻。

二十来秒后,外面的铃声似乎不再响。林依将被子掀开一角,竖起耳朵听,铃声的确没有再响,顿时怒道:"这才不到一分钟,就

第十四章 真爱来访

没耐性了吗?"

很快,"嘀嘀"的信息提示音响起。林依迟疑了一下,掀开被子下床捡起手机一看:"我衣服上的口红印,是帮人拍短视频时留下来的。下次请你吃饭的时候,我再跟你说是怎么回事。"

"哼"了一声,林依回了一条信息:"你身上有口红印关我什么事,不说了,我要睡觉了。"

关了手机,林依脸上挂着笑容,很快入睡。

第十五章　山穷水复，柳暗花明

▼

方渐飞以为小雨只是一时兴起，没想到她居然还当真了。

第二天早上，方渐飞在前台打卡时，居然看到了小雨。

小雨拎着一个保温食盒，说是给方渐飞做的爱心便当，中午的时候只需在微波炉里加热一下就可以了。

说完，小雨笑嘻嘻地转身走了，只留下目瞪口呆的方渐飞以及苏玲。

苏玲迟疑了一会儿，问："方老师，你不是跟林老师……吗？"

之前为了让谭晟死心，方渐飞跟林依有意无意地有些亲密的举动，虽然没有公开，但公司有很多员工已经默认了他们俩的事情，这里头就包括苏玲。

方渐飞知道解释不清，索性不解释，笑了笑，拎着饭盒回到座位上。

何四万坐在谭晟之前的桌子上，看到方渐飞，搂着方渐飞的肩膀往阳台走:"咱们去阳台抽烟。"

"你总得让我把饭盒放下吧。"方渐飞没好气地挣脱何四万的魔爪,将饭盒随手放在了谭晟的桌上,跟着何四万去了阳台。

下一刻,保洁阿姨走了过来,看着谭晟桌上的饭盒,"咦"了一声:"谭晟不是被开除了吗?他桌上怎么还有饭盒?肯定是别人放错了。"保洁阿姨左右张望了一下,想着方渐飞跟何四万看起来不像是带饭的人,所以猜想是林依的,随手将饭盒放在了林依的桌上,继续打扫卫生。

方渐飞并不知道身后还有这么一出,跟何四万来到阳台。

何四万伸出手:"哥们,来根烟。"

"你堂堂一个富二代,居然还问我要烟?"方渐飞鄙夷地递了一根烟过去。

"被逼戒烟,装备都被没收了。"何四万口中唉声叹气,眼睛却盯着方渐飞,显然是期待方渐飞问他什么。

方渐飞偏不如他意,"哦"了一声,转过身,看着对面的大厦,若有所思:"今天天气有点儿阴啊。"

何四万急得抓耳挠腮:"喂喂,我跟你说戒烟,你跟我扯什么天气?"

方渐飞讶然地说:"你居然连天气都不关心?那我们不说天气好了。嗯,公司的中央空调,是不是有点儿冷?"

何四万几乎抓狂:"你倒是问我为什么戒烟啊。"

"不问。"

"我求你了,你快问我吧。"

"我求你了,你别让我问。"

"只要你问,我就答应你一个条件。"

"当真？"

"当真！"

"那行，我的条件就是你别让我问了。"

何四万顿时目瞪口呆，狠狠地抽了两口烟以后，突然说："你要是问我，我就告诉你一个关于林侬的秘密。"

"切，林侬的秘密跟我有什么关系？"方渐飞看起来一点儿都不在意。

何四万只是冷笑。

十来秒后，方渐飞问："对了，你为什么要戒烟？"

何四万装模作样地叹息道："是沈蕾不准我抽烟。"

方渐飞极为配合地瞪大了双眼，问："沈蕾？她凭什么管你？"

"她现在是我女朋友了啊。"

"什么！"方渐飞的嘴巴张得大大的，足足可以塞进去一个鸭蛋，"她怎么就是你女朋友了？你们不是见面就吵架吗？"

何四万皱眉道："老方，你这表情有点儿过了啊。少看点儿偶像剧，他们的演技太浮夸，不利于你成长……"

"赶紧说正事。"方渐飞有些不耐烦了。

"或许，我跟沈蕾就是冤家吧，我也没想到吵个架都能吵出感情来。"何四万唏嘘着，狠狠地抽了两口烟。

"好了，好了，你们有情人终成眷属！现在可以说林侬的事情了。"方渐飞笑着说。

何四万弹了弹烟灰，颇为同情地看了方渐飞一眼："我知道你喜欢林侬。不过呢，感情这种事情真的不能勉强。"

方渐飞"哼"了一声："何四万，你以为你是网络写手吗？净扯这些乱七八糟的来凑字数骗稿费，有意思吗？快说！"

第十五章　山穷水复，柳暗花明

尽管阳台没人，何四万还是左右张望了一番，压低声音说："我今天早上看到林依跟一个男人从酒店出来。"

方渐飞手一抖，烟灰落在了地上。

何四万干笑了两声，将烟头摁灭："咱们进去吧。"

两人走回办公室，林依正好奇地揭开放在自己桌上的饭盒，看到里面白花花的米饭上堆着煎好的牛肉、鸡蛋以及青菜，最中间还用切开的小番茄摆了个心形，不由得有些愕然。

"喂，这是我的！"方渐飞下意识地脱口而出。

林依抬头见到方渐飞，美丽的大眼睛中闪过一丝异色，似惊喜似惊讶。好一会儿后，她打了个呵欠，漫不经心地问："你这是给我准备的午餐？"

要是十分钟以前林依问方渐飞这个问题，他有可能会选择默认，或者找其他的理由搪塞过去。但此刻的他，在看到林依打呵欠时，精致的脸上难以掩饰的疲倦，突然就想起刚才何四万说的话。于是，他冷笑道："这是我女朋友给我准备的爱心午餐。"

此言一出，何四万跟林依都愣住了，就连方渐飞自己都愣住了。

片刻后，林依怒道："你把饭盒放我桌上是怎么回事？炫耀吗？"

方渐飞将饭盒盖好，拿起来走回自己座位，一声不吭。并不是他要装酷，而是脑中乱七八糟的，根本不知道要说啥。

坐下后，方渐飞冷静了下来，不禁自嘲道："自己这是怎么了？"

有关林依的身份，方渐飞觉得已经很清楚了，不仅自己亲眼看见她和别人暧昧不清，就连何四万都看见她与别人从酒店出来，自己还有什么好辩解的？

突然，方渐飞像是想到了什么，觉得有什么地方不对。自己昨晚一点多的时候跟林依视频，当时她可是一个人，而且房间的布置，也不像是酒店。难道半夜她又出去了？还有，上一次视频的时候，林依住的是那种一房一厅的出租屋，昨晚视频所看到的，却是非常宽敞的卧室，这又是怎么回事？

想了一会儿，方渐飞苦笑一下，想到自己马上就可以成为心理辅导师，从而获取查询钻石会员的权限，只要找到了曾皓跟人相亲的证据，说不定过两天他就会离开公司，何必再为这些事情去烦恼呢？

想到这里，方渐飞顿时轻松了一些，打开电脑胡乱地浏览着网页。

九点半的时候，良缘婚介公司高层例会在会议室召开。

所谓高层，是指总监级别及以上的员工。张琳琳这种经理级别的员工是没有资格参与的，更别说林依这种级别。但实际上，张琳琳确实没有去，林依却有资格参加。

潘志军听完各部门的工作计划后，望向何晴："市场部这边有没有办法把业绩再提升几个点？"

何晴想了想："目前新员工大多刚熟悉流程，还没有完全地融入工作。要提升业绩的话，估计得刺激他们一下。"

潘志军微微一笑："你有什么想法？需要多少经费？"

"就现金奖励好了。月度业绩第一名的，奖励三千元，第二名两千元，第三名一千元；然后年度再来一个总成绩评比，第一名的奖励一万元。前前后后算起来，费用能控制在十万元左右。"何晴坦然说，"这笔钱对于公司来说，并不算很大的开支，但提升士气却是非常有用。"

潘志军笑着望向林依："这不是在给林依送零花钱吗？"

在场众人一阵轻笑。谁都知道林依是公司的业绩女王，将近三分之一的钻石客户都是林侬拉进来的，光是凭这些分成，就足以让林侬赚得盆满钵满。现在又要推出业绩奖励，什么月度冠军、年度冠军，还不都是她的下饭菜？

换作平常，林侬早就笑嘻嘻地说着客套话。但今天，她只是嘴巴撇了撇，呵呵笑了两声，就算是瞎子都能看出她此刻心不在焉。

见状，潘志军连忙将话题引开："我们不妨玩大一点。"

众人的注意力果然被吸引，纷纷询问怎么玩才算大。

潘志军的手指在桌上轻叩着："公司呢，打算明年上市，到时候肯定会有原始股份给大家。"

众人听到这话，顿时喜形于色。原始股根本就是送钱的，一旦解售，就能在股市中卖出几倍甚至十几倍的价格。

潘志军很喜欢这种一句话就能主宰别人喜怒的感觉，手指停止敲击，笑着说："原始股将按员工的工龄以及对公司的贡献来给予奖励。"

那些工龄较长的高管听到这话越发兴奋，眼睛发光地看着潘志军。

潘志军接着说："另外，奖励再跟业绩挂上钩。比如何晴这个月能拿到十万元的业绩，那我另外再给你一百股原始股。同样，林侬这月能拿到一百万的业绩，我就给你一千股。"

环顾四周，潘志军意气风发地说："就算是新来的员工，只要他业绩好，也能拿到大量的原始股票。不知道这种刺激够不够？"

何晴喜笑颜开地说："够了，够了。我这就拟一个详细的方案出来。"

潘志军手指又开始在桌上敲击："还有其他事情吗？"

何晴举起手："老大，我这还有一件事。"

潘志军眼中闪过一丝笑意:"什么事?"

"方渐飞最近撮合了好几个比较难缠的会员,我觉得他做婚恋师有点儿浪费,那个心理辅导师的职位不是还空缺吗,他应该能胜任。"

何晴的话让其他高层都有些惊讶,这不对劲儿啊,前几天何晴还喊打喊杀的,非要开除方渐飞不可,怎么今天就变了个人似的,反而要提拔他了?

莫非,何晴是不想让方渐飞待在自己的部门,来一招调虎离山?甚至这个心理辅导师就是个坑,她是在请君入瓮?

一直心不在焉的林依望了何晴一眼,身体下意识地稍微前倾。

潘志军皱眉道:"我知道他以前有过从事心理咨询相关工作的经历,但他只是助理,都没有从业资格证,恐怕不太合适这个职位吧?"

何晴笑道:"方渐飞进公司半个月,成功解决了三个钉子户,分别是黄亚琴、孟炜和沈映霞,这都是用他的心理学知识解决的。至于他有没有从业资格证,又有什么关系呢?我们又不对外营业。"

林依突然开口道:"我不赞成他去做心理辅导师。"

这话换作任何一个人来说,都不会让人惊讶,但林依说出来却是让在座的众人都大吃一惊。

上次公司会员资料泄露,林依坚定地站在方渐飞身边,甚至不惜以辞职来威胁老板;谭晟设局陷害方渐飞,林依也是毫无保留地选择相信方渐飞。甚至,公司有传言,林依跟方渐飞是男女朋友。现在何晴要提拔方渐飞,林依居然反对?

这世界是颠倒了吗?对方渐飞有意见的要提拔他,对方渐飞好的却跳出来反对。众多高层都是低着头,但看着桌面的目光却是透着少许兴奋。

潘志军颇感兴趣地看向林侬:"你为什么不赞成?"

"既然咱们公司是奔着上市去的,就得注重细节,不能落人口实。"林侬笑了笑,"据我所知,公司上市是很严的,财务报表、公司业绩等都容不得半点虚假。所以,方渐飞没有从业资格证就去做心理辅导,我觉得不妥。"

何晴摊开双手,解释道:"咱们只是针对某些有心理障碍的客户,要方渐飞去进行开导。在外人眼中,他还是婚恋师。"

林侬莞尔一笑:"既然这样,何必要调动部门呢,继续做婚恋师不好吗?有需要的时候,再要他出马就是嘛。"

何晴脸色有些不太好看,若不是林侬不能得罪,恐怕她早就拍桌子大骂了。她瞟了潘志军一眼,勉强笑道:"这不也是怕人才流失嘛,方渐飞换到那边去,起码工资要高很多。"

林侬笑着说:"做婚恋师也可以加工资嘛。"

何晴还要说什么,潘志军却竖起手掌制止了她。

"你俩不用争了,我老婆之前跟同学吃饭的时候说起过这件事,她同学的弟弟正好就是心理咨询师,有从业资格证。不出意外的话,明天就会入职。所以,方渐飞还是留在市场部。至于工资,我会考虑给他加。好了,散会。"

出了会议室,何晴把方渐飞叫进办公室,将会上的事情一说,方渐飞顿时就抓狂了。

何晴见方渐飞脸色不好看,忍不住劝道:"你也先别急,老板说的那个心理辅导师来不来还不一定;就算来了,也不知道能待多久。你还是继续做好你自己……嗯,要不,咱们再解决一个钉子户?向老板证明你的能力。"

除了接受这个结果，方渐飞还能怎么办？总不能冲进老板办公室撒泼打滚吧？而且听何晴的语气，她也希望方渐飞拿下心理辅导师这个职位。当即，他郁闷地跟何晴表示，那就再来一个钉子户好了。

回到座位，方渐飞一时之间竟然不知道自己该做什么了。

昨天还跟王翠兰夸下海口，说这几天就有消息，可现在呢，成不了心理辅导师，就没有权限查询钻石会员资料，也无法知道曾皓的相关信息。怎么跟王翠兰解释且不说，问题是，自己究竟要在这家婚介公司待到什么时候？

隔壁传来何四万的声音，也不知道是在忽悠哪个会员："胡老板，你说是不是这个理？咱们的目标是让你喜欢的人对你有好感，对不对？只要能实现这个目标，何必在乎是怎么实现的呢？条条大道通罗马啊！这个美女救英雄的情节虽然很老套，但绝对管用，你晚上的时候……"

方渐飞心中一动，对啊，条条大道通罗马，只要能达到目标，又何必在意是怎么到达的呢？骑马可以，坐船可以，高铁飞机都可以啊！

王翠兰的要求是什么？是找到她丈夫在外面跟人相亲的证据，或拍照或录音，只要能证明他对婚姻不忠就行。

既然这样，那我何必在婚介公司死守，暗中跟在曾皓身后，找机会录音拍照不就行了？

一想到这个，方渐飞顿时觉得心情好了许多，抓起手机跑到楼梯间给王翠兰打电话。

上次谭晟打电话是被张琳琳在楼梯间听到，有了前车之鉴，方渐飞索性往上走了几层，直到走到二十一层，这才拨通了王翠兰

第十五章　山穷水复，柳暗花明

的电话。"

得知方渐飞的想法,王翠兰叹息了一声:"方老师,我上次不是跟你说过吗?我要是知道他的行踪,还用得着你来帮我?直接跟在后面拍照录音就行了。可问题在于,他的应酬实在是太多,就连他自己,恐怕都不知道下一刻要去哪儿。"

方渐飞有些不解,再仔细一问,才得知曾皓名下有广告公司、服装公司,有工厂,大大小小的公司十多家,虽然都有职业经理人帮忙打理,但有的事情还得他出面。有可能上午还在工厂看服装面料,下午就得去模特公司陪客户挑广告演员,晚上六点再陪一些朋友喝酒,九点的时候就已经到了会所跟哥们儿洗澡桑拿……

正因为曾皓的业务太多,几乎每天都有饭局,甚至还有早茶……根本分不清他到底是相亲还是在跟客户吃饭。这么说来,在婚介公司找到曾皓的信息,再根据其约定的时间去找证据,是最为稳妥的办法。

方渐飞郁闷地挂了电话,往楼下走去。走到十九层的时候,听到下方传来林依的声音。

"爸,你能不能别管我那么多?现在是我们九〇后的世界,你们六〇后那一套已经落伍啦。"

"我喜欢谁,想跟谁在一起,那是我的自由。"

"行行行,我晚上回家吃饭。"

"带他来?不带,不带。这家伙差点儿气死我了,就这样啊。"

听完电话内容,方渐飞得知林依正在交往一个男朋友,但他家里似乎不怎么同意。

该不会是那个在肯德基看到的男人吧?

方渐飞正寻思着,手机突然传来微信的提示音,虽然短促,但在这寂静的安全通道中显得格外刺耳。

"谁?"林依喊了一句。

方渐飞没有回答,心中想着,只要不出声,林依有百分之五十的可能认为是她的错觉。

过了一会儿,手机又传来"嘀嘀"的声音。

方渐飞不禁暗骂,这到底是谁啊!接二连三地发信息。

下方高跟鞋的声音响起,似乎林依正在往上走。

方渐飞看了一眼身边的安全门,心中一动,大力拉开安全门,然后又合上,发出"咣当"一声,装作有人从十九楼离开安全通道的样子。

下方的林依迟疑了一会儿,高跟鞋的声音转而往下,然后是关安全门的声音,听起来她已经回办公室去了。

方渐飞这才拿出手机,第一个消息是初中同学问他参不参加同学聚会,第二个消息是林依发过来的,问他在哪儿。

看到林依的消息,方渐飞不由得一阵尴尬,林依该不会知道自己在上面吧?

方渐飞轻手轻脚地下到十八楼,小心翼翼地往下窥探,并没有看到林依,这才松了一口气。走到十七楼,他刚拉开安全门,就看到林依双手环抱胸前站在门口,冷笑着说:"方渐飞,你这个小人,还假装从楼上离开。哼,我才不会上你的当。"

"呵呵,我在楼上抽烟,听到你打电话,怕尴尬才这么做。"方渐飞知道狡辩毫无意义,坦然承认道。

林依"哼"了一声,旋即凶巴巴地问:"你听见什么了?"

方渐飞想也不想:"没怎么听清,就听到说吃饭。"

林依迟疑了一会儿,突然说:"我没记错的话,你好像还欠我

第十五章 山穷水复,柳暗花明

两顿饭？"

方渐飞一愣："不是一顿饭吗？怎么变成两顿饭了？"

林依冷笑道："你那张欠条是怎么说的，如果三天之内没有请吃饭，就多加一餐作为利息。现在已经过去五天了，难道不是两顿饭？"

方渐飞哑然失笑："行，你说时间地点。"

"那就今天晚上吧，去吃小龙虾。"

"你今晚不是要回家陪爸爸吃饭吗？"

"方渐飞，你还说没听清？"林依大怒道。

方渐飞郁闷不已，索性不解释。

"下班后我打电话给你。"林依瞪了方渐飞一眼，气呼呼地转身走了。

方渐飞回到办公室，看到林依正在关电脑收拾包，下意识地看了看时间，这才上午十一点，不由得感叹金牌红娘就是任性。

待林依走后，方渐飞晃动鼠标唤醒了休眠的电脑，打开邮箱收取何晴发过来的邮件。既然跟踪这条路行不通，那就还是老老实实地在良缘婚介公司等机会吧。

方渐飞打开邮件，看到钉子户姓名的瞬间，方渐飞差点儿喊出来——曾皓！

这个钉子户居然是曾皓！真是踏破铁鞋无觅处，得来全不费工夫！

当即，方渐飞将曾皓的资料复制了一份发送到自己的微信上。正要跟王翠兰报喜，但他转念一想，刚才说没找到，不到半个小时又说找到了，好像有点儿不稳重，干脆等抓到了曾皓相亲的证据，再给王翠兰一个惊喜好了。

收拾起激动的心情，方渐飞开始阅读资料。

曾皓，四十一岁……

咦，怎么才四十一岁？王翠兰都四十五岁了！姐弟恋？嗯，倒是有可能。说不定曾皓就是嫌弃王翠兰人老珠黄，这才想再找一个年轻貌美的。

方渐飞脑中飞转，继续往下看。

皓宇广告公司老板，未婚，身高一米七五，体重六十五公斤，有房有车……

不对啊，曾皓不是名下有好几家公司吗？为什么只说自己是广告公司老板。难道，他是怕暴露身家而被人觊觎吗？

呃，会不会是同名同姓？谨慎起见，方渐飞给刘振宇发了条微信，问他认不认识皓宇广告的老板。

一分多钟后，刘振宇回了消息，说认识曾皓，但不熟悉，知道他除了广告公司另外还有几家公司，有个老婆很厉害，年前听说在闹离婚，但离没离就不知道了。

这不就是曾皓跟王翠兰吗？看来是自己多疑了。

方渐飞放下心，开始接着往下看。曾皓对女方的要求是漂亮、身材好、性格温柔、有正当职业。

这要求说高不高，说低也不低，因为漂亮并没有固定的衡量标准，有人喜欢高圆圆，有人喜欢范冰冰，有人喜欢林志玲，萝卜青菜各有所爱。

这样的要求绝对够不上钉子户的标准，应该是有其他的原因。

果然，下方标注有一段文字：此人极为花心。公司给他介绍了十多个女会员，他已经跟其中三四个相过亲，但仍然不满意，还要公司继续给他介绍，有可能属于那种借相亲名义不干正事的

第十五章　山穷水复，柳暗花明

"渣男"。

段末又补充了一句,说曾皓这个人虽然有嫌疑,但从不乱来。光从这一点来说,他又不是那种专门来骗相亲的人。不然,也不会只说有嫌疑,而是直接拉入公司会员黑名单了。

看到这儿,方渐飞心中一动,曾皓莫非有选择困难症?

所谓选择困难症,又叫选择恐惧症,其形成的原因主要有四个:完美主义者、心智不全、害怕承担责任以及可供选择的对象太多。面对选择,选择困难症患者瞻前顾后患得患失,迟迟不能做出决定,甚至会痛苦煎熬并产生极端的恐惧感。

曾皓的选择困难症形成的原因还不清楚,甚至,他是不是有选择困难症都还不确定,但方渐飞并不打算去证明这个东西。他现在要做的,就是把曾皓约出来跟女会员相亲,自己在旁边拍照录音,然后将这些东西交给王翠兰就行了。至于曾皓能不能相亲成功,这都跟他无关。

心情愉悦之下,方渐飞拨通了曾皓的电话,开门见山地自我介绍。

得知方渐飞是良缘婚介公司的婚恋师,曾皓热情无比,问什么时候可以安排新的会员相亲,并表示自己有时间,一天见一个也是可以的。

方渐飞顿时大喜,也懒得再去问何晴要其他女会员的资料了,直接给覃丽打了个电话,得知她今晚有时间就敲定了此事,晚上七点在八〇后咖啡厅见面。

覃丽是方渐飞进公司以后所接触的第一批客户,当时何晴给了他三个"扶弟魔"的钉子户,覃丽就是其中之一。后来谭晟栽赃嫁祸,将方渐飞手中的客户资料公布到论坛上,其中就有覃丽。

至于选择八〇后咖啡厅，那是因为八〇后咖啡厅都是火车座，且座位与座位之间用绿箩盆栽隔开，非常方便他在旁边拍照录音。

方渐飞正在为自己的想法得意时，眼睛却瞟过桌上的饭盒，突然想起一件事。

完蛋了，晚上不是约了林侬吃饭吗？

一想到这个，方渐飞顿时有些着急，连忙给林侬发了一条微信，问晚饭能不能改天？

好一会儿，林侬才回复：不能。

最终，方渐飞想到了一个办法，说服林侬把吃饭的地点改在了八〇后咖啡厅，并承诺这次不算在请吃饭的次数之内。林侬这才勉强同意。但她提出了一个要求，到时候她再带一个人来，要狠狠地宰方渐飞一刀。

咖啡厅还能怎么宰？喝杯咖啡吃个蛋糕果盘，这不就行了？难道还要来一桶咖啡泡澡吗？方渐飞一边想一边笑着答应。

一切安排妥当，方渐飞坐等下班。

这时，何四万坐着椅子滑了过来，椅子在滑行的过程中发出"吱吱呀呀"的声音："老方，有个事情你得帮我？"

方渐飞心情甚好，于是问道："什么事？只要不是杀人放火就行。"

何四万大喜，左右张望了一番，凑过头来低声说："我设计了一出美女救英雄，你负责做歹徒。"

方渐飞想起，刚才何四万在跟会员打电话的时候说起过这回事，笑着说："你是要我假装流氓去调戏美女，然后被你的客户暴打一顿吗？"

何四万摇头说："不是调戏美女，而是帅哥。"

"什么意思？"

"我的客户胡老板是女的啊,她觉得上一个相亲对象龙先生不错,但龙先生对她却没什么感觉。所以,我就给她策划了这出美女救英雄。你去欺负龙先生,然后胡小姐冲出来救人……"何四万说得兴起,口沫横飞。

"等一下!"方渐飞打断了何四万,"你是说,我去欺负一个男的,然后一个女的出来把我赶走?"

"对啊。"

方渐飞哭笑不得地说:"你不觉得女救男有些不合理吗?她真要这么能打,那个龙先生就不怕以后被家暴?"

何四万满脸得意地说:"就因为你觉得不合理,所以龙先生才不会怀疑这是事先设计好的嘛。至于胡小姐怎么救……呵呵,她不一定要打你啊,可以是大义凛然地骂你一顿,你被她的正气吓住了嘛。"

最终,方渐飞还是被何四万说服,答应他今晚去做歹徒,时间是晚上十点左右。因为那个龙先生是程序员,十点钟以前是不会下班的。

第十六章　螳螂捕蝉，黄雀在后

▽

八〇后咖啡厅位于老体育馆。在没有修新体育馆之前，东海市的大型活动几乎都在老体育馆举行，这里承载了众多市民的回忆。后来实在是这里设施老化，火灾隐患巨大，政府就修了新的体育馆。

新体育馆修好后，老体育馆就闲置了下来，卖又卖不掉，索性将其分隔成大大小小的门面进行出租，租金非常便宜。便宜的原因体现在合同里面，一旦体育馆卖出去，门面就要毫无条件地回收。正因如此，最开始的时候根本无人问津，谁也不傻，万一我刚租下来做完装修，你就要收回去，这钱不是打了水漂吗？

后来，八〇后咖啡馆入驻老体育馆，因地制宜，什么装修都不搞，就搬了几张椅子进来，然后用绿植隔断出一个个的小空间，直接就开张了。没想到这种简陋到令人发指的装修风格，反而吸引了别人的注意，不断有人上门，生意一天比一天好，越来越多的商家也以同样的装修风格入驻，最终形成了东海市有名的怀旧文化圈。

方渐飞此刻正站在八〇后咖啡厅的对面，他在等林依，也等曾皓跟覃丽。他订了两个相邻的桌位，到时候一边跟林依喝咖啡，一边给邻座录音拍照。他想想都觉得自己聪明。

方渐飞看了看时间，已经是六点四十五分了，曾皓没来，覃丽没来，林依也没来。

方渐飞正东张西望，一名白发老者拄着拐杖，颤颤巍巍地从旁边的字画店里走了出来，手中拿着一个装字画卷轴的盒子。

这么大年纪了，就不要出来买东西啦，万一被人撞到对谁都不好。方渐飞心中嘀咕道。

这时，一名年轻女子从另一家超市走了出来，一个没注意，就和白发老者撞在了一起。

"小心！"方渐飞刚喊出声，白发老者就已经躺在了地上。

年轻女子吓了一跳，缓过来后，不但没有去扶，反而勃然大怒，指着白发老者："老东西，你这是要碰瓷吗？"

白发老者很是吃力地坐了起来，伸出手："你先扶我起来！"

"想得美！你想等我扶你的时候，你再趁机倒下？"年轻女子冷笑道。

方渐飞忍不住了，上前去扶白发老者。

年轻女子大声说："喂，你就不怕他讹你啊？"

方渐飞将白发老者扶了起来，冲年轻女子笑了笑："我只怕，我老了以后没人扶。"

年轻女子冷笑道："都想到几十年以后去了，先顾好现在吧。"

方渐飞耸耸肩："我有什么好顾的，分明是你撞了他。我看得清清楚楚。"

年轻女子尖叫道："你少睁着眼睛说瞎话！有拍照没有，有视频没有，没有的话，我还说是你撞的呢。"

方渐飞哈哈一笑："我只是证人，还有个当事人呢！如果这位大爷说是你撞的，然后我再出庭做证，你猜法官会相信谁？"

白发老者愤怒地看着年轻女子，说："对，就是你撞的我。"

年轻女子脸色一变，有些心虚地左右张望。突然，她似乎看到了什么，大喜望外，伸手招呼道："李叔叔。"

方渐飞望过去，一名四十来岁相貌堂堂的男子从旁边走了过来。见到年轻女子，他脸上浮现出笑容："小薇，你在这儿做什么？"

"这老头儿碰瓷！"小薇指着白发老者，然后又指着方渐飞，"这是他的同伙。"

方渐飞听到这话，却并不生气，因为这地方店铺林立，肯定有不少摄像头，他才不信就凭年轻女子的几句话就能冤枉到他。

中年男子看了一眼白发老者，微微皱眉道："我好像见过你，你是耿亮的爷爷？"

白发老者愣了一下，"你是？"

"我是耿亮的上司，小薇是我战友的女儿。呵呵，老爷子，你家耿亮挺不错的，今年有可能会升主管呢。"中年男子微笑着说。

方渐飞一阵鄙夷，中年男子这话分明是在用职位来威胁白发老者。

方渐飞看向白发老者，发现他脸上不知什么时候已堆满了笑容。方渐飞心想：看来他是不会再追究小薇的责任了。

方渐飞当即松开了手，准备回80后咖啡馆。

不料，方渐飞刚转身，手臂却被人抓住。讶然回头，却是白发老者，他瞪着方渐飞："你撞了我，就想走？"

方渐飞顿时觉得有些好笑，指着旁边店铺门口的摄像头："大

第十六章 螳螂捕蝉，黄雀在后

爷,这眼跟前儿,可就有一个摄像头,你能讹到谁?"

白发老者愣了一下,但仍然抓住方渐飞的手臂不放。

中年男子若无其事地拉着小薇就走,走了两步,回过头来,慢悠悠地说了一句:"大爷,我听耿亮说,你退休以后时间挺多的。"

说完,中年男子微微一笑,扬长而去。

白发老者明白了中年男子的意思,大声对方渐飞说:"你今天要是不赔钱,我就跟你打官司。我老头子别的没有,时间大把,耗死你!"

方渐飞气极了,觉得面前的白发老者面目可憎,但又不能将他甩开,否则就真的解释不清了。

旁边有好几个看热闹的人,见状纷纷摇头。

"这个老头子坏得很,他要是再年轻二十岁,我肯定去揍他!"

"大千世界无奇不有,人家小伙子帮了他,他居然还反咬一口。"

"刚才那个男人也不是什么好东西。"

听着围观群众的议论,郁闷的方渐飞突然心中一动,说:"大爷,摄像头能记录下来刚才发生的事情,这一点想必你也清楚。"

白发老者紧紧拽着方渐飞的胳膊,冷笑着说:"那又如何?反正你得赔钱!"

"我去找人把视频录下来,然后找到你孙子的公司去,让全公司的人都知道公司领导居然包庇战友的女儿。另外,你孙子有个爱讹人的爷爷,这事估计也会闹得人尽皆知。"

白发老者一听,顿时急了,松开手头也不回地走了。

方渐飞对着白发老者的背影,大喊道:"别急着走啊,你不是退休了,时间很多吗?"

众人哄笑着散开。

方渐飞看了看时间,即将七点,连忙朝80后咖啡厅走去。

方渐飞并不知道,在他身后,白发老者健步如飞地走进了一条小巷。小巷子里,有四个人在等着他:除了刚才的中年男子跟小薇,还有一名五十来岁的唐装男子。唐装男子的旁边站着一名三十来岁的瘦高男子。他手中拿着一把长长的钥匙,甩来甩去。

"很好,演技都不错。"瘦高男子拿出手机点开微信,给一个叫"东海影视涛哥"的人转了三千块钱。

"嘀嘀"声中,中年男子拿出手机收了钱,笑着说:"林先生,合作愉快。"

唐装男子微微一笑:"下次有事再找你们。"

中年男子带着其他两人告辞而去。唐装男子看了看手表,皱着眉头问瘦高男子:"老九,你觉得怎么样?"

瘦高男子笑嘻嘻地说:"老板,我觉得没有必要再试探了,方渐飞刚才的表现已经很完美。面对不平敢于挺身而出,面对突发情况并不慌张,马上就能想到解决的办法,依依跟着他肯定不会吃亏。"

唐装男子摇了摇头,说:"我找人去调查过方渐飞,他原本是心理咨询师,后来不知为什么关闭了工作室,去了良缘婚介公司做了婚恋师。我怀疑他的动机不纯,说不定他从哪个客户口中得知依依是我女儿,所以才去的良缘婚介公司。"

瘦高男子不以为然地摇头:"豪叔,我觉得你多心了。"

"多心?"唐装男子"哼"了一声,"等你有了女儿,你说不定比我还多心!对了,那个谁,她那边情况怎么样?"

瘦高男子懒散的神情突然消失,正色道:"豪叔,咱们要不要收回那边的试探?感情这种事情,咱们谁也不知道会发展到什么程度，万一那边动了感情，可就麻烦了。"

唐装男子迟疑了好一会儿，没有说话。就在这时，他的手机响起。接通后，他听了几句，说："我到了啊，八〇后是吧？我就在咖啡馆对面呢，四十二号台吗？好，我这就进来。"

挂了电话，唐装男子拍了拍瘦高男子的肩膀："就当是最后一次试探吧。"说完，转身离去。

瘦高男子苦笑，没有出声，默默地跟在身后。到了咖啡厅门口，瘦高男子并没有跟着进去，而是在门口等。

在服务员的带领下，唐装男子找到了四十二号台。林侬跟方渐飞已经坐在那儿聊天。

见到唐装男子，林侬站了起来，埋怨道："爸！你怎么才来？"

方渐飞知道林侬要带人喝咖啡，但做梦都没有想到，林侬带来的居然是她爸爸。愣了两秒后，他反应了过来，站起来握手："林叔叔，您好。我是林侬的同事。我叫方渐飞。"

唐装男子微笑着跟方渐飞握了握手。坐下后，他问服务员要了一杯黑咖啡，这才笑着问："小方今年多大了？"

"二十八岁。"方渐飞有些尴尬地回答。

这架势，怎么像是见家长呢！

更让方渐飞郁闷的是，在他身后，透过绿萝的叶子，可以看到曾皓跟覃丽正聊得火热。虽然他已经在旁边的绿萝盆中放了一个录音笔，但突然出现的唐装男子，让他腾不出手去拍照。

"小方家里都还有谁呢？"林父饶有兴趣地看着方渐飞。

"就我爸我妈，爷爷奶奶住乡下。"方渐飞老老实实地回答。他同时竖起耳朵，听着身后曾皓在说："每年带你家人出去旅游一次，这个问题不大。可过年的时候只能先回你家，再回我家，这个难道就不能商量商量？"

覃丽的声音很坚决："我家里就我一个女儿，我不回去陪他们过节，说不过去啊。"

"我家里也只有我一个儿子，我不回去陪他们过节，也说不过去吧？"曾皓接着反问，"你刚才不是说，你还有一个弟弟吗？"

听到这话，方渐飞觉得有些好笑，嘴角忍不住微微翘了起来。旋即，脚尖一疼，却是林依狠狠地踩了他一脚。他连忙将注意力集中在这边。

唐装男子微微一笑，又随便问了几个问题，无非就是学历工作之类的。问完之后，他将杯中咖啡喝完，说自己还有事，起身告辞而去。

林依瞪了方渐飞一眼，起身送她父亲。

方渐飞连忙拿出手机，转过头，假装发信息，对着邻座的曾皓两人一通拍。觉得照片不保险，方渐飞还录了视频。

"供你弟弟念完大学，这个我可以理解。但你弟弟将来的房子车子都要我来准备，是不是有些过了？"

覃丽无奈地说："我就这么一个弟弟，我不管他谁管他？"

"他难道就不能自己养活自己吗？"曾皓声音有些恼怒。

"他还小啊，房子车子哪能一下子就赚到？我这个做姐姐的不帮他，谁帮？"覃丽的声音提高了少许，"谈不拢，就不谈，何必那么大声？"

曾皓愣了一下，旋即挥手："服务员，买单！"

看着两人先后离去，方渐飞苦笑着摇头。果然不出所料，他们谈崩了。但他一点儿都不急，待会儿把照片、视频以及录音发给王翠兰，他就可以完成任务了。他就能重新回到自己的世界，做回心理咨询师。

三四分钟后,林依走了回来,恶狠狠地问:"你刚才一副漫不经心的样子,是什么意思?我爸爸在你眼里一点儿都不重要吗?"

方渐飞此时心情愉悦,没有计较林依的态度,说隔壁是他负责的两个会员在相亲。至于这个会员就是自己要找的曾皓,他并没有告诉林依。

方渐飞转而问道:"你怎么突然把你爸爸叫来了,好尴尬。也不提前打个招呼,我什么都没准备。"

"你又不是没听见,我爸爸要我回家吃饭。既然你不能跟我回去吃饭,那就喊出来一起咯。"

林依脸色有些异常,目光有些游离。方渐飞好奇地盯着她。

林依被看得有些尴尬,东张西望,终于忍不住,怒视方渐飞:"你看什么看?"

方渐飞呵呵一笑:"好看,我才看。"

林依脸一红,骂道:"油嘴滑舌。"

方渐飞只是笑:"其实,你这样子真的挺好的,我不喜欢你装出成熟的样子。"

"切,我又不是给你看!"林依啐了一口,然后喜滋滋地问,"你的意思,我演技还可以咯?"

"生活又不是演戏,要那么好的演技做什么?不累吗?"方渐飞不以为然地摇头,然后拿出手机,"我先发个信息。"

林依无所谓地点点头,捧着玻璃杯啜着橙汁,东看看西看看,但眼角却一直没离开过方渐飞。

方渐飞挑了张曾皓正脸比较清晰的照片,给王翠兰发了过去。

很快,王翠兰就回了三个问号表情过来。

"曾皓跟人相亲的照片、视频以及录音,我这里都有了,你什么时候有空,我给你送过去。"方渐飞飞快地打着字。

"是吗?"王翠兰又发了几个问号,"那你给我看这张照片,是什么意思?"

"这就是曾皓相亲的照片啊,你该不会连自己老公都没认出来吧?"

"什么啊,这个人我根本就不认识!"

王翠兰的这句话让方渐飞感觉大事不妙,连忙问:"这不就是曾皓吗?皓宇广告公司的老板,难道不是你老公?"

"皓宇广告公司?曾皓?"王翠兰突然反应了过来,"你搞错了,你说的这个曾皓只是跟我老公同名同姓而已。"

方渐飞顿时目瞪口呆。

林依一直在偷瞄方渐飞,见到方渐飞脸色不对,连忙问怎么回事。

方渐飞想了一下,觉得自己这件事实在有些丢脸,只好将话咽回了肚子里。

见方渐飞欲言又止,林依美丽的大眼睛里有些恼怒,眉毛也微微蹙起:"有话就说,别跟个娘们儿似的。"

一时之间,方渐飞不知道该说什么来搪塞,情急之下,把何四万美女救英雄的计划说了出来。

林依先是呆住,然后"扑哧"一笑,整个人顿时明艳不可方物。笑了好一会儿,她才说:"你们还真敢想啊!嗯,这么有趣的事情,我得去看热闹。"

方渐飞怎么劝都劝不住,最终只能答应。

龙先生要十点下班,方渐飞跟林依在咖啡馆一直待到九点半。何四万打电话来,要他们赶去百盛大厦地铁站 C 口。

十分钟后,二人赶到目的地。何四万跟一名戴着棒球帽的女孩正东张西望。

女孩二十七八岁的样子,鹅蛋脸,眉毛修剪得跟刀一样齐整,再加上凌厉的眼神,给人一种咄咄逼人的感觉。

女强人类型的,这是方渐飞对女孩的第一印象。

女孩叫胡菲菲,某公司市场部总监。上次跟程序员龙胜峰见过面后,觉得对方很不错。但龙胜峰偏偏对她不来电。所以,何四万才会想出美女救英雄的主意。

"这位是?"胡菲菲若有所思地看着林依。

"我是他们同事,你就当我不存在好了。"林依笑嘻嘻地说。

胡菲菲欲言又止,在接下来的时间内,她不断地瞄林依。

何四万带着众人顺着人行道往前走,一边走一边讲述自己的计划:"龙胜峰每天下班后都会从这个地铁口出来,然后骑共享单车沿着梅林路回家。中间有一段路没什么人,我们就在那儿动手。"

方渐飞接过何四万递过来的口罩,看着何四万又掏出一把匕首,愕然道:"你还来真的?"

何四万抓起匕首冲着自己的肚子就是一刀,在林依的尖叫声中,那匕首却是如同海绵般软了下去。他得意扬扬地炫耀道:"这是道具,网上买的。"

方渐飞接过匕首凑到眼前一看,刀身闪烁着金属的光泽,看起来比真的还要锋利,用力抖了抖,匕首也并没有出现左右摇摆的情况,再用手碰了碰,这才感觉到其材质的柔软。

"不错。"方渐飞往自己身上捅了两下,呵呵地笑。

"喂，你别往自己身上捅，看得我心惊肉跳。"林侬怒视方渐飞。

胡菲菲在见面打过招呼以后，一直在暗中留意林侬，见到林侬生气的样子，突然问："你是林侬？"

林侬愣了一下，似乎想起了什么，连忙拉着胡菲菲走到一旁，嘀咕了几句才若无其事地回来。

林侬和胡菲菲的举动让方渐飞跟何四万觉得有些奇怪，何四万忍不住问了一句："你们认识？"

胡菲菲解释道："对啊，林侬是我学姐。我以前在学校里就听说过她的大名，刚才就觉得有些面熟。"

方渐飞眉头微皱，林侬看起来好像比胡菲菲还小吧？但女人的年龄他可不敢问，只能将这个疑问抛到一边。

一行四人继续往前走，到了何四万勘察的地点，那是梅林路转到清湖路之间的一条小巷子。巷子两边的房子已被地产公司收购，住户都已搬走，再加上十盏路灯就坏了九盏，白天还好，一到晚上这里阴森森的，倒是一处拍摄恐怖片的好地段。

找了一个隐蔽处，四人分作两批藏了起来。方渐飞跟林侬躲在一个地方，胡菲菲跟何四万躲在另一个地方。

躲好后，林侬附在方渐飞的耳边，悄悄地说："待会儿我要把你拦路抢劫的过程拍下来，以后你要敢不听我的话，我就把视频交给警察。哼！抢劫罪最少三年起。"

方渐飞转过头，凑在林侬的耳边："我待会儿要戴口罩呢。"

林侬继续说："那我就从你戴口罩的时候开始拍！"

方渐飞扭过头正要说话，没想到林侬似乎想起了什么，又把嘴巴凑了过来，然后，方渐飞的嘴唇就从林侬的嘴唇上滑过。

软软的，香香的，甜甜的，这是方渐飞的感觉。

第十六章　螳螂捕蝉，黄雀在后

林依呆了半秒，飞快地转过头，心虚地望向何四万他们躲藏的地方。

还好，何四万跟胡菲菲并没有留意他们这边。

回头狠狠地瞪了方渐飞一眼，林依低声威胁道："你居然敢占我便宜，给我等着，回去打死你！"

方渐飞也不说话，只是摸了摸自己的嘴唇，露出似笑非笑的表情。

林依大窘，正要发火，方渐飞却是竖起手指放在嘴边"嘘"了一声，指了指外面。巷子口，一道人影骑着单车慢悠悠地过来了。

方渐飞连忙戴上口罩，摸出匕首。

就着远处唯一一盏幽暗的路灯，方渐飞隐约能分辨出来人是名男子，身上穿的是格子衬衣，其他的就看不清了。

不过，就凭格子衬衫基本确定他就是龙胜峰了。要知道格子衬衫可是程序员的标配。

骑车男子越来越近，差不多还有五六米远的时候，何四万发来语音消息说："就是他。"

方渐飞正要冲出去，巷子对面突然冲出来一名戴着口罩的男子，张开双臂拦在了龙胜峰面前。该男子身材魁梧，穿着一件弹力背心，裸露的手臂上肌肉凸起，甚至右臂上还文了一条龙。

方渐飞吃了一惊，然后望向何四万，还以为是他另外安排了人。

何四万更是满脸震惊，又不敢说话，奋力地打着手势来表明这跟他无关。

此时，龙胜峰在惊慌之下，想要刹车却没刹住，车头左摇右晃，在口罩大汉"喂喂喂"的叫声中，两个人一辆车，全都倒地。

下一刻，口罩大汉爬了起来，反手在身后掏出一把匕首指着龙胜峰："把身上的钱交出来！"

龙胜峰坐了起来，居然问了一句："为什么？"

口罩大汉没想到龙胜峰会问出这个问题，愣了一下，然后挥舞着手中的匕首："就凭这个！"

龙胜峰"哦"了一声，将身后背包取下，扯开拉链。

方渐飞还以为他要拿钱了，不由得瞥向胡菲菲。他心里想着：这可是真的抢劫，你可别傻乎乎地冲出去。

方渐飞发现，胡菲菲眼睛瞪得大大的，似乎看到了什么不可置信的事情。

他连忙转过头看去，只见龙胜峰从背包中拿出来的居然是一把"手枪"。他就好像电影里的主角一样，手举得笔直对着口罩大汉说："那我凭这个，可以不给钱吗？"

口罩大汉立马把手举了起来："大哥，大哥，你别冲动，这一开枪的话，打死我了不要紧，你肯定也要坐牢，这可是枪啊。"

"还不快滚？"龙胜峰举着手枪朝远处挥了挥。

口罩大汉如蒙大赦，抱着头就跑了。

龙胜峰似乎松了一口气，手中的枪一下没拿稳，掉在了地上。他连忙捡起来，拍了两下灰尘，又放在嘴边吹了吹，这才把枪塞进裤兜，去扶单车。

方渐飞心中一动，思索了三四秒后，拎起匕首冲了出去。

身后的林侬低声惊呼了一声："你疯了啊，他可有枪！"

方渐飞的手放在身后摆了摆，示意不用管。

龙胜峰看到同样戴着口罩拿着匕首的方渐飞，连忙拔出枪，怒喝："站住，不然我就开枪了。"

方渐飞却恍如未闻，拿着匕首缓缓逼近龙胜峰。

第十六章　螳螂捕蝉，黄雀在后

龙胜峰手一抬,做势欲开枪。

林依尖叫了一声:"不要!"然后,她居然冲了出来,站在方渐飞旁边。

方渐飞心里有些郁闷,林依就这么冲出来,完全打乱了美女救英雄的计划。还有,林依没有戴口罩,龙胜峰肯定能认出林依。万一日后龙胜峰报警,林依就说不清楚了。

埋怨归埋怨,看到林依不顾一切挡在自己前面的举动,方渐飞心中有些感动。他凑到林依耳边,说:"别怕。"

龙胜峰看着林依冷笑道:"哟嚯,抢劫还夫妻档啊?信不信我打死你们?"

方渐飞笑道:"大哥,你的手枪刚才掉在地上时完全没有金属的声音,分明就是塑料的。还有,你的手枪没有关保险的情况下,落在地上居然没有走火,也未免太不合理了吧。最重要的是,你捡起枪以后,不但肆无忌惮地拍灰,甚至还用嘴去吹。所以,我可以断定,你这把枪百分之百是假的。"

龙胜峰顿时脸色发白,手中的枪也垂下:"你想怎样?"

"抢劫啊,看不出来吗?"方渐飞将手中匕首甩了个刀花,"赶紧的,把身上的钱交出来。"

就在这时,旁边传来胡菲菲的声音:"住手!"

方渐飞跟林依对视了一眼,有些讶然。按照计划,胡菲菲不会这么早出来抱不平,难道她记错了计划。

"是你?"龙胜峰认出了胡菲菲。

"美女,你是要打抱不平吗?"方渐飞努力演好自己的角色,狞笑着说。

"方老师,林老师,谢谢你们,但我不想再继续下去了。"胡菲菲的话，让所有人都吃了一惊。

龙胜峰问道："什么意思？"

"我承认我对你有好感，是我找他们来演戏，本想演一出美女救英雄的戏，好让你对我产生好感。"胡菲菲嘴角挂着苦笑，"直到刚才我才发现，就算我用欺骗的手段获得了你的好感，今后我也会在悔恨中度过。所以，我向你坦白，对不起。"

说完，胡菲菲冲龙胜峰弯腰鞠躬，然后又冲着方渐飞跟林依弯腰鞠躬。直起身后，她"哇"的一声哭出来，掩面疾奔而去。

龙胜峰在最初的惊愕之后，眼中却涌现出感动。他扶起单车追了过去。

何四万从旁边走了出来，满脸郁闷地说："功败垂成，真让人不爽。"

林依也是有些抱怨："这个胡菲菲，心理素质也太差了。"

方渐飞却露出微笑："胡菲菲已经成功了。"

何四万和林依惊讶地看着方渐飞。

"我们都被她利用了，咱们这个美女救英雄的计划，注定是要被她拿来出卖的。龙胜峰是程序员，情商或许不高，但智商绝对没问题。美女救英雄的把戏，就算他当时看不穿，过几天也会想到，与其事后被埋怨，还不如直接挑明。"方渐飞冷静地分析道，"刚才胡菲菲来这么一出，龙胜峰不但知道了她的心意，还知道她不会欺骗自己，一箭双雕啊！甚至，第一个抢劫的人，都有可能是她安排的。"

"你是说，胡菲菲在套我？"何四万不敢相信地问。

"她套不套你，都不重要，重要的是她成功了。没看到刚才龙胜峰去追她吗？"方渐飞笑道。

何四万颇为不甘地寻思了一会儿，突然笑了："管他呢，反正我完成任务了。"

方渐飞回到家中已是晚上十一点半,给林依发了条信息。得知她已安全回家,这才放心去洗澡。

冲完凉躺在床上,方渐飞开始重新计划该怎么拿到曾皓相亲的证据。

没有完成王翠兰的委托,那就得继续在良缘婚介公司潜伏。而想要得到曾皓的资料,最直接的办法是成为经理级别的人,在资料库里一搜,就能调出相关信息。

其实,还有一个笨办法,但实在太麻烦,所以方渐飞潜意识地抗拒。这个办法就是去跟公司的其他婚恋师拉关系,然后一个个地询问,有谁接过曾皓的单。钻石客户肯定有专门的婚恋师跟进,只要找到这个婚恋师就行。

但一个个地问需要耗费大量的精力,就算是同事,也没有谁会傻乎乎地跑过来告诉你,我的客户都有谁。就算是熟悉的同事,涉及个人业绩问题,他们也不会主动说,只有关系非常好的同事,才会跟你分享这些。再说了,逢人就打听客户信息,不引起其他同事的警惕才怪。

这个办法行不通。

突然,方渐飞脑中蹦出一个念头,如果他在公司的群里吐槽一下今天这个曾皓,如果有负责另一个曾皓的同事看到,肯定会接一句,这样不就解决了!

想到这儿,方渐飞马上拿出手机,在工作群里说了一句:今天可算是遇到奇葩了,这个曾皓居然还跟我玩套路。

发完信息后,方渐飞满心希望地等着别人回复。然而,群里半天都没人接话。

方渐飞看了眼时间,十二点了,同事们估计都已睡着,看来得等到明天早上才会有回复了。

方渐飞正要退出群聊,何晴却在群里说了一句:不要在群里发布客户的消息。看在你是新人的分上,这次就算了,下次再犯罚款五百元。

得,这条路又堵死了。要不,给新来的心理辅导师找点儿事,让他知难而退,然后自己再趁机上位。这么做似乎不厚道。还是明天到了公司以后,走一步看一步吧。

方渐飞心里盘算着,躺在床上准备睡觉。

翌日,方渐飞来到公司刚坐下,何四万就咬牙切齿地凑了过来,说:"新来的心理辅导师你看到了没?"

"没有啊,怎么了?"方渐飞讶然道。

"这家伙真让人讨厌。"何四万满脸愤愤不平地说,"他身高最少也有一米八,人又帅,还有钱,典型的高富帅啊。"

"身高,帅,这些都是能看到的,但他有钱你又是怎么知道的?"方渐飞笑着说,"难道他跟你一样,逢人就秀存折余额?"

何四万嗤笑道:"你知道他身上的衣服要多少钱吗?"

方渐飞虽然不是富二代,但家境也还算不错,四五百块钱一件的 T 恤也不是没买过。但听何四万说得这么夸张,就把价格往贵里说:"难道,要一千块?"

"呵呵,一千块只能买个短袖。"何四万得意地卖弄,"专柜价四千九百九十九元,还不打折!"

"还真是有钱。"方渐飞啧啧称叹。

一个人的生活品质是可以通过穿着来体现的。每个月收入的百分之五用于购买衣服算是正常开支的话,那这个新来的心理辅导师,每个月的收入最少在二十万元以上。

"你看,你看,他来了。"何四万低声说。

方渐飞抬头看去,一名高大英俊的年轻男子朝他走来,嘴角带着淡淡的笑容,矜持又不失礼貌,逢人就点头,就好像是去参加宫廷盛会的贵族。

英俊男子走到方渐飞面前,脸上的笑容绽放,伸出手:"你好,我是新来的心理咨询师,我叫邓杰,你也可以叫我皮特。"

出于礼貌,方渐飞站起来跟他握手:"你好,我是方渐飞,很高兴……"

话还没说完,方渐飞感到手掌剧痛,对方突然加大了手上的力道。

方渐飞又惊又怒,手中连忙运劲,但他发力太晚,而且力道也远远弱于对方,竟然毫无反抗之力,只觉得手掌剧痛,骨头似乎都要被捏碎,忍不住吼了一句:"喂!"

邓杰脸上的笑容突然充满了嘲讽,然后故作惊讶地看着方渐飞:"怎么了?我弄疼你了吗?"

何四万对这个新来的心理辅导师没好感,当即上前一步:"喂,你在搞什么?"

邓杰冷笑,另一只手抓住了何四万的手掌,用力一捏。

没想到何四万的手劲儿也不小,两人的手在空中僵持着。

突然,邓杰松开了手,往后退去。

何四万骂了一句,手掌反手一抓,并没有抓住邓杰的手,但其指甲在对方手腕上划出一道三厘米左右的伤口。

邓杰看了一眼手上的伤口,倒也不介意,微笑着跟方渐飞说:

"方渐飞,你得锻炼锻炼了,男人可不能做绣花枕头。还有你,何四万,别跟个女人似的,留那么长的指甲。"

"你是疯狗吗?一来就动手动脚?"何四万怒道。

"识相的,就不要跟林侬走得太近!"邓杰不理会何四万,冲方渐飞微微一笑,转身扬长而去。

剩下方渐飞跟何四万面面相觑。

林侬?

新来的邓杰跟林侬是什么关系?而且,他一来就找方渐飞立威,又是怎么回事?

之前谭晟在的时候,方渐飞跟林侬假扮情侣来让他死心,公司有很多人误会他们俩的关系。后来谭晟离开了,但两人并没有解释,而是继续保持着暧昧的关系。这也是小雨给方渐飞送爱心午餐时,苏玲那么惊讶的原因。

"两种可能!"方渐飞甩了甩手掌,"要么,他是林侬的追求者之一;要么,他是谭晟的好友。"

何四万深以为然,冷笑道:"原本我还准备辞职的,现在我不走了,好好地陪他玩玩。"旋即,他眉头一皱,"不过,这家伙好像很能打啊!我们俩加起来都不一定是他的对手。"

方渐飞漫不经心地说:"这就不用担心了,他也就敢偷偷摸摸地捏我两下,还不敢太用力。我猜他的家庭条件应该不错,所以不敢把事情搞大。"

何四万明显地松了一口气,笑着说:"行,咱们哥俩好好地陪他玩玩。"

第十七章　谁还没个选择困难症

待何四万回到座位，方渐飞打开电脑，开始分析曾皓的资料。

曾皓可能患有选择恐惧症。形成选择恐惧症的原因，最主要有四种。

一、完美主义者。这种类型的患者过度追求完美，甚至极度苛刻。他们要求自己必须做出一个单项选择，而这个单项选择必须是最理想的最完美的，从某种意义上来说，也算是强迫症患者。

二、心智不全者。这种类型的人从小就没有自己做过选择，都是爸妈帮其做主，当他遇到重大的抉择时，第一反应就是找人帮忙参考。甚至，他们都不确定自己内心真正的需求。

三、害怕承担责任者。如果某个选择会影响今后的人生，比方说高考志愿、结婚对象等，选择者就会陷入焦虑，生怕自己选错。

四、可供选择的选项太好太多，单纯地让选择者难以抉择。

曾皓属于哪一种，得见过当事人才能下结论。方渐飞想了想，拨通了曾皓的号码。

刚一接通,曾皓就在抱怨:"小方,你介绍的人也太不靠谱了,她根本就是一个'扶弟魔'啊!"

因为当时有绿萝的阻挡,曾皓并不知道方渐飞昨晚就在他邻座。他"哇啦哇啦"将覃丽的要求说了一遍,末了愤愤地说:"你说她过分不过分?"

方渐飞听曾皓抱怨完,诚恳地道歉:"老哥,因为我的疏忽,给你带来了困挠,非常抱歉。为了不让这种事情再次发生,你看什么时候有时间,咱们详聊一下你对女方的要求。"

曾皓迟疑了一下,说现在就有空,待会儿他来良缘婚介公司。

方渐飞挂了电话,苏玲就说前台有人找他。

咦,曾皓这么快就来了?

方渐飞问来人是谁,苏玲却支支吾吾,说你来就知道了。

方渐飞一头雾水地走到前台,发现小雨正坐在会客区的沙发上,手中拎着一个饭盒,在她对面坐着的是林侬。两人虽然都是语笑嫣然,但空气中却隐约弥漫着杀气。

方渐飞顿时头大,但他并没有掉头走人。

林侬笑着冲方渐飞招手:"过来坐。"

小雨也是微笑着:"飞哥,我给你送午饭来啦。"

方渐飞硬着头皮走到会客区坐下,还没说话,苏玲端来一杯水:"方老师,口干的话多喝点水。"说完,她还冲方渐飞眨了眨眼,嘴角微翘,似笑非笑地离开了。

"我什么时候说我口干了?"方渐飞舔了舔嘴唇,"好吧,是有点儿口干。"

喝了一口水,方渐飞望向桌上的饭盒,迟疑了一下:"小雨,昨天的饭盒我还没还给你呢。"

小雨笑吟吟地瞥了林侬一眼:"没事,我买了三个饭盒,今天用这个,然后把昨天那个饭盒带走,还有一个备用。"

林侬眼中看不出有什么不对劲儿的地方,笑容还是那么的迷人:"你还真是细心,以前没见你给方渐飞送饭啊?"

"前天才确定的关系。"小雨望向方渐飞,"是不是啊?"

方渐飞一阵尴尬,不知道该怎么回答。

否认吧,小雨的面子下不来,谁知道她会不会再做出傻事。但承认吧,自己也没有这个意思啊。

突然,方渐飞的脑袋里蹦出了一句话:当断不断,反受其乱。

林侬深深地看了方渐飞一眼:"有这么好的女朋友,你可要好好珍惜。"说完,站起身,头也不回地往办公室走去。

小雨看着林侬的背影,问:"这人是谁啊?我说找你,她非要拉着我问这问那的。"

"是我的上司。"方渐飞觉得应该找机会跟小雨说清楚,但眼下又不合适。他笑了笑,"她都问你什么了?"

"就是问我怎么认识你的啊,认识多久了啊。"小雨似笑非笑地看着方渐飞,"我才不会告诉她呢!哼,我感觉这女的对我有威胁。"

方渐飞连忙转移话题,说自己还要上班。

二人聊了一会儿,方渐飞回办公室给小雨取饭盒,发现林侬并没有在座位上。他将饭盒还给小雨,想了想,还是没忍住,说:"我明天要跟同事出去吃,就不用过来送午饭了。"

"后天呢?"

"后天再说吧,我提前给你电话。"方渐飞心里想着,先拖几天再说。

方渐飞刚送走小雨，旁边上行的电梯门打开，赵颖从里面走了出来。

见到方渐飞，赵颖一愣，脸上闪过一丝不自然，旋即若无其事地点头招呼。

方渐飞心中一动，见左右无人，低声说："老板娘，你还记得我吗？"

赵颖有些慌张地看了一眼公司的前台方向，脚步停了下来："当然记得，心理咨询师方渐飞嘛。"她说话的语气有些古怪，似嘲讽，又似心虚。

一直以来，方渐飞都恪守着心理咨询师的职业道德，不管在什么场合遇到了患者，如果患者不主动打招呼，自己绝对不会主动打招呼，以免给患者带来不必要的麻烦。所以，他就算在公司经常见到赵颖，都装作不认识。

今天方渐飞是突然之间心血来潮，赵颖是老板娘，直接找她问曾皓的资料，不是更方便！

方渐飞笑着说："我想请你帮一个忙。"

"什么忙？"

"我想找一份会员的资料，他叫曾皓，是钻石会员。"

"要资料，你应该找张琳琳或者何晴啊。"赵颖狐疑地看着方渐飞。

这该怎么解释？

想了一下，方渐飞心一横，索性不解释："老板娘，请你帮我。"

赵颖迟疑了一下："你待会儿来我办公室。"然后，她看了看腕表，"九点半吧。"

方渐飞大喜地说："好的。"

第十七章　谁还没个选择困难症

回到座位上，何四万凑了过来："你什么时候跟小雨好上了？"

"这事以后再告诉你。你看到林依没？"方渐飞反问。

何四万挠挠头皮："好像去何晴办公室了，你找她做什么？"

方渐飞也不知道要找林依做什么，内心中有一个隐隐的念头，一定要跟林依解释一下小雨的事情。

等到九点半，方渐飞敲响了赵颖办公室的门。

"我刚查过系统，咱们公司只有一个叫曾皓的钻石会员。根据记录，现在是你在跟这个客户。"赵颖双手放在桌上，十指交叉相握，目光中带有一丝疑惑，"你还找我要曾皓的资料做什么？"

方渐飞听到这话，顿时一蒙。

只有一个曾皓？难道说，王翠兰的老公并没有在良缘婚介公司登记？这应该不可能。王翠兰是通过付款记录知道这件事的，她老公确实是在良缘婚介公司注册了个钻石会员。

难道，曾皓并没有用自己的名字登记？这也不太可能啊，良缘婚介公司的普通会员都得实名认证，更何况是钻石会员？肯定有核实过，可是，这到底是哪一个环节出了问题呢？

方渐飞的脑中闪过许多念头，但没有哪一个理由能解释他的疑惑。

赵颖见方渐飞不出声，轻咳一声："方老师，我能问你一个问题吗？"

方渐飞回过神来，连忙说："你问。"

"你是心理咨询师，一个月的收入应该不低。好好的工作室老板不做，为什么跑到我这儿来做婚恋师？"赵颖的语气很平和，但隐含着咄咄逼人的味道。

方渐飞肯定不能说出王翠兰的事情，当即编了一个借口："是这样的,现在大龄剩男剩女来找我咨询问题的越来越多,其中有很大一部分是咨询为什么相亲会失败。所以,我想来婚介公司体验一段时间,在个案中找出共性。"顿了顿,他补充了一句,"来之前,我也不知道良缘婚介公司是你先生开的公司。"

赵颖沉默了三四秒,笑了笑:"那行,没什么事了,你先去吧。"

待方渐飞离开,赵颖喃喃自语:"早知道是这么回事,我就不用联合谭晟赶你走了,也没有必要让邓杰找你麻烦。"她似乎想到了什么,拿起桌上座机听筒,按下一个号码。

片刻后,电话那边响起了一道非常好听的男子声音:"你好,哪位?"

"邓杰吗?我是财务总监赵颖,你现在来我办公室一下。"赵颖不等对方回复,挂了电话。

很快,邓杰坐在了赵颖面前。

"领导,找我什么事?"邓杰身体向后,仰靠在椅子上,两只脚搭在赵颖的办公桌上,腿有节奏地抖动着。

赵颖下意识地瞟了一眼门口方向,确认门是关紧的,这才皱眉道:"你能不能别做出这副吊儿郎当的样子?这里是公司。"

邓杰微微一笑,非但没有坐好,反而拿出了烟点燃,朝着赵颖吐了一口烟圈,嘴角浮现出嘲讽的笑容:"你不是喜欢男人放荡不羁吗?"

赵颖脸色瞬间变得苍白,她再次心虚地看了一眼门口,怒道:"邓杰,你别太过分!"

邓杰哈哈一笑:"你是老板娘,怕什么呢?"随后,他脸色一变,"不就是每个月拿你一万块钱的工资嘛,摆脸色给谁看呢?不想让我公开聊天记录的话,你态度就好一点儿。"

赵颖脸上一阵红一阵青，好一会儿才咬牙道："邓杰，我只是跟你聊天的时候，被你诱惑，说出一些乱七八糟的话来。但我本人跟你没有任何关系，你根本就不是什么心理咨询师，我受了你的骗不说，现在还得每月拿一万元来养活你。你还要怎么样？"

邓杰无所谓地将烟头在赵颖的办公桌上磕了磕："不知道你丈夫看了聊天记录，会不会相信我们之间是清白的。对了，我这还有一段语音呢，忘记告诉你了。"

说话间，邓杰拿出手机翻出一段录音，点开后，里面传出赵颖甜到发腻的声音。

赵颖脸上毫无血色，又是愤怒又是惊恐："你居然……居然……录音？"

邓杰冷笑着将手机录音关掉："不扯这些没用的，你叫我过来做什么？"

赵颖胸口上下起伏，好一会儿，她才咬牙说："方渐飞这边你不用再针对他，也不用赶他走了。"

邓杰看着赵颖，神情很是古怪，好一会儿，才摇头说："现在不是你想赶他走了，而是我要赶他走！"

赵颖吃了一惊："怎么回事？"

"我才知道，东海首富的女儿居然也在你的公司。我要是娶到了她，每个月又何止一万块？听说他们两个是一对，我一定要拆散他们！"邓杰脸上闪过一丝阴冷，"你要是不想让我公开聊天记录的话，就帮我追到林依。一旦追到了林依，我就把聊天记录，还有录音，统统删除，从此咱们再无瓜葛。"

赵颖迟疑了两秒："行！"

方渐飞回到座位的时候，正好看到林依背着包从门口消失。他愕然地问何四万："她这就下班了？"

何四万"嘿嘿"一笑："如果你的业绩有她这么好，就算你不来公司，都没人说你。"旋即，他狐疑地看着方渐飞，"你是不是找她有事？有事直接打电话啊，舍不得电话费就发微信。"

"没事，就这么一问。"方渐飞随口道。

"你小子，该不会是想脚踏两只船吧？"何四万冷笑，"我都不敢打这个算盘，你就别妄想了。"

"懒得理你！"方渐飞没好气地说。

何四万哈哈一笑，开始工作。

方渐飞不再去想林依，而是思考曾皓的事情。让他始料未及的是，良缘婚介公司居然找不到曾皓的资料，这简直就是……噩耗。

他辛辛苦苦来卧底，为的就是找到曾皓跟人相亲的证据，而公司会员就只有一个曾皓，这个曾皓却不是王翠兰的丈夫。

方渐飞找了一张纸，开始梳理思路。

就在方渐飞愁眉不展时，苏玲打电话说前台有位曾先生找他。

方渐飞这才想起，另一个曾皓的问题还等着他去解决。

拿好相关资料，方渐飞去前台把曾皓带进一间小型会客室。

会客室的面积差不多一张床那么大，之所以设计得这么小，一来是节约空间，二来是让相亲的男女快速消除生疏感。

坐下后，方渐飞与曾皓闲聊了几句，然后开始试探地说："曾先生，我们最近推出了情缘测试，就是简单地回答几个问题，然后输入系统后测试出你的情缘值。再从会员库中挑出最适合你的对象，以免浪费一些不必要的时间，你要不要了解一下？"

曾皓倒是挺有兴趣，说测试一下也无妨。

第十七章　谁还没个选择困难症

方渐飞笑了笑,问:"如果你的女员工谈妥一份合同,你问她想要什么奖励时,她说想要一瓶香水,你会选择那款香水?"

曾皓想了想,摇摇头:"这个我无法确定,得去专柜问问。再说香水这种东西比较私密,要是送给女员工让她误会了,那就麻烦了。"

方渐飞点了点头:"你洗澡的时候,房子突然着火了,你是会选择光着身子跑出去,还是宁死也要穿上衣服?"

"怎么也得套条裤衩吧。"曾皓皱眉道,"我说,你们这测试题的角度很刁钻啊。"

方渐飞笑了笑,没有回话。

方渐飞总共问了十道题目。通过这些问题,他对曾皓有了一个大概的了解,他的选择恐惧症应该是源自他的父母太强势,从小到大将他的生活安排得妥妥当当,以至于到了他独立做决定的时候,反而不知所措起来。

这种类型的患者,要想让他们改变,得从两个方面着手:第一,多交一些有独立选择能力的朋友,好好地学一学如何做选择。第二,在特定的环境下逼着他进行选择,让他明白这只是一个选择,而不是生活的全部。

想明白了这些,方渐飞笑着跟曾皓说:"曾先生,我有个建议,咱们可以换一个相亲方式,别一见面就吃饭喝咖啡什么的。"

曾皓迟疑了一下:"你的意思是?"

方渐飞解释说:"我是说尝试一下爬山、漂流等户外活动。"

曾皓哈哈一笑:"行,听你安排。"

送走曾皓,方渐飞给小雨打了个电话,问她这两天有没有空。

小雨还以为是喊她出去玩,喜滋滋地说有时间。但得知又是要她去做群众演员后,顿时不高兴了:"喂,我现在是你女朋友,你居然要我去跟别人相亲?"

方渐飞这才反应过来,在他心中,小雨还停留在之前的合作伙伴层面,连忙解释说:"我是想问问,你这边有没有其他同学介绍一下,咱们肥水不流外人田,是不是?"

小雨转嗔为喜,说既然肥水不流外人田,这活儿还是她接了,报酬的话,就当是给她的零花钱了。

方渐飞苦笑着答应,挂了电话后,方渐飞约上何四万,让他叫上沈蕾,晚上一起出去玩。

方渐飞打算让曾皓也跟着去。刚给曾皓打完电话,座机又响了起来,还是苏玲打来的,说有人找。

方渐飞有些奇怪,自己来良缘婚介公司不到一个月,所接触的会员就那么几个,除了小雨,还有谁会主动找上门?

方渐飞走到前台一看,一名满脸络腮胡子的男人站在前台东张西望,粗犷的面容下,双眼目光却在游离,显得有些心虚。

这人竟然是上次在月亮湾KTV砸烟灰缸的络腮胡子,后来小雨被骗想不开,爬去大厦顶楼想寻短见的那天,方渐飞又遇到过他一次。

"方老师,我有个妹妹,想要结婚,你有什么建议没?"络腮胡子开门见山地说,"她今年都三十四岁了,再不嫁出去可就麻烦了。"

一听是这么回事,方渐飞连忙把络腮胡子带到了会客室。方渐飞招呼络腮胡子坐下,拿一次性杯子倒水,嘴里问着:"见了好几面了,还不知道老哥的名字?"

络腮胡子呵呵一笑:"我叫刘山鹰,我妹叫刘海燕。"

方渐飞将杯子放在刘山鹰面前:"山鹰海燕,看来叔叔阿姨很喜欢飞翔啊。"

刘山鹰点点头:"还好,家里就只有我和妹妹,如果再多几个孩子,估计我爸妈会取鹦鹉八哥什么的。"

方渐飞哈哈一笑:"都是熟人,咱们就不客套了。你妹妹的情况跟我说一下,然后她想要找个什么类型的对象?"

"我妹妹身高一米六四,体重五十五公斤,经营一家麻辣烫小店,生意还行,自己买了车买了房。这是她的照片。"刘山鹰拿出手机切换到相册,找出他妹妹的照片。

"她以前念书的时候谈过恋爱,和那小子爱得死去活来,后来被我妈狠狠地骂了一顿,然后她就再也没找过男朋友。现在反过来是我爸妈着急给她介绍对象。她倒也不反对,乖乖地跟人见面,但从来都是没有下文。"刘山鹰说话飞快,"我怀疑她是得了什么心病,想带她去找心理医生,但她宁死都不肯去。"

方渐飞暗道:这还用得着怀疑吗?你妹妹的心理肯定有问题,其潜意识就在用不结婚来抗议当初你爸妈的霸道。但他知道这话不能说出来,只是笑着问:"你现在来良缘婚介公司注册会员,你妹妹同意?"

刘山鹰挠着头皮:"先问问情况嘛。"

以方渐飞的经验,刘海燕这种情况,必须得先解决心理问题,否则,再好的对象她也会拒绝。但这种事情也不好跟刘山鹰说,方渐飞只能和他解释,注册会员是实名制,必须本人到场才能注册。并诚恳地建议,先注册一个最便宜的白银会员,到时候有了合适的对象,他自然会照顾刘海燕。

刘山鹰大喜,又问了几个如何缴费的问题,然后起身告辞,说这两天就把妹妹拉过来注册会员。

方渐飞送刘山鹰出去,刚出会议室,就看见邓杰在人群中哈哈大笑,好像遇到什么高兴的事一样。方渐飞不由得翻了个白眼,带着刘山鹰快步向门口走去。

等电梯的时候,刘山鹰突然低声说:"刚才那个帅哥,是你同事吗?"

"嗯!"方渐飞点了点头,补充了一句,"这家伙不是什么好人,不用理他。"

刘山鹰哈哈一笑:"我也这么觉得。"

方渐飞心中一动:"你认识他?"

"他就住在我家楼上,生活乱得很,确实不是什么好人。"刘山鹰口中说着邓杰的坏话,眼中却闪过了一丝不可捉摸的神色。

方渐飞哈哈一笑,并没有在意刘山鹰的话。

送走刘山鹰以后,方渐飞的全部心思都放在了今晚的烧烤聚会上,主要是今晚的计划有点儿冒险。如果不成功的话,会很麻烦。

东海市以江为界,分为江南江北。几乎所有被江河横穿的城市,都会存在一个奇怪的现象——一岸繁华一岸冷清。

东海市也不例外,江北远比江南要繁华,就连晚上散步,也是江北这边人头涌动,江对面冷冷清清。

方渐飞此刻坐在江北河畔的一栋居民楼的天台上,楼顶被老板开发成私人露天酒吧,只对熟人开放。方渐飞跟老板是同学,所以才会知道这个地方。

"光是喝酒也没意思,咱们玩游戏吧。"

沈蕾拿出手机,打开一个"喝酒神器"的小程序,要所有人各

第十七章 谁还没个选择困难症 | 271

伸出一根手指头放在屏幕上，顿时，每一个手指下方都浮现出了不同颜色的圆圈。

点击屏幕中间的开始，圆圈开始依次闪烁，闪烁的速度越来越快，然后又逐渐放慢，最终停下时，是何四万手指头下方的圆圈瞬间变亮。

何四万一仰头喝掉一杯酒，游戏继续。

当众人都有些醉意的时候，小雨提出一个新的花样，问老板要来一副扑克牌，取出六张，分别在六张牌面上写下健康、金钱、爱情、事业、友情以及亲情，然后五个人轮流割舍，谁要是舍不得就喝酒。

何四万先行挑选，他毫不犹豫地选了金钱将其扔掉，笑着解释道："像我这么有钱的人，肯定对金钱不屑一顾。"

方渐飞等人顿时起哄："这么有钱，待会儿记得买单啊。"

何四万顿时哭丧着脸："说好 AA 的，你们这群骗子！"说这话的时候，他的脑袋靠在沈蕾的肩膀上，做抽泣状。

按照顺序，接下来是沈蕾。她笑嘻嘻地丢弃了"爱情"，并说："跟一头猪在一起，我的爱情算是完蛋了。"

何四万大怒道："你见过这么眉清目秀的猪吗？"

沈蕾嗤笑道："呵呵，猪是否眉清目秀，跟卖个好价钱没有任何关系。"

再然后就轮到曾皓了，摆在他面前的还有健康、事业、友情跟亲情。他眼中闪现出复杂的神情，很显然，他不知道自己该怎么选择。

"随便选一个嘛，只是一个游戏。"小雨剥了颗开心果放进嘴里，很随意地说着。

曾皓冷汗顿时都出来了。健康？事业？友情？亲情？他犹豫了很久，都没有想好到底要扔哪个。

"磨磨叽叽作甚？"何四万笑着说，"随便选一张，就轮到小雨了。"

曾皓终于伸出手，尽管旁人看不到，但他能感觉到，自己的手在颤抖。

方渐飞轻咳一声发出信号。

沈蕾连忙说："要不，你丢掉事业吧，反正你的事业已经到达了巅峰。"

有了沈蕾的提示，曾皓的手移到了事业的扑克牌上方。

方渐飞哪能让曾皓如此轻易地做出选择："我觉得吧，曾老板还是丢掉友情吧。现在网络这么发达，微信上卖茶叶的姑娘都能跟你聊半年，还怕没朋友？"

何四万唯恐天下不乱，嘿嘿笑着："我觉得曾老板还是丢掉亲情好一点，父母终究老去，妻子可以离婚，儿女终将独立。人呐，最终还是自己一个人。"

小雨顿时不同意："亲情可不能丢，我觉得健康可以丢掉，反正现在医学这么发达，只要有钱，心脏都能换一个。"

众说纷纭，曾皓的脸色一阵红一阵青，更加不知道该怎么选。

方渐飞等人交换了一个眼色，几乎是同时说："这只是一个游戏。"

曾皓一咬牙，伸手将友情的扑克牌拿了起来，丢到一旁。

"这种人，连朋友都不要，我们不要跟他玩了。"沈蕾"哼"了一声。

"是啊是啊，亏咱们还喊他出来吃夜宵，真是让人无语啊。"何四万马上接了一句。

曾皓心中的懊悔顿时铺天盖地。他正要解释，方渐飞却指着小雨："轮到你了，轮到你了。"

"曾老板，你猜小雨会选择什么？她要舍不得的话，就得喝酒了。"何四万拿着啤酒杯，碰了曾皓的杯子一下，挤眉弄眼地说。

曾皓愣住，突然之间释然，当即笑着说："她刚才都说要丢掉健康了。"

果不其然，小雨二话不说就扔掉了健康那张牌。最后是方渐飞，他想都没想就丢掉了事业牌，桌上就只剩下了亲情牌。

看来，在大部分人心中，亲情还是最重要的。

小雨眼珠一转，说："这样不行，大家都没喝酒，咱们得来个升级版的。"

曾皓心中"咯噔"一下，刚才的选择差点要了他的命，升级版还了得？正要表示反对，但其他人都是鼓掌叫好，他也不好意思再说什么。

小雨又取出六张扑克牌，依次在上面写上了父母、孩子、配偶、兄弟姐妹、爷爷奶奶、其他亲戚。

看到这些，曾皓头皮一麻，耳中传来小雨的声音。

"外公外婆也算在爷爷奶奶那张牌上面，舅舅舅妈叔叔婶婶表哥表姐堂弟堂妹都算其他亲戚。现在的规则是，你必须选择一张牌将其去掉，这也意味着，这张牌上的亲人将死去。不选择的就喝酒，每过一轮酒加倍。好了，谁先来！"

何四万立马举手："我来，我来！"

方渐飞拦住何四万，笑着说："咱们抽签决定先后。"

在暗箱操作的情况下，曾皓排在第四位。

不给曾皓考虑的时间，第一个是方渐飞，他毫不犹豫地将其他亲戚那张牌给扔掉，并强调："我先杀为敬，你们随意。"

方渐飞的这句话让曾皓心头一颤，甚至都想骂人了。

第二个是沈蕾，她想了好一会儿，苦笑着说："我喝酒还不行吗？"说完，将面前的酒一饮而尽。

第三个是小雨，她迟疑了一下，也是甘愿认罚。

轮到曾皓了，有了两个人带头，他毫不犹豫地选择了喝酒。

何四万鄙夷地看着他们："一个游戏，看把你们怕成那样。"说归说，面临选择时，他还是犹豫了片刻，最终将爷爷奶奶那一张扔掉。

第二轮开始，桌面上还剩下四张牌。为了加快进度，方渐飞咬牙，将兄弟姐妹那张牌扔掉。

如此一来，还剩下三张牌，分别是父母，孩子跟配偶。

沈蕾没有丝毫犹豫，仰头喝掉两杯酒。

轮到小雨，她原本也不想选择，但在方渐飞的暗示下，她犹豫了好一会儿，选了一张配偶的牌，将其扔掉。

摆在曾皓面前的，只剩下父母跟孩子，他想也不想，选择喝酒。

接下来，所有的人都不再选择，直接喝酒。

气氛逐渐变得压抑，酒也喝到了第四轮。这一轮中，谁要是放弃就得喝四杯。

方渐飞打了个酒嗝，说："这么玩下去的话，咱们几个非得醉死不可。"

曾皓连忙说："对对对，要不咱们换个游戏？"

"游戏必须玩完。"方渐飞摇头，将剩下的两张扑克牌翻过来，

第十七章　谁还没个选择困难症

背面朝上,双手盖住左右交换了几次,这才松开手,"公平起见,每个人都选择一次,这个游戏就算结束。"

这就相当于逼着曾皓做出选择。但在表面上看来,它还是公平的游戏。

接下来,方渐飞等人先后选择,轮到曾皓的时候,他嘴唇微微颤抖,手更是举在空中半天都不肯做出选择。

方渐飞等人既不催促也不喝酒,就这么静静地看着曾皓。

终于,曾皓选择了一张牌,颤抖着手想要将其翻开。

方渐飞伸出手,阻止了他,笑着说:"很多时候,我们只需要做出选择,至于结果是怎么样,交给时间好了。"

曾皓呆立不动,若有所思。

方渐飞从曾皓手中拿过扑克牌,又拿起桌上剩下的扑克牌,叠在一起撕成碎片,随手一甩。

接下来的几天,方渐飞对曾皓进行了强化训练,比如去哪儿玩,在哪儿休息,吃饭的时候点什么菜,所有的选择都交给了曾皓。

直到曾皓面对选择没有任何拖泥带水的时候,方渐飞这才把他喊到了公司会客室,从口袋里拿出了四张扑克牌:"还记得那天晚上喝酒,我们玩的游戏吗?"

曾皓苦笑着摇头:"这辈子都不会忘记,我跟你说,当时我差点儿哭出来。"

闻言,方渐飞大喜。曾皓能这么说,说明有些事情他已能坦然面对。他指着一张红桃Q:"这张牌是跟你相过亲的李雯,她热情开朗,做市场部经理。"

曾皓愣了一下,似乎没明白方渐飞是什么意思,好一会儿才点头:"李雯确实比较开朗。"

方渐飞又指着另一张黑桃 Q："这张牌是王思雨，她温柔内敛，是健身中心瑜伽教练。"

曾皓又点了点头："是的，王思雨确实很温柔。"

方渐飞又说了方块 Q 跟梅花 Q，分别是美丽的护士安旭以及可爱的幼儿园老师张倩。将这四张牌逐一摆在曾皓面前的桌上，方渐飞诚恳地说："曾老板，这四个女孩子都是之前跟你相过亲的。老实说，她们都非常优秀，而且，跟你也很匹配。"

曾皓眉头微蹙："方老师，你这是什么意思？"

"你一直要公司帮你介绍新的相亲对象，但又跟这四个女会员保持着联系。在别人眼中，你是脚踏多条船的渣男，但我知道你不是。"方渐飞身体微微前倾，在会议室狭窄的空间内，这个动作会让曾皓略微紧张，从而更加专注地听他说话。

曾皓果然有些拘束，下意识地退后了少许，口中笑道："我确实不是啊，甚至都没牵过手。"

方渐飞微微一笑："在这四个女孩里面，其实你已经看上了其中的一个。"

曾皓顿时瞪大了眼睛："是谁？"

方渐飞指着扑克牌："我们继续那天的游戏，这四张牌里面，先出局一个。"

曾皓摇摇头："她们都很优秀，我要是能确定谁出局，也不会等到现在了。"

方渐飞双手环抱胸前："这样好了，我来帮你分析分析。先从性格开始，如果结婚的话，这四个女孩的性格你觉得谁最不适合你？"

"应该是李雯吧，她热情开朗，可以迅速跟人亲近。如果结婚以后,她对别人也热情开朗的话,我多半会吃醋。"曾皓老老实实地回答。

方渐飞将代表李雯的红桃 Q 随手扔掉。

曾皓欲言又止,眼睛看向在空中翻滚的扑克牌,直到它落地才收回目光。

方渐飞开始问第二个问题:"剩下三名女孩,哪一个的职业你最不能接受?"

"护士。"曾皓很肯定地回答。

方渐飞将代表安旭的方块 Q 扔掉,暗中留意曾皓。曾皓并没有理会这张牌。

接着,方渐飞问第三个问题:"还剩下瑜伽教练王思雨跟幼儿园教师李倩,你觉得你的家人会更喜欢哪一个?"

曾皓迟疑了一下:"应该是王思雨吧,温柔秀气,看起来更像大家闺秀。"

方渐飞将代表李倩的梅花 Q 扔掉:"她就是你想要找的对象,瑜伽教练王思雨。"

曾皓又瞥了一眼地下的扑克牌,挠挠头皮:"方老师,我觉得你这个方法不是很科学……要不,咱们重新再测试一遍吧?"

方渐飞微微一笑,弯腰捡起了代表李雯的红桃 Q,将其放在桌面,推到了曾皓面前,很诚恳地看着曾皓:"相信我,李雯才是你内心深处最喜欢的人。"

第十八章　余生，有我在

初秋的阳光有些刺眼，但被钢化玻璃过滤一遍以后，洒在何晴的脸上就非常柔和了，光线沿着她的脸形勾勒出一道金边，两鬓纤细的毛发更是宛如金丝。

方渐飞坐在何晴的对面，看着她翻看资料。

何晴看完电脑里面的信息后，抬起头来，微笑着说："不错啊，曾皓也被你搞定了。"

"都是运气。"

方渐飞倒不是谦虚，曾皓的选择困难症并不是那种事事追求完美的类型，而是在成长过程中，缺乏独立选择的机会，所以当面对终身大事时，未免有些不知所措。

何晴想了想，说："不得不说，你是一个有能力的人。如果得不到重用，将会是我们的损失。嗯，我先跟老板沟通一下。"

方渐飞听到这句话，连忙起身告辞。

何晴摆摆手,笑着说:"没事,你不用出去。"

方渐飞只得坐下,看着何晴拨打座机号码。突然,他心中一动,刚才何晴说,如果自己得不到重用,那将是他们的损失。

这话似乎有些不对啊,这句台词几乎是老板的台词吧。难道,何晴在公司有股份,还是大股东?

方渐飞正寻思着,何晴那边已经接通电话,只听何晴"嗯嗯"了几句,就挂了电话。她看着方渐飞:"新来的心理辅导师已经签了三年的正式合同,这边暂时是没希望了。"

顿了顿,何晴接着说:"不过呢,老板打算新设一个部门,名字还没想好,决定由你担任部门总监,月薪是七千五百元加提成。"

方渐飞对月薪提成并不是很感兴趣,但仍然做出开心的样子:"那我以后就可以查看所有的会员资料了吧?"

何晴点点头:"任命这两天就会下来,到时候你去新办公室一坐,相关权限自然会给你开启。"

方渐飞笑道:"就不能现在开启权限吗?我还想再解决一个钉子户呢。"

何晴莞尔一笑:"这两天你还是好好地了解一下公司的相关流程吧。如果总监连公司最基本的东西都不了解,说出去惹人笑话。"

不等方渐飞再说,何晴站了起来跟方渐飞握手:"咱们以后就平起平坐了,恭喜你了。不过,在任命没有下来之前,你还是别对任何人说起,免得到时候有了变故,对谁都不好。"

方渐飞起身握手:"这个自然晓得。"

方渐飞回到座位,一时之间不知道自己该做什么。

上次何晴说自己可以担任心理辅导师,结果空降来一个邓杰。现在虽然是答应新成立一个部门,但这个部门连名字都没有,会员权限也没有给,感觉比上次还不靠谱。

无聊之下,方渐飞问何四万在做什么。

何四万低头发着微信:"忙着跟沈蕾吵架呢。"

方渐飞见何四万手指跟抽筋一样,在手机上打字,不由得笑道:"你为什么不登录电脑客户端微信?在键盘上打字骂人的速度不是更快吗?"

何四万抬头鄙视地看了方渐飞一眼:"公司有网络监控好不好,我们之间骂的内容,可不能被别人看去。"

方渐飞摇了摇头,心想何四万和沈蕾还真是冤家。

何四万冷笑道:"你是不是想问林依为什么没来?"

方渐飞被戳中心事,但仍假装若无其事地说:"她来不来跟我有什么关系?又不是我发工资给她。再说了,人家业绩好,隔三岔五不来上班,这已经是公开的秘密了。"

何四万放下手机,神神秘秘地说:"今天早上我看到她了。当时我刚进电梯,看到她从大堂走过来。电梯里就我跟公司两个同事,就按住电梯等她。没想到她接了个电话后又出去了。"

方渐飞脸上看不出什么表情,"哦"了一声。

何四万见状,又补充了一句:"那个新来的邓杰今天也没上班,他们俩该不会是出去玩了吧?呵呵,我什么都没说。"

方渐飞奇怪地说:"林依没来上班,跟邓杰没来上班,又有什么关系呢?"

想了一下,方渐飞还是给林依发了条微信消息。等了好一会儿,都没回复。方渐飞索性拨打电话,却显示对方已关机。

过了一会儿,方渐飞又在微信上发了一句:开机请回复。

接下来的一个多小时,方渐飞都是心惊肉跳的,总觉得有事情

第十八章 余生,有我在

要发生。

就在方渐飞忐忑之际,苏玲一个电话打了过来:"方渐飞,有个女的找你,说是你女朋友,就在前台。"她的语气似愤怒似鄙夷似嘲讽似不屑,就好像方渐飞是一个流氓似的。

说完,苏玲"啪"的一声挂了电话,方渐飞一头雾水地往前台走去。

自动门缓缓开启,一名身材高挑的女子站在前台,背对着方渐飞的方向,头发乌黑挽成髻,身穿白底浅蓝碎花长裙,肩上披着藏青色的方格围巾。

苏玲朝方渐飞这边做了个手势,面无表情地说:"方老师来了。"

女子转过头来看到方渐飞,嫣然一笑,风华绝代。

方渐飞顿时呆住。他做梦都没有想到,这个站在前台的女人竟然是他的前女友——陆薇。

"你就打算站在这儿跟我叙旧?"陆薇眼中闪过一丝顽皮。

方渐飞这才回过神,跟苏玲抱歉地笑了笑:"这位陆小姐确实是我女友,不过是三年前的前女友了。还有会客室吗?"

苏玲先是愕然,然后笑着说:"最里面的会客室还空着呢。"

方渐飞带着陆薇到小会客室,给她倒了一杯水,笑着问:"什么时候回来的?"

陆薇没有理会这个问题,打量了一下房间,叹息道:"你们公司都穷成这样了?会客室还没我家厕所大。"

方渐飞翻了个白眼:"房间小,相亲的人才会没有距离感。说到房子,我记得蓝港的房价很贵吧?不知道你现在是蜗居呢,还是租房住?"

"我知道你是怎么想的,我嫁去蓝港以后,要么被蓝港人抛弃,最后孤独终老；要么就是过得凄凄惨惨，全家老老小小挤在鸽子笼大的房子里面。嘿，方渐飞，你就别妄想了！"陆薇笑着将白皙如玉的双手放在桌面，左手的无名指上，戴着差不多有两克拉大的钻戒在灯光下熠熠生辉，光彩夺目。

方渐飞笑了笑："你来找我做什么？"

"鬼才找你呢，我找林依。"陆薇嘻嘻一笑，"好早以前就跟她说好了，只要我回来，她就带我吃遍东海美味。没想到她今天一上午都关机，我就来公司找她咯。也不知道她是不是在忙，只好说找你。你这个小兵，应该没什么忙的吧？"

说到这儿，陆薇突然狐疑地看着方渐飞："为什么我一说找你，前台小姐就苦大仇深地看着我？你该不会跟前台小姐有关系吧？"

"人家是跟林依关系好，你又说是我女朋友，她能不生气吗？"方渐飞哭笑不得。

陆薇顿时眼睛一亮："这么说来，你现在跟林依……"

方渐飞也不知道该怎么解释自己跟林依的关系，只能含糊着表示："我是她下属，平时关系好点。所以其他同事有误会也很正常。"

陆薇也不说话，似笑非笑地看着方渐飞，看得方渐飞全身都不舒服。

"你有什么话直说好不好？"

陆薇微微一笑："如果你真能跟林依在一起，那我也算是了却了一桩心事。"

方渐飞默然。

陆薇很认真地看着方渐飞："当年我离开你，几乎所有的同学都说我贪慕虚荣。但我清楚，我现在的老公就是最适合我的。结婚三年，我一直都很开心，这也证明了我的选择没有错。"

第十八章　余生，有我在

停顿了一下,陆薇美丽的大眼睛里闪过一丝愧疚:"三年前的分手,对你确实很不公平。这三年来,我也有想过怎么补偿你,直到那天遇到了林依,就想着撮合你们,说不定能减少我的愧疚。"

迟疑了片刻,陆薇说:"其实,林依家里……"

就在这时,方渐飞的手机响起,陆薇微笑着示意方渐飞先接电话。

方渐飞看了一眼来电号码,是小雨。接通后还没说话,小雨就焦急地大喊大叫:"你快来翠湖苑,林依姐被绑架了。"

"什么!"方渐飞站了起来,"林依怎么了?"

"电话里说不清!你先来再说。"小雨直接挂了电话。

翠湖苑是东海市最贵的别墅小区,没有之一。

翠湖苑贵有贵的道理,每栋别墅都有独立的花园泳池,小区里的绿化、景观、照明等全都是大师设计,工艺材料极为讲究。小区中间的那一株银杏树据说有八百年的树龄,其珍贵自是不用多说。

方渐飞站在小区门口巨大的罗马柱前东张西望。小雨只说来翠湖苑,但没有说具体在哪儿,打小雨的电话也暂时无法接通。

方渐飞脑袋里全是疑问,小雨怎么会知道林依会出事?翠湖苑这么高档的小区,又怎么会跟林依或者小雨扯上关系?

方渐飞想了想,硬着头皮去问小区门口的保安:"请问,你知道林依家住哪儿吗?"

保安略微警惕地看着方渐飞,口中却颇为客气地回答:"业主的名字我们不会去打听,就算知道,我也不方便告诉你。你可以拨打业主的电话,然后通知我放你进去就行。"

方渐飞只得再次拨打小雨的电话,却无法接通。

方渐飞正郁闷,听到有人在大门里面喊:"方渐飞!"

循声望去，浅蓝色T恤配白色牛仔裤，那不是小雨还是谁？

保安抱歉地笑了笑，打开门让方渐飞进去。

"怎么才来？"小雨埋怨道。

"我打你电话打不通。"

小雨连忙拿出手机一看，发现是自己手机没电了，一撇嘴，拉着方渐飞就往小区里面走。

"怎么回事？林依怎么样了？"方渐飞焦急地问。

"待会儿再告诉你。"小雨带着方渐飞走进一栋别墅。

小雨和方渐飞从带有游泳池的花园穿过，走进客厅，就看到了水晶吊灯下方的沙发上，坐着身穿黑色唐装的林父。

林父旁边站着瘦高男子。他收起了原本懒散的姿态，目光变得极其锐利。

见到方渐飞，林父指着旁边的沙发，示意他坐下。

"出什么事了？"方渐飞坐下后，迫不及待地问。

林父拿出手机，解锁，递给方渐飞。

方渐飞接过来一看，只见屏幕上是条微信消息：你女儿在我手上，准备五百万号码不相连的现金，放在一个皮箱里面。我知道这点儿钱对你来说只是九牛一毛。不要报警，否则你就再也见不到你女儿了。对了，喊方渐飞来跟我进行交易。

方渐飞滑动屏幕，下面是一张照片，照片中林依被胶带蒙住了眼睛和嘴，手脚也都被绳子死死地缠住，蜷伏在地上，脸上表情又是愤怒又是惊慌。在照片的右下角，有一把看起来极为锋利的匕首，威胁的味道不言而喻。

方渐飞的脑子一片空白，差不多十来秒后，他才回过神来，说："林叔，你报警没有？"

第十八章　余生，有我在

林父摇了摇头，声音嘶哑地说："我没打算报警！"

方渐飞内心非常矛盾，虽然不知道绑匪是谁，但绑匪指名道姓要他出面交易，肯定是一个熟人。

方渐飞想了想，从钱包里面拿出两张银行卡，放在林父面前："林叔，我这里有六十多万元，我再去找人借点，应该可以凑齐一百万。至于剩下的，我再看看有什么办法。"

方渐飞这话一说，林父、小雨以及瘦高男子的脸上浮现出古怪的表情。过了一会儿，小雨苦笑道："飞哥，你这是什么意思？"

方渐飞皱眉道："现在不应该想办法筹钱，去把林依赎回来吗？"

林父原本焦急的脸上竟然浮现出一丝欣慰，他笑了笑："小方，钱不是问题。"顿了顿，他打了个手势，旁边的瘦高男子从脚下提出一个大号行李箱，放平，打开，里面是一沓沓红艳艳的钞票。

方渐飞一时没回过神，望向小雨。

小雨解释道："哥，有件事你可能还不知道，林叔叔的名字叫林天豪，天豪大厦的天豪。"

方渐飞并不认识林天豪，但他知道天豪大厦，也听说过天豪大厦的老板是东海市首富。

听小雨这么一说，方渐飞下意识地望向林父。

林父点了点头："没错，我就是林天豪。"

方渐飞看了看头顶的豪华水晶吊灯、地上的真皮沙发、地上铺着的羊毛地毯，这才反应过来。翠湖苑原本就是富豪聚集之地，如果这里是林家，光是这套别墅都要几千万元，五百万元对于他们来说，确实不算什么。想来自己是听到林依被绑架，失去了方寸，居然这么明显的事情都没注意。

方渐飞笑了笑，伸手去拿桌上的银行卡，林天豪却按住了他的手。

"这个钱先留下。"林天豪将银行卡拿起,放在眼前打量着,好一会儿后,叹息了一声,"等你以后成为一个父亲,就会明白,为女儿做任何事都是理所当然。"顿了顿,他接着说,"前段时间,依依从公司回来,不停地在我面前提起你,我一看就知道她是恋爱了。作为父亲,我心中又是高兴又是难过。但最担心的,是怕你是奔着我们林家的家产而来。"

见方渐飞脸色有些不快,林天豪索性快刀斩乱麻:"我调查过你。你好好的心理咨询工作室不开,跑去良缘婚介公司做婚恋师,这种反常情况我自然要警惕。后来得知刘振宇跟你接触过,就找他问了一下你的情况,再然后我就请小雨来试探你。总共试探了三次。"

方渐飞回头看着小雨,苦笑道:"很明显,小雨要跟我谈恋爱,这肯定算一次。还有上次吃夜宵的时候,那个找小雨麻烦的人也应该算是一次。嗯,还有一次是什么时候?"

"上次在八〇后咖啡馆,你被一个老头儿碰瓷,那些人都是临时演员。"

方渐飞虽然知道林天豪的出发点是好的,但心中还是有点儿不舒服,悻悻地问了一句:"试探的结果如何?"

林天豪笑了笑,伸出手按在方渐飞的肩膀上,沉声道:"以前的事情是我不地道,我向你道歉。但我恳求你一次,拿着这些钱去把依依救回来。这六十多万,就算是聘礼。"

方渐飞顿时唇干舌燥。六十多万的聘礼,对于普通人来说,已经是巨额彩礼了。但对于林天豪来说,简直就是微不足道。他随便打发点儿嫁妆都会是十倍百倍返还。

不过,方渐飞现在也没心情去考虑这个,而是苦笑道:"结婚先放一边,咱们还是先把林依救回来再说吧。"

这时，桌上的手机传来"嘀嘀"声，有微信消息进来。林天豪解锁一看，是绑匪发过来的，询问方渐飞到了没有？

林天豪回复说到了。

一分多钟后，方渐飞收到了一条微信好友申请，申请的理由只有两个字：林侬。

方渐飞连忙添加了这个叫"风一样的男子"为好友，看了一眼对方的朋友圈，一片空白，并没有设置什么权限，要么是这人从不发朋友圈，要么就是刚申请的新号。

很快，"风一样的男子"发了条消息过来：方渐飞？

方渐飞回复：是。

"风一样的男子"吩咐道：拿上钱，开车来红山区春风路的垃圾中转站，半个小时后等我消息。

在方渐飞出发之前，他们商量了一下，最终还是选择了报警。林天豪跟警方提出要求，一切以林侬的安全为前提。如果对方没有伤害林侬，给赎金也无所谓，这事就当没发生过。

警方为此制定了周密的计划，方渐飞身上安装了定位仪与窃听器，方便警方在第一时间掌握现场情况。

东海市有五个区，红山区是经济最不发达的地区。这里以前是一块荒废的农场，东海市政府觉得浪费了很可惜，就想着在这里修建一个产业园区。因为产业园区正在建设当中，还没什么企业入驻，因此，整个红山区就只有一个垃圾中转站。每天早上会有一辆垃圾车过来运垃圾，还经常装不满。

方渐飞开着林天豪的越野车，五分钟之前就已经赶到了垃圾站对面，车也不熄火，给"风一样的男子"发了信息，说自己已到。

但对方并无回应。

方渐飞在车上也没闲着,一直在留意周围的情况。然而,整个红山区都冷清得很,垃圾站周围更是连人影都看不到一个。

又等了十来分钟,方渐飞正要再给绑匪发信息,看见远处开来一辆摆臂式垃圾车,车上悬挂着一个巨大的空垃圾箱。

垃圾车开到了垃圾站门口,一名身穿橘红色马甲的环卫工人从驾驶室探出头来,看了看路况,开始装垃圾。

方渐飞正在寻思环卫工是不是绑匪的同伙时,手机响起,低头一看,"风一样的男子"发来语音消息。

"方渐飞,你到了吗?"他的声音含糊不清,就好像在嘴里含了一块糖。

"到了,就在垃圾站的正对面。"方渐飞回道。

"拍张照片给我看。"

方渐飞拍了张照片发送过去。很快,"风一样的男子"发送了视频通话。接通后,方渐飞发现他用胶布将摄像头封上了。

"风一样的男子"呵呵一笑:"把装钱的箱子打开。"

按照"风一样的男子"的指示,方渐飞下车走到越野车车尾,打开后备箱,将大号行李箱打开,按下免提,把手机的摄像头对着箱子拍摄。

看到钱,"风一样的男子"似乎很激动,深吸一口气,好一会儿才笑着说:"第三排第三列,往下数第三叠,拿出来摊开给我看。"

方渐飞依言,拿出一沓钱,将钱摊成扇形。

"风一样的男子"又随机抽了两沓钱检查,说:"刚才这三沓钱在中间随便抽一张,送给环卫工人。人家打扫卫生很辛苦的,就当是慰问他了。"

第十八章 余生,有我在

方渐飞知道"风一样的男子"是怕箱子里的是假钞，当即按他的要求，抽出三张钞票，关好后备箱后，走到环卫工人面前，说："大哥，辛苦了，这点儿钱给你买水喝。"

环卫工人没有任何迟疑，接过钞票一张张地放在阳光下检查，然后大声地说了一句"是真的"。

方渐飞一愣，旋即想到，这个环卫工人是假的，肯定是绑匪同伙，来检查赎金真假的。

方渐飞转身往回走，对着手机说："你也知道林依爸爸的财力，五百万元不过是九牛一毛，他没必要在这上面做手脚。"

"你们是君子，可我是小人。小人就要有小人的觉悟。"男子"哼"了一声，然后冷笑道，"你知道我为什么一定要让你来交易吗？"

"为什么？"

"因为，我看你不顺眼。从现在开始，你得按照我的吩咐去做，不然我可不知道自己会做出什么事。"

为了证明所言非虚，"风一样的男子"将遮挡摄像头的胶布撕开，手机屏幕上顿时出现了林依躺在地上的画面，她的眼睛和嘴巴都被封住。同时，还能看到一个男人戴着口罩手拿一把匕首，在林依面前晃来晃去。

"林依，你别怕，有我在。"方渐飞大声说。

听到方渐飞的声音，林依脸上浮现出惊喜的表情，但很快又化作焦急，口中"唔唔唔"地喊着，似乎想要说什么。

"风一样的男子"冷笑道："有你在又如何？我叫你来交易，就是想看你能为林依做出多大的牺牲。"

下一刻，"风一样的男子"弯腰将林依眼前的黑布掀开，狞笑着说:"你不是说你喜欢方渐飞吗?来,看看你喜欢的人是什么德行!"随后,他对方渐飞喊道:"方渐飞,你现在就给我跪下,不然我就在她脸上来一刀。"

方渐飞二话不说就跪了下来。

"说,自己是傻子!"

"我是傻子!"方渐飞丝毫没有犹豫。

林依眼中极其复杂,愤怒、焦急、感动……

"风一样的男子"冷笑地看着林依:"看见没?你喜欢的人是一个傻子。"

方渐飞心中一动,听这句话,"风一样的男子"应该跟林依认识,甚至有可能是喜欢林依,然后表白失败,恼羞成怒之下,才做出这种极端的事情。

方渐飞还来不及细想,男子冷笑着发话:"把皮箱扔进垃圾车。"

方渐飞别无选择,将皮箱从后备箱拎了出来,扔进了垃圾箱,然后问:"林依呢?你什么时候放人?"

"风一样的男子"将匕首在林依的脖子上转来转去,冷笑道:"我什么时候放人?那得看我什么时候拿到钱!"

突然,方渐飞看见"风一样的男子"的手腕上,有一道三厘米左右的伤口,不是很深,像是被指甲刮过。

"你要是不放心,可以开车跟在垃圾车的后面嘛。就这样了,拜拜。""风一样的男子"笑了两声,切断了通讯。

方渐飞只得开车跟在垃圾车后面。

垃圾车一点儿都不担心身后有车在跟着,不急不慢地在路上开着,往城外而去。这让方渐飞有些疑惑,"风一样的男子"想要带走这些赎金,就肯定有详细的计划,不可能跟电影里头一样,拎个箱子大摇大摆地扬长而去。毕竟五百万现金,净重都有一百来斤,光是提着走都不是一件容易的事。

方渐飞身上的定位仪可以随时向警察发送位置。如果有情况,警察能在最短的时间内赶到。

方渐飞心中极为不安,一方面是为了林依的安危,另一方面也是担心"风一样的男子"在自己眼皮子底下把赎金给拿走。

前方的垃圾车慢悠悠地开着,东转西转,停停走走,晃悠了一个多小时后,上了星江一桥。

星江一桥是八十年代修建的,看起来很简陋。桥下的星江很宽,有几艘挖沙船在下方工作,另外还有一艘快艇停在桥中间。一名黑衣男子蹲在快艇甲板上低着头整理渔网,似乎准备撒网捕鱼。

垃圾车开到桥中间时突然停住,转而方向盘一转,将垃圾箱中的垃圾全部倒进星江里。

方渐飞大吃一惊,连忙下车冲到栏杆前一看,只见垃圾都落在了渔网之中。黑衣男子用一根带着倒钩的绳子,将装钱的皮箱拉上了快艇。

黑衣男子打开皮箱一角,看到了里面的钱后,抬起头来。他脸上戴着口罩,冲着方渐飞做了个开枪的手势,拎着皮箱回到船舱。随后,快艇"突突突"地开走。

这时,一辆黑色轿车向方渐飞开了过来,车上下来两名警察,看着江面上越来越远的快艇,其中一名警察皱眉问:"钱被拿走了?"

方渐飞"嗯"了一声,旋即凑到该警察耳边,低声说了两句话。

警察顿时双眼放光,拍了拍方渐飞的肩膀,转身上车,掉头往回走。

盛世家园位于东海市清湖区，小区是二十世纪末修建的。那个时候房子还没有公摊一说，也没有建筑面积与使用面积的区分，所以一百平方米的房子就是实打实的一百平方米，再加上户型方正，比现在的一百三十平方米的房子还要宽敞。

林依此刻就躺在盛世家园二十七栋503的餐厅桌子底下。她的嘴被胶带缠住，手脚也用绳子和餐桌绑在一起。

绑匪并不在房内，林依看着距离她有五米远的窗户。她想爬到窗户边，但绑在她身上的餐桌，让她想要移动一厘米都极为困难。

林依咬牙拱起身子，然后奋力向前移动，在一阵"吱吱"声中，笨重的餐桌向前移动了一厘米。如此反复，用了一个多小时只前进了一米，到窗户还有四米。平时看起来近在咫尺的距离，此刻是那么的遥不可及。林依的体力已然耗尽，不管她再怎么用力，笨重的餐桌都无法再移动分毫。

林依之所以会如此费力地想要逃跑，是因为她知道是谁绑架的自己。而绑匪既然已经暴露，就一定不会让她活着。

前天，快下班的时候，老板娘把林依叫到办公室，说新来的心理辅导师邓杰想尽快上手，林依这边的钻石客户比较多，要她找两个钉子户跟邓杰见面。

林依答应下来，当即约了个客户吃晚饭。吃饭过程中，她发现邓杰就是一个绣花枕头，完全没有一个心理咨询师该有的内敛。

本来以为事情到此就该结束了，但没想到，今天早上林依刚到公司楼下，就接到了邓杰的电话。林依这才知道邓杰这两天一直在跟踪自己，拍摄了自己和其他人进出酒店的照片，并以此来威胁自己。

林依也是被气晕了头，上了邓杰的车。刚上车还没一分钟，她就神志模糊了。等她醒来，发现自己被邓杰绑架了。

第十八章 余生，有我在

起初林依还劝说邓杰不要冲动,却意外得知了邓杰和赵颖之间的关系。而邓杰之所以会绑架自己,是因为赵颖反悔了,还扬言要报警。邓杰这才铤而走险。

想到这里,林依又咬牙往前移动,笨重的桌子再次被她拖动。

十来分钟后,林依正准备休息片刻,房间门被打开,邓杰拖着一个大号行李箱走了进来。

见林依拖着桌子移动了一米多的距离,邓杰冷笑着反手关上房门,来到林依面前。他将行李箱平放,打开,露出一沓沓红色的钞票。

拿起一沓钱,邓杰感叹道:"你家还真是有钱啊,五百万元说拿就拿。"转而用这沓钱拍打着林依的脸,"来,继续往前爬,你要是能爬到窗户那儿,我就给你一万块。"

说完,邓杰得意地大笑起来。

笑声停止后,邓杰摸出匕首,狞笑着说:"好了,该送你上路了。"

眼看着匕首距离自己越来越近,林依又是惊恐又是害怕,全身忍不住剧烈地颤抖。

就在这时,传来"砰砰砰"的敲门声。

邓杰眉头一皱,将手中的匕首收了回去,但并没有出声,假装没人在家。

门外的人一边敲门一边不耐烦地说:"喂,开门!我是楼下的,知道你在家。小子,你还有没有公德心啊?桌子拖来拖去都一个多小时了,你是神经病吗?"

邓杰住在这儿大半年了,左邻右舍倒也认识几个,听声音,确实是楼下的邻居,好像是叫刘山鹰,好几次看到他身穿灰色制服去上班,应该是保安。

既然桌子移动的声音已被听见,再装没人在家就说不过去了,万一对方以为有小偷报警更是麻烦。

想到这儿,邓杰大声回应:"等一下。"

邓杰将林依从餐桌上松开,再将林依以及皮箱拖进卧室关好门。左右一张望,发现刚才拿来打林依脸的那一沓钱还在地上,他走过去随手把钱塞进了牛仔裤屁股上的口袋。他这才走到客厅大门前,打开里面的门,一眼就看到了刘山鹰,满脸的络腮胡子,怒气冲冲地瞪着他。

隔着防盗门,邓杰笑着说:"怎么了,刘大哥。"

"开门!"刘山鹰可没给邓杰好脸色。

"有什么事,在这儿说吧。"邓杰笑着解释,"桌子我肯定不会再弄响了,你放心。"

"不仅仅这个,你家厨房还漏水,我得进来看一下。"

想了想,邓杰还是把防盗门打开了。

刚开门,刘山鹰一把抓住铁门,往后退了一步。这个动作让邓杰觉得不对劲儿。下一秒,他看到门旁边有一只脚。

邓杰反应极快,当即掉头就跑。

身后,方渐飞怒吼着,率先冲了进来。他身后是两名警察以及林天豪身边的瘦高男子。警察拿着枪,瘦高男子手中握着钥匙刀。

情急之下,方渐飞跑在了最前面。这让后面的三人很恼火。

你逞什么狠?挡住我们的视线了。

瘦高男子恼火归恼火,但并不慌乱,助跑两步后纵身跃起,手中的钥匙刀向前飞出,一道银色的光从空中掠过。

噗!钥匙刀直接钉在了邓杰的臀部。

但没想到,邓杰刚刚放在口袋里的钱起到了作用,钥匙刀竟没

第十八章 余生,有我在 | 295

能伤到他。尽管如此,邓杰还是觉得一阵剧痛,大惊之下,一脚踢开了卧室的门。

方渐飞见邓杰打开了房门,往前一扑抱住了邓杰的腰。

论打架,两个方渐飞都不是邓杰的对手。但他这么抱住邓杰,让邓杰非常头疼。气急败坏之下,邓杰不管三七二十一,举起匕首就朝床上的林依捅了过去。

林依见到方渐飞,又惊又喜,口中发出"唔唔唔"的声音,眼泪再也忍不住,从眼角滚落。但下一刻她看到锋利的匕首朝着自己的脸戳了下来,眼中惊喜瞬间化作惊恐。

方渐飞大急,抱着邓杰的腰奋力一转,这一下他使出了全身的力气,顿时将邓杰甩到了一旁,匕首贴着林依的脸划过,将她前额的刘海割掉了一缕。

邓杰骂了一句,一把抓住方渐飞的胳膊,奋力一扭。方渐飞只觉得手腕处一阵剧疼,手掌不听使唤地松开。邓杰再一推,方渐飞跟跄着倒在了床上。

就在这电光火石之间,警察已经冲到门口,举枪对着邓杰,怒吼:"住手!"

邓杰显然已经疯狂,他举起了匕首,照着林依的胸口刺了下去。

方渐飞想也不想,往前一扑,趴在了林依身上。

与此同时,"砰"的一声枪响。

邓杰的身体摇晃了一下,缓缓倒地,匕首从他手中掉下,落在方渐飞的背上。

方渐飞忍着后背剧痛,撕开林依嘴上的胶带,微笑道:"我说过,有我在,没事的。"

林依"哇"地哭出声:"我知道,我早就知道了。"

东海市中心医院，高级病房。方渐飞斜靠在垫得高高的枕头上。

邓杰的匕首虽然不是直接刺在方渐飞身上，但落下来的力度还是将他的背割出一道口子，睡觉的时候只能趴着，非要翻身活动一下的话，就只能是靠在床头而坐，不能压到背部。

林依坐在病床左侧低头削苹果，何四万坐在病床右侧，好奇地问："老方，你怎么知道绑匪就是邓杰？"

"还记得那天你抓了他手腕一下吗？我看到他手腕上的伤口了。"

何四万哈哈一笑："搞了半天，还是我的功劳最大呢。我说老方，不是我说你，你要是跟我一样肉多，那匕首掉下来就不会伤到你了。所以，这人还是要胖点儿好……"

"掉你身上，说不定还能反弹回去！"林依翻了个白眼，将削好的苹果递给了方渐飞。

何四万笑着说："对对对，反弹回去直接把邓杰给戳死。"

邓杰那天挨了一枪，现在也在医院养伤。他的病房门口还有两个警察看守，规格可比方渐飞高多了。

何四万知道后，好几次都想冲进去，但被警察阻止了。最后，他在病房门口丢了一块香蕉皮，这才算是出了一口恶气。

三人正开着玩笑，病房门开了，林天豪和瘦高男子走了进来。

方渐飞连忙微笑着打招呼。但看到在门口还站着一名男子时，他脸上的笑容顿时僵硬。

"依依，老赵找你！"林天豪冲林依说了一句。

林依"哦"了一声，也不管方渐飞的反应，快步走到门口，亲热地挽着老赵的胳膊："你怎么来了？"

"有点儿事。"老赵看了方渐飞一眼，呵呵地笑。

第十八章　余生，有我在

看着林依跟老赵的身影消失在门口,方渐飞只觉得心中极其茫然,就连林天豪跟他说话都没在意。

何四万见状,暗中叹息了一声,推了推方渐飞的肩膀:"老方,林老板跟你说话呢。"

方渐飞这才回过神来,收拾起那些乱七八糟的情绪,说:"多谢林总给我开高级病房,受宠若惊。"

林天豪的心情很好,哈哈一笑:"谢什么谢,跟你救出我女儿相比,这个不足挂齿。"

方渐飞此时的心情很差,面无表情地说:"我身上的伤不重,用不着住高级病房,待会儿我自己转去普通病房好了。至于这几天的医疗费,到时候一起转账给你。"

方渐飞话音刚落,病房里的人都愣住了。

方渐飞继续面无表情地说:"还有,我的银行卡请还给我。要不然我没钱结账。"

林天豪眉头微蹙,竟有些不知所措。

瘦高男子似乎想起了什么,凑到林天豪耳边轻声说了一句。

林天豪拍了下额头,恍然大悟,笑着走到方渐飞旁边坐下:"不是说好了吗,只要你救出我女儿,那六十多万就当是彩礼。就算你现在想反悔,我也不答应。"

何四万顿时瞪大了眼睛看着方渐飞:"六十多万?彩礼?"

方渐飞呵呵一笑:"刚才跟林依出去的那个男人,才是你的乘龙快婿吧?"

话音刚落,门打开了,林依出现在门口,似笑非笑地看着方渐飞:"方渐飞,你这话什么意思?"

方渐飞见林依突然出现,不免有些尴尬,但话已经说出来了,只好一咬牙，指着那个男人："难道不是吗？你跟他……我都见过好几次了。"

林依"哼"了一声，走上前，拿出手机，点开时下最流行的短视频 APP，找到一个短视频，点击播放。

方渐飞皱眉看去，只见画面中，林依跟老赵在肯德基如同情侣般窃窃私语，甚至，方渐飞在背景里还看到了自己。这段视频，竟然是那天在肯德基第一次遇到林依和老赵的画面。

接下来，林依又切换了几个视频，在公交车上，在酒店吃早餐……可以看出，这些视频是一系列的短剧，而短剧的名字就叫作"老夫少妻"。

方渐飞顿时百感交集，一时间不知道该说什么好。

何四万目瞪口呆，好一会儿才挠挠头皮："我觉得我应该出去了。"

说完，何四万起身，走到门口，他拍了拍老赵的肩膀。老赵顿时会意，跟着走了。

林天豪跟瘦高男子对视一眼，先后起身离开。临出门前，林天豪从身上摸出方渐飞的银行卡，冲着方渐飞晃了晃，哈哈大笑。

病房内，林依"哼"了一声："怎么，说好是我男朋友的，又想赖账了？"说着，她从包里拿出一张纸，"说到赖账，哼，每三天就增加一顿饭，你自己算算，欠了我多少顿饭了？"

方渐飞轻咳两声："上次在八〇后咖啡馆，不是请了一次吗？"

"那个只是利息！"林依声色俱厉。

方渐飞柔声道："我也没啥钱，要不，我给你做一辈子饭好了。先说好啊，你可不能嫌我做的菜难吃。"

林依伸手捂住方渐飞的嘴，将头缓缓地靠在了方渐飞的胸口，轻声说："只要是你煮的，哪怕是天天吃面条，都行。"

第十八章　余生，有我在

三天后,方渐飞出院。原本他背后的伤口就不是很重,所以出院后就直接去上班了。

潘志军这次说话算话,已经给方渐飞安排好了新办公室,并给他开通了会员查询权限。何晴将方渐飞送进了新办公室,闲聊了几句后,才告辞而去。

方渐飞打开电脑,输入"曾皓"二字,然后勾选了全部会员,点击搜索。然而,搜索出来的资料只有一份,就是自己之前负责的客户。

方渐飞觉得头有点儿大,王翠兰真真切切地看到了曾皓的交易记录,他确确实实在良缘婚介公司注册了会员。

这究竟是怎么回事?

方渐飞心中一动,给王翠兰发了个信息,要她把曾皓付款的截图发过来。

王翠兰并没有马上发截图,而是申请语音通话。接通后,她迟疑了一下:"方老师,你这边到底有没有把握?"

方渐飞微微一笑:"王姐,今天肯定能找到证据。"

王翠兰又迟疑了一会儿,说:"要是找不到,就算了。"

"请相信我。"方渐飞肯定地回答。

"那好吧。"王姐挂了电话后,将付款的截图发了过来。

截图上有曾皓付款的时间,再根据该日期进行搜索,当天成为钻石会员的总共只有两人:李姝和丁大勇。

李姝是外企高管,丁大勇是自来水厂的保卫科科长。

方渐飞仔细分析了一下,李姝倒是没什么可疑的,而且根据最近的相亲记录来看,她确实是在找对象;而丁大勇就有些奇怪了,他一个自来水厂的保卫科科长,一个月工资才五千元,怎么可能拿出近一年的收入来婚介公司注册会员?唯一的解释就是这个钻石会员是别人帮他注册的。

为了确定自己的推测,方渐飞给丁大勇打了个电话,闲聊了几句以后,假装随口问了一句:"丁先生,你是不是认识曾皓?"

"哪能不认识。"丁大勇呵呵笑着,"老战友呢,我注册会员的钱都是他替我出的,真是浪费。我只要找个能凑合过日子的就行,现在给我介绍的根本就不合适,我哪伺候得起啊?"

挂了电话,方渐飞恍然大悟,当即心情舒畅。他给王翠兰打了个电话,约她见面。

半个小时后,王翠兰坐在了方渐飞的对面。

"方老师,到底是怎么回事?"王翠兰迫不及待地问。

"原本在微信上就可以和你解释清楚,但我觉得,还是你亲眼看过才算。"方渐飞将电脑屏幕转到王翠兰那边,输入丁大勇的名字,笑着问,"丁大勇,你认识吧?"

"认识,经常找我家那位喝酒。"王翠兰点头。

"你所看到的交易记录,是曾皓帮丁大勇注册的钻石会员。"方渐飞身体后仰,微笑着说。

王翠兰顿时如释重负,笑着说:"多谢方老师,原来,这一切都是我多心了。"

方渐飞忍不住问了一句:"那他转移财产的事呢?"

王翠兰不好意思地说:"也是我多心,我前两天才知道,他是想弄一个小公司,给我那大儿子去打理。他天天晚上回家晚,确实是有应酬,我还疑神疑鬼的,真是猪油蒙了心。"

方渐飞站起来跟王翠兰握手,两人相视而笑。

第十八章 余生,有我在

后 记

▽

  罗向阳和相亲对象坐在咖啡厅靠窗的座位。
  女孩用银色勺子搅拌着咖啡,偶尔碰到杯子,发出"叮当"的声响。
  女孩对罗向阳的第一印象非常好,于是,主动寻找话题。
  "还有几天就是十一月十一日,都说这是光棍节呢。"
  罗向阳诚恳地看着女孩:"认识了你,我不想再过光棍节了。"
  女孩一阵娇羞,竟不知道该怎么接下去,连忙转移话题:"这几天天气降温,我都感冒了,你猜我烧到了多少度?居然烧到了三十九度!"
  罗向阳笑了笑:"我要是跟你说多喝热水,那未免也太敷衍你了。要想不感冒,平时就得多锻炼,要不我们去爬山?"
  女孩迟疑了一下:"下个星期去行不行?这几天有点儿累。"
  罗向阳顿时会意,说:"那我们去看电影吧,就看喜剧片,开怀大笑十分钟相当于锻炼一个小时。"

女孩掩嘴"扑哧"一笑:"行,那就去电影院吧。"

罗向阳拿出手机,摇头道:"不,我们不去电影院。"

女孩一愣,心中暗道:他该不会是要在手机上下载电影,然后在这儿看吧?那也未免太没情调了。

罗向阳在手机上发了几条信息后,抬起头来,微笑着说:"你约几个朋友,我也约几个朋友,去我家看家庭影院,我负责做烧烤、零食。"

女孩娇羞着点头,两人起身往门外而去。

走到门口,罗向阳右手背在身后,做了个"OK"的手势。

在咖啡厅的角落,一名年轻男子跟一名年轻女子正微笑地看着这一切,男子眼睛黑亮,鼻梁高挺,脸上笑容很是灿烂,正是方渐飞。女子皮肤细腻白皙,明艳不可方物,却是林依。

"你看,我又撮合了一对,这个月的最佳员工肯定是我了。"方渐飞身体后仰,右手搭在椅背上,左手放在桌子上,得意地说。

"你还是去做心理咨询师吧。"林依吸了一口橙汁,若有所思地说,"再这样下去,良缘的会员都会被你教坏,明明是相亲,结果变成了谈恋爱。"

"这样不好吗?"方渐飞身体前倾,将林依的手放在自己的掌心,"相亲前的规则,不就是要让自己有恋爱的感觉吗?"

林依两颊微红,点了点头。

(全文完)